계간 民 스터리

KB252614

2026 봄 | 통권 제 89호

표지 그림 ⓒ 이 작품은 일론 머스크의 '그록(Grok)'이 불러온 AI 윤리의 격변과 성인용 챗봇의 대중화를 다룬 뉴욕타임스 수록작입니다. 그동안 금기시되었던 영역이 기술을 통해 우리 일상에 스며들 인간과 기계가 맺는 낯선 '디지털 친밀감'의 단면을 작가 특유의 미묘하고 감각적인 서사로 풀어냈습니다.

최다니_ 일러스트레이터 최다니는 현실의 경계를 허무는 초현실적 상상력을 바탕으로 밀도 높은 상징들이 가득한 작품 세계를 구축합니다. 익숙한 일상의 틈새에서 느껴지는 낯설고도 신비로운 소외감을 탐구해 온 작가는 2020년부터 애플, 유튜브 뮤직, 파페치 등 글로벌 브랜드와 협업하며 자신만의 시각적 서사를 확장해 나가고 있습니다. @daniichoii

계간 미스터리

2026 봄호

2026년 03월 16일 발행 통권 제89호
발행인 이영은
편집장 한이
편집위원 박광규, 송시우, 조동신, 홍선주,
　　　　　홍성호, 황세연
교정 오효순
홍보마케팅 김소망
디자인 조효빈
제작 제이오
인쇄 민언프린텍
발행처 나비클럽
등록번호 마포, 바00185
등록일자 2015년 10월 7일

출판등록 2017. 7. 4. 제25100-2017-0000054호
주소 (04031) 서울 마포구 동교로22길 49, 2층
전화 070-7722-3751 팩스 02-6008-3745
메일 nabiclub@nabiclub.net
홈페이지 www.nabiclub.net
페이스북 @nabiclub
인스타그램 @nabiclub
ISSN 1599-5216
ISBN 979-11-94127-34-5 (03810)

2026 봄호를 펴내며

스티븐 킹의 소설 《데드 존The Dead Zone》의 주인공 조니 스미스는 어린 시절 빙판에 머리를 부딪힌 것과 스물세 살 때 고등학교 교사로 재직하던 중 교통사고를 당해 5년 동안 혼수상태에 빠졌다 깨어난 일을 통해 일종의 예지력을 얻게 됩니다. 그의 예지력에 따르면 떠오르는 정치인 그렉 스틸슨은 훗날 대통령이 되어 대규모 핵전쟁을 일으키는 사이코패스입니다. 하지만 철저히 본성을 감추고 있어 그의 본질을 아는 건 조니뿐입니다. 자신의 예지에 확신을 갖게 된 조니는 암살로 미래의 대량 살상을 막아야 하는지 딜레마에 빠집니다. 최근 몇 년 사이에 스티븐 킹은 1979년 작품인 《데드 존》에 관한 질문을 많이 받았다면서, 이렇게 대답했다고 합니다. 베브 빈센트의 《스티븐 킹 마스터 클래스》에서 인용하겠습니다. "《데드 존》을 쓸 당시 걱정됐던 점은 그렉 스틸슨 같은 사람이 실제로 미국에서 선출되어 권력을 얻는 것, 그 사람이 대통령이 되어 제3차 세계대전을 시작하는 것이었습니다. (…) 그런데 지금은 정말로 그렉 스틸슨이 미국 대통령이 된 것 같네요."

막바지 마감에 맞춰 여는 글을 쓰고 있는 지금, 새로운 전쟁 소식이 들립니다. '소설 쓰고 있네'라는 비아냥 섞인 말이 무색하게, 현실은 아주 쉽게 소설을 능가합니다.

2026년 첫 《계간 미스터리》 특집은 〈2025년 한국추리문학상 수상자들을 만나다〉로 시작했습니다. 각기 대상, 신예상, 황금펜상을 수상한 고태라, 김영민, 여실지, 박건우 작가를 만나 수상작의 창작 배경과 작가적인 고민에 관한 다양한 이야기를 들었습니다. 또 신년을 여는 기획으로 〈2026 해외 출간 예정 작품〉을 실었습니다. 내년에도 데이비드 발다치, 퍼트리샤 콘웰, 마이클 코넬리, 제프리 디버, 요네자와 호노부, 이케이도 준 등 쟁쟁한 작가들의 신작이 출간 대기 중이라 기대가 됩니다.

특히 이번 호에 공을 들인 특집은 로맨스 스캠을 소재로 한 네 편의 특별 단편입니다. 김아직의 〈봐라니 연가〉는 로맨스 스캠 조직을 운영하던 상후가 수금하러 갔다 실종된 동생 상필을 찾으러 간 시골 마을에서 겪는 끝장 액션을 그리고 있습니다. 제목의 '봐라니'의 뜻이 밝혀지는 순간, 깊은 페이소스를 느낄 것입니다. 서윤빈의 〈누구를 위하여 종을 울리나〉는 어머니의 남친이 된 동창생의 신분에 의문을 느낀 아들이 탐정의 도움을 받아 상대의 정체를 밝히는 이야기입니다. 문제는 아버지의 죽음 이후 처음으로 생기 넘치는 어머니에게 진실을 밝히는 것이 옳은가 하는 딜레마입니다. 아들은 어떤 선택을 할까요? 〈사랑에는 돈이 들어〉는 박하익의 저력을 확인할 수 있는 작품입니다. 보이스피싱 조직에 납치된 것으로 확인된 전 여친을 구출하기 위해 프놈펜까지 날아간 윤찬은 군사 작전을 방불케 하는 공조 끝에 현진을 구출합니다. 하지만 진실은 마지막 문장까지 감춰져 있습니다. 정명섭의 〈할머니 수사단〉은 로맨스 스캠 피해자로 경찰서에서 우연히 만난 할머니들이 자그마한 단서들을 모아 범인을 검거하는 유쾌한 이야기입니다.

전방위 문학평론가 박인성이 새롭게 시작하는 연재 주제는 〈서브컬처와 밈으로 문화 읽기〉입니다. 공유를 통한 확산이라는 원심력과, 금기를 통한 고립이라는 구심력 사이에서 균형 잡기를 수행하고 있는 오타쿠 문화와 서브컬처에 관한 날카로운 통찰을 보여주고 있습니다. 무경은 〈작품 톺아보기〉에서 등장 초기, 슈퍼히어로처럼 비범했던 명탐정이 '평탐정'이 되어가는 과정을 흥미롭게 분석하면서, 왜 한국을 대표할 만한 명탐정이 없는지도 명쾌하게 증명합니다. 이번 호 인터뷰는 《어스탐 경의 임사전언》을 출간한 이영도 작가를 만났습니다. 시종일관 유쾌한 분위기에서 '작가'와 '독자'의 관계에 대한 고민을 풀어냈습니다. 〈미스터리 영상 리뷰〉에서는 '피자 바머'로 불리는 은행 강도 사건을 다룬 다큐멘터리 〈이블 지니어스: 누가 피자맨을 죽였나?〉를 소개합니다. 때론 현실이 얼마나 잔혹한 미스터리를 던지는지 묻고 있습니다.

올해는 반박 불가 미스터리의 여왕 애거사 크리스티 서거 50년이 되는 해입니다-. 《계간 미스터리》에서도 여사의 죽음을 추모하면서, 그녀의 작품이 미스터리 장르에 어떤 발자취를 남겼는지 간략하게 살펴보는 에세이를 실었습니다. 〈그리고 아무도 잊지 않았다〉에서 확인할 수 있습니다.

더 오르기 전에 차에 휘발유를 채워야겠다는 속물적인 생각을 반성하며, 묵시록에서 전쟁을 상징하는 붉은 말의 발굽 아래 짓밟힐 무고한 자들의 피를 떠올립니다. 정치와 종교라는 이름으로 자행되는 피 흘림이 속히 멈추기를 간절히 바랍니다.

- 한이·계간 미스터리 편집장

2025 한국추리문학상
수상자들을 만나다

인터뷰 진행 ✦ 한이

여실지, 고태라, 김영민, 박건우

●시작

한이: 벌써 작년이네요. 한국추리문학상 대상, 신예상, 황금펜상을 수상하신 것을 다시 한번 축하합니다. 한 분씩 어떤 과정을 거쳐서 소설가가 되셨는지, 특히 미스터리 장르를 선택한 이유가 무엇인지 말씀해주세요.

박건우: 처음으로 소설을 써보자고 생각했던 것은 우타노 쇼고의 《밀실살인게임》이란 일본 미스터리를 접하고 난 다음이었습니다. 그때가 중학생 때였는데, 이후로 쭉 소설을 써오고 있습니다. 물론 중학생 때 쓴 것을 지금 보면 진짜 형편없죠. 어쨌든 습작을 계속하다, 대학생이 되면서 작가가 되려면 어떻게 해야 할까 이리저리 찾아보니 공모전에 도전하는 게 제일 낫다는 글이 많더군요. 10여 편 정도 이런저런 공모전에 냈었고, 《계간 미스터리》 신인상에 세 번째 도전한 작품이 당선되어 등단하게 되었습니다.

김영민: 저는 대학교 2학년 때까지는 소설을 안 읽었습니다. 물리학과를 나와서 물리학 교수를 하는 것이 목표라, 모든 관심이 물리학에 쏠려 있었죠. 그런데 물리학 갤러리라는 학술 커뮤니티에서 만난 박사 과정 중인 학생이 어느 날부터 미스터리를 읽고 서평을 올리더라고요. 그래서 재밌나 싶어 읽은 작품이 아야츠지 유키토의 《수차관의 살인》이었는데 결말이 아주 강렬했습니다. 이후로 흥미를 느껴 아야츠지 유키토, 우타노 쇼고, 시마다 소지, 세 작가의 작품을 거의 다 읽었습니다. 그러면서 나도 써봐야지 하는 생각에 네이버 글쓰기 카페에 가입해서 습작을 올리기 시작했죠. 그러다가 《계간 미스터리》 신인상을 알게 돼서 네 번째 낸 작품으로 당선되어 작품 활동을 시작했습니다.

고태라: 저도 독서는 거의 안 하고 살았는데 한 4, 5년 전에 글쓰기 붐 같은 게 일어났어요. 부업으로 웹소설이나 에세이 같은 것을 써서 쏠쏠하게 용돈을 벌 수 있다는 말에 혹해서 뭐라도 좀 써보자고 생각하게 되었죠. 그러려면 뭐라도 읽어야 하는데 이것저것 도전해도 끝까지 읽은 게 없었어요. 대부분 반도 못 갔습니다. 그런데 유일하게 완독한 작품기 요코미조 세이시의 《악마가 와서 피리를 분다》였습니다. 너무 재밌어서 이런 스타일의 작품을 써서 돈을 벌어보자는 생각에 조금씩 연습하고 습작을 엄청나게 많이 하다가 운 좋게 《계간 미스터리》 신인상을 받게 되어 지금까지 글을 써오고 있습니다.

여실지: 저는 어릴 때부터 책 읽고 글 쓰는 것을 좋아해서 기자가 되고 싶

었어요. 사회 현상에도 관심이 많아서 그쪽으로 진학했다가 연극 쪽으로 빠진 거죠. 이야기 예술에 관해 관심은 많이 생겼지만, 〈모래시계〉나 〈여명의 눈동자〉 같은 힘 있는 작품을 쓰고 싶은데 자신은 없고 먹고는 살아야겠고, 그래서 아동 청소년 소설 번역을 시작했어요. 번역을 하니 좋은 문장에 관심이 생겨서 문화센터에서 하는 소설 강좌를 듣게 되었죠. 그 강좌를 들으니 너무 쓰고 싶은 거예요. 순문학도 써봤지만, 미스터리를 쓸 때 가장 몰입도가 있고 머릿속의 상상을 풀어내는 게 너무 재밌어서 계속 쓰게 되더라고요. 그러다가 여러 공모전에 도전했고 《계간 미스터리》 신인상을 받으면서 여기까지 왔어요.

한이: 그러고 보니 네 분 모두 《계간 미스터리》 신인상 출신이라는 공통점이 있네요. 편집장으로서 아주 뿌듯합니다. (웃음)

● **전개**

한이: 한 분씩 이번에 상을 받은 작품을 간단히 소개해주시죠.

박건우: 〈교수대 위에 까마귀〉라는 단편은 한국 본격 미스터리 작가 클럽에서 처음으로 낸 앤솔로지의 표제작입니다. 본격이라는 틀 안에서 예전부터 생각해왔던 트릭에 살을 붙여서 이야기를 만들었습니다. 핵심적인 장치는 스포일러라 말씀드릴 수 없어서 아쉽네요. 독자들이 《명탐정 코난》을 보는 것 같다고 이야기하곤 하는데 사실 의도적으로 비슷하게 구성한 것도 있습니다. 한 장소에 탐정과 범인이 같이 있고, 사건과 단서가 제공된 다음, 순식간에 미스터리가 풀리는 구조를 만들려고 고심했습니다.

김영민: 《수상탑의 살인》은 시마다 소지의 《기울어진 저택의 범죄》라는 작품의 영향을 많이 받아서 어느 정도 의식하고 쓴 작품입니다. 일본에는 아야츠지 유키토의 '관館 시리즈'처럼 특이하게 지어진 건물을 주요 트릭으로 사용하는 작품이 많은데, 그런 작품을 전부터 쓰고 싶었습니다. 거기에 평소 관심을 가졌던 지구 온난화와 부유 도시浮游都市를 결합하자 나름 재밌는 설정이 탄생한 거죠.

고래라: 저는 주로 일본 추리소설을 읽다가 글을 쓰게 된 경우인데, 요코미조 세이시의 《팔묘촌》처럼 무슨 촌村이 나오는 작품이 많더라고요. 아무래도 추리소설의 특성상 연쇄 살인이 주로 벌어지는지라 촌이라는 단어

가 뭔가 으슬으슬하고 기묘한 느낌을 줬습니다. 그래서 한국적으로 어떤 촌을 붙이면 어울릴까 궁리하다가 《무녀촌》이 가장 잘 어울리는 것 같아서 시작하게 되었습니다. 뭔가 사유가 이상한 것 같은데도. (웃음) 어쨌든 단어 하나에 꽂혀서 쓴 작품입니다.

여실지: 《난기류》의 경우는 한국의 사회파 미스터리 장르를 표방하고 쓴 건데요. 직장 내 괴롭힘을 소재로 삼고, 그 안에서 벌어지는 '을들의 전쟁'을 그린 작품입니다. 코로나19 팬데믹 당시에 항공사들이 대다수의 직원을 무급휴직이나 정리해고했잖아요. 이런 상황에서 어떻게든 연대하고 살아남으면 좋을 텐데, 서로를 물어뜯고 싸우는 인물들의 군상을 그리고 싶었어요.

한이: 항공사 관련 일을 하신 적이 있으셨던 건가요?

여실지: 그건 아니에요. 신문 기사를 많이 참조했고, 유튜브에도 항공사 승무원들이 경험을 공유하는 채널이 많이 있더라고요. 또 기본적으로 남자들이 군대에서 겪는 경험이나 여자들이 여성 그룹 사이에서 겪는 감정적인 부분이 있잖아요. 그건 부분들을 깊이 파고들면서 상상력을 발휘하려고 노력했어요.

한이: 《수상탑의 살인》에 관해 여쭤보고 싶은데요. 그동안 한국에서 보기 힘들었던 본격 미스터리인데 어떤 과정을 거쳐서 쓰시게 된 건가요?

김영민: 아무래도 본격이다 보니 트릭을 먼저 떠올렸는데, 건물이 통째로 바닷속으로 빠지면 재밌겠다고 생각했어요. 원래 생각했던 아이디어는 다른 거였는데 시놉시스를 써서 출판사에 넣었더니 덜컥 계약된 거예요. 막상 쓰려고 하니 그 아이디어로는 안 될 것 같아 몇 달 동안 고민하다가, 건물이 가라앉은 이유를 논리적으로 풀어내려면 떠 있는 이유를 생각해보면 되겠다고 생각한 거죠. 그 생각이 지구 온난화와 맞물리면서 단순히 소재로만 소비되는 것이 아니라, 사건 전체에 영향을 미치게 된 겁니다. 황새치도 그런 의미에서 등장하게 된 거고요. 온·열대 해역에 서식하던 황새치가 이제는 동해에서도 잡힌다고 하더라고요.

지금 생각하면 출판사를 잘 만난 것 같아요. 대표님이 본격 미스터리를 내고 싶다는 확실한 의지가 있으셔서 출간까지 이어졌습니다. 이 기회를 빌려 감사드리고 싶네요.

여실지: 지구 온난화 얘기를 하고 싶으셨다는 게 자연이 인간에게 주는 경고를 담고 싶으셨던 거예요?

김영민: 그것보다는 현재 온난화로 인한 기후 위기가 심각하다는 걸 강조하고 싶었어요. 국제적으로 합의된 온난화 임계치인 섭씨 1.5도 이상이 관측되는 곳도 있어서 이미 돌이킬 수 없는 지점에 왔다고 생각하는 사람도 많더군요.

한이: 김영민 작가는 본격 미스터리 작가 클럽을 만들어서 운영하고 있잖아요. 어떻게 시작하게 되었는지, 또 어떤 활동을 하고 있는지 간략하게 말씀해주시죠.

김영민: 일본에는 본격 미스터리 작가 클럽이 있는데, 한국에는 없잖아요. 그런데 아무도 안 만들 것 같으니까 그럼 내가 만들자, 생각한 거죠. (웃음) 활동은 선정한 본격 미스터리 작품을 읽고 한 달에 한 번 줌으로 만나서 서로 의견을 나눕니다. 그러면서 앤솔로지를 내자는 이야기가 나왔고 여섯 명의 작가가 참여해서 《교수대 위의 까마귀》를 출간했죠. 저는 본격 미스터리 작가 클럽이 친목만 다지는 모임이 되지 않았으면 좋겠어요. 다양한 활동을 생각하고 있는데, 무엇보다 본격 미스터리 작품 관련 상을 만드는 것이 첫 번째 목표입니다.

한이: 아까 인터뷰 전에 여실지 작가님과도 한국추리문학상에 좀 더 다양한 분야의 상을 만들 때가 되지 않았나, 이야기했었어요. 평론이나 아

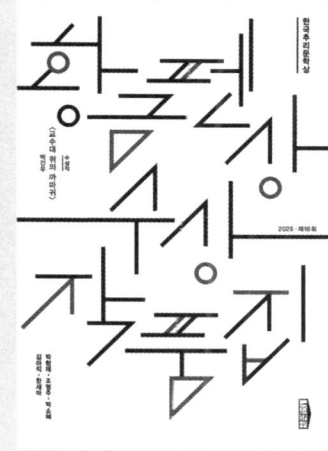

동, 혹은 본격 미스터리 말이죠. 어쨌든 이 부분은 좀 더 논의해봐야 할
것 같군요.
모임에서 논의했던 작품 가운데 기억나는 게 있나요? 아무래도 대부분
일본 작가의 작품이겠죠?

김영민: 그렇긴 합니다. 그런데 제가 최근에 감명받은 작품은 김내성의
《마인》입니다. 언젠가는 읽어야지 읽어야지 하면서 미루고 있던 책인데,
인간 소실처럼 현대적인 요소가 많아서 전혀 낡은 느낌을 받지 못했어요.
서양의 어떤 작품보다 재미있었습니다.

고태라: 저는 모임에 자주 참석은 못했는데 시라이 도모유키의 《명탐정의
창자》란 작품이 인상적이었습니다. 의견이 상당히 갈렸는데 저는 정말 잘
쓴 작품이라는 쪽이었고, 어떤 분들은 페어플레이가 아니라는 쪽이었습니
다.

김영민: 《교수대 위의 까마귀》 초고를 쓰고 돌려보면서 서로 피드백을 했
는데 상당히 과열된 분위기가 됐어요. 아무래도 작가에게 트릭은 목숨 같
은 거니까요. 그러면서 상당한 해프닝이 있었는데, 정말 자신이 쓰는 글에
진심이라는 걸 느끼게 됐죠. 그래서 트릭의 재현 여부를 떠나서 최소한 가
능해 보이기는 해야겠다고 생각하게 됐습니다.

한이: 사실 저는 본격 미스터리는 어느 정도 판타지가 있다고 생각합니다.

일종의 '짜고 치는 고스톱' 같은 거라고 할까요? (웃음) 현실에서 누군가
를 죽이겠다고 그렇게까지 하는 경우가 얼마나 되겠어요? 작가와 독자
가 합의하고 즐기는 게임 같은 거죠.
최근에 출간된 《난사 사진부와 죽은 자의 마지막 피사체》는 《수상탑의
살인》과 분위기가 전혀 다르던데, 소개 좀 해주시죠.

김영민: 청춘 코지 미스터리이고요. 요네자와 호노부의 '고전부 시리즈'
같은 작품을 쓰고 싶어서 시작했습니다. 실제로 대학 때 사진 동아리에서
피사체 모델을 했던 적도 있어서 당시의 기억을 떠올리며 즐겁게 썼습니
다. 연작으로 살인사건은 없지만, 한 사람의 죽음과 관련된 내용이 깔려 있
기는 합니다. 개인적으로 《수상탑의 살인》이 캐릭터가 약하다고 생각해
서, '난사 시리즈'는 캐릭터에 좀 더 공을 들이고 있습니다.

한이: 고태라 작가님 얘기를 좀 하겠습니다. 작가님은 《마라의 요람》에
이은 두 번째 작품인 《무녀촌》으로 한국추리문학상 대상을 받으셨는데,
어떤 과정을 통해서 집필하게 되신 건지 좀 더 자세히 말씀해주시죠.

고태라: 아까 말씀드렸듯이 촌이라는 단어 하나에 꽂혀서 시작했는데, 본
격 미스터리나 클로즈드 서클 등 다양한 요소를 담고 싶었습니다. 자료를
조사하고 서사를 구상하다 보니 점점 방대해져서 한 권 분량으로는 도저
히 끝낼 수 없는 거예요. 최소한 두 권 분량은 될 것 같은데, 데뷔도 안 한 신
인의 비대한 작품을 출간해줄 출판사는 없을 것 같아서, 쪼개고 쪼개다 보
니 장편 두 개가 되고 단편이 튀어나오고, 《계간 미스터리》 신인상에 응모
해서 당선되고, 여기까지 온 겁니다. 거의 4년 동안 쓴 것 같네요.

한이: 그렇다면 《무녀촌》이 가장 먼저 쓰기 시작한 작품이네요? 거기서
〈설곡야담雪哭野談〉, 《마라의 요람》이 나온 거고요.

고태라: 맞습니다. 트릭을 상당히 많이 구상했었는데, 이걸 한 작품에 다
넣는 건 과욕 같아서요. 어쩌다 보니 시리즈물처럼 됐는데 사실 하나로 끝
낼 생각이었습니다.

한이: 어떤 작가들은 트릭 하나 만드는 데도 하세월인데… 부럽습니다.
(웃음) 신인상 작품부터 꾸준히 반복되는 주제가 무속과 민속학인 것 같
은데, 어떻게 이 부분에 관심을 두게 되신 건가요?

고태라: 촌에 어울리는 걸 찾다보니 무녀가 나오고 그게 무속과 민속으로 이어졌는데, 이게 자료 조사를 하다 보니 재밌더군요. 한국적인 소재라서가 아니라, 이것 자체가 재밌어서 파고들게 됐습니다.

여실지: 작가마다 그런 게 있는 것 같아요. 계속해서 튀어나오는. 고태라 작가님에게 무속이라면 저는 냉동인간. 〈호모 겔리두스〉에서 파생된 이야기가 계속 나오더라고요.

고태라: 사실 저는 미신, 사주, 풍수 같은 거 전혀 안 믿거든요. 종교도 가져본 적 없고. 그런데 세상을 좀 삐딱하게 보는 건 있어요. 사람들이 좋다고 하는 건 왠지 나쁘게 보고 싶고, 나쁘다고 하는 건 좋은 점을 찾아보고 싶은 거죠. 이 작품을 쓸 때 세간에서 무속을 굉장히 부정적으로 묘사하고 있었거든요. 이에 대한 반감을 소설로 쓰고 싶었던 이유도 있었습니다.

한이: 작품에 떠돌이 민속학자 민도치가 계속 등장하는 게 상당히 좋다고 생각합니다. 미스터리 장르에서는 시리즈 캐릭터가 굉장히 중요하거든요. 작년 《계간 미스터리》 겨울호에 실린 《뉴욕 타임스》 베스트셀러 목록을 봐도 한 작가가 단일 캐릭터 작품을 40~50편씩 쓰고 있고, 이게 목록에 올라가는 데 결정적인 역할을 하고 있죠. 마이클 코넬리의 해리 보슈나 리 차일드의 잭 리처 신작이 나오면 망설임 없이 구매하는 거죠. 그러니까 작가에게는 스토리도 중요하지만, 캐릭터가 가장 중요한 것 같아요. 예를 들어 30년 전에 쓴 작품이 현재 실정과는 맞지 않는 부분이 많잖아요? 전에 읽은 미야베 미유키의 초기작도 휴대전화 한 통이면 끝나

는 걸 고속도로를 타고 밤새 추적하는 내용이었어요. 시대극도 아닌데 이걸 영상화하기엔 어렵겠죠. 하지만 캐릭터가 끝내준다면? 캐릭터만 취하고 스토리는 바꾸면 되는 거죠.

여실지: 좋은 거 배웠네요.

한이: 박건우 작가님께 여쭤볼게요. 〈교수대 위에 까마귀〉는 아주 전통적인 방식의 본격 미스터리인데, 신인상 당선작인 〈야경夜景〉이나 〈환상통〉과는 결이 많이 다른 것 같습니다. 어떻게 본격 미스터리 쪽으로 방향을 틀게 된 건가요?

박건우: 본격 미스터리는 일본 추리소설을 접하면서부터 정말 좋아했고, 처음부터 이런 작품을 쓰고 싶었습니다. 저는 미스터리를 읽을 때 같이 추리하면서 읽는 편인데 이게 맞았을 때의 쾌감, 그리고 틀리더라도 제가 예상했던 것보다 압도적으로 뛰어난 반전이나 강렬한 답이 나왔을 때의 카타르시스가 있거든요. 이렇게 논리적으로 추리하는 맛을 담아보고 싶다는 생각에 본격 미스터리를 쓰게 되었습니다.

한이: 작품을 쓰면서 즐겁거나 어려웠던 점은 무엇이었나요?

박건우: 일단 어려웠던 점은 사건이 일어날 장소를 정하는 거였어요. 메인 트릭은 대학교 1, 2학년 때 생각해뒀는데 당시에는 일반 공동주택이나 아파트에서 벌어지는 사건이었거든요. 그런데 이런 장소는 누군가가 목격할 가능성이 너무 높은 거예요. 그래서 대안으로 생각한 게 완공 직전의 건물로 소유주가 사람들을 불러서 파티를 연다는 설정이었죠. 그것도 현실성이 떨어지는 것 같고, 아무리 궁리해도 답이 안 나오는 거예요. 그러다 미용실에서 머리를 자르다가, 트릭이 뭔가 교수대를 닮았다는 게 떠오른 거죠. 그래서 교수대를 키워드로 검색해보니, '교수대 위의 까치'라는 유명한 그림이 있는 거예요. 아, 이거다 싶어 미술관을 배경으로 했고, 덕분에 트릭도 그럴듯하게 숨길 수 있었다고 생각합니다.

즐거웠던 점은 주인공 박현수와 하강휘 형사가 서로 대화하면서 추리를 들려주고 반박하는 과정이 너무 재밌어서 그 부분은 정말 쭉 써나갔던 것 같습니다.

한이: 작품에서 언급되는 두 사람이 앞서 해결했던 사건이 실제로는 아직 작품으로 나온 적이 없는 거죠? 저는 둘의 티키타카가 좋아서 이 콤비를 계속 살리면 어떨까 싶어요.

박건우: 처음 작품을 완성하고 나서 시리즈로 내고 싶다고 막연하게 생각했었는데, 주변에서 편집장님이 언급하신 일화나 새로운 사건도 보고 싶다는 의견이 많아서 구체적으로 구상하고 있습니다.

한이: 기대가 됩니다. 박건우 작가님 꿈이 미스터리를 쓰는 법의학자라고 들었는데, 이런 꿈을 갖게 된 이유와 꿈을 이루는 여정이 잘 진행되고 있는지 묻고 싶네요.

박건우: 사실 고등학교 시절에는 추리소설을 좋아하면서도 막연하게 의대를 목표로 잡고 공부나 하자는 생각이었어요. 부모님도 자식이 안정적인 직장을 가졌으면 좋겠다는 바람으로 의대에 갔으면 좋겠다고 종종 말씀하셨거든요. 그렇게 막연히 의대를 목표로 하다가, 고등학교 친구와 추리소설 이야기를 나누다가 '너 추리소설이랑 사건 조사 이런 것도 좋아하니까 의대에 들어가서 법의학을 하면 되겠다'는 말을 들은 거예요. 그때까지만 해도 법의학이란 게 의대에 들어가야 할 수 있다는 걸 몰랐거든요. 이거야말로 무조건 내가 가야 할 길이다, 라고 생각해서 지금까지 변치 않고 꿈을 이어오고 있습니다.

한이: 지금은 무슨 과정인 거예요?

박건우: 현재 인턴으로 근무하고 있고, 그다음에 전공의 레지던트 과정을 수료하게 됩니다. 지금은 법의학의 전 단계라고 할 수 있는 병리과 전문의 시험에 합격한 상태로, 인턴 수료가 끝나고 나면 병리과 레지던트로 이어서 근무하게 됩니다.

한이: 한국추리문학상 대상이나 황금펜상은 작품만 좋으면 얼마든지 중복 수상이 가능하지만, 신예상은 평생에 단 한 번뿐입니다. 그런 의미에서 《난기류》의 신예상 수상이 더 각별한 의미로 다가올 것 같은데, 집필 과정에 대해 좀 더 자세히 말씀해주시죠.

여실지: 《난기류》는 지인이 텍스터에서 사이드미러 시리즈를 기획한다고 소개해줘서 연이 닿았어요. 아까도 말씀드렸던 것처럼, 작가 혼자 기획안을 쓰는 게 아니라 출판사에서 기획한 포맷에 맞춰서 협업하는 방식이었어요. 저는 다양한 주제 가운데 직장 내 괴롭힘을 선택했고 조민욱 편집장님이 항공사를 배경으로 하면 어떻겠냐고 제안해주셔서 자료 조사에 들어간 거죠. 사실 저는 마지막을 더 과격하게 그리고 싶었는데, 너무 암울하지 않았으면 좋겠다는 제의가 있어서 살짝 아쉬웠습니다. 제가 제일 많이 죽이고 싶었는데 말이죠. (웃음)

한이: 작품에 식스센스가 있어 보이는 캐릭터도 있고, 약간 빙의 코드도 있는 것 같아서 사회파 호러인가 하고 생각하면서 읽었거든요. 호러 장르에도 관심이 있으신가요?

여실지: 스티븐 킹의 소설을 좋아해요. 트릭을 설계할 때도 우선 섬뜩함을 깔고 가는 것을 좋아해서 심리 스릴러도 좋아합니다. 호러 요소가 들어간 건 맞는데, 장르가 한정되면 마케팅에 불리할 수 있어서 사회파 소설이라는 점을 강조한 거죠. 초현실적인 요소가 있지만 일부러 독자가 모호하게 읽도록 의도한 바도 있어요. 등장인물들이 심리적인 죄책감을 안고 있다 보니까 누군가를 보고 독특한 반응을 나타내는데, 일면 귀신을 본 것 같은 행동을 하는 거죠.

한이: 《난기류》는 등장인물 하나에 초점이 맞춰진 게 아니라, 여러 인물이 각자의 시점에서 같은 사건을 이야기하잖아요? 이런 구조를 선택하신 이유가 있나요?

여실지: 진실이라는 게 입장의 차이에 따라서 상당히 모호한 거잖아요? 직장 내 괴롭힘이라는 것도 나는 답답해서 한마디 한 게 상대방에게는 괴롭힘으로 받아들여질 수 있는 거죠. 보는 사람과 방향에 따라서 달라지는 진실을 그리는 데 군상극이 가장 적합하다고 봤고, 믿을 수 없는 화자를 활용해서 독자들이 누구에게 감정이입하느냐에 따라 해석이 달라지도록 했죠. 박은하를 답답해하는 사람도 있고, 딱 내 처지야 하는 분도 있겠죠. 읽는 독자마다 다양한 느낌을 받으셨다면 어느 정도 의도가 맞아떨어진 것 같아요.

한이: 첫 작품을 이런 방식으로 쓰기가 쉽지 않았을 텐데 큰 도전을 하셨네요. 사담입니다만, 여실지라는 필명의 뜻이 뭔가요?

여실지: 제가 《계간 미스터리》 신인상에 투고할 때마다 필명을 바꿔서 냈어요. 그러다가 클레사 케이란 이름으로 냈는데 그게 당선이 된 거예요. 아무래도 이름을 바꿔야겠다 싶어서 급하게 정한 게 여실지如實智였어요. 불교에서 쓰는 용어인데, '만물의 참다운 실상을 깨닫고 불법을 꿰뚫는 지혜'라는 뜻입니다.
필명을 쓰는 이유는, 제가 번역도 하는데 주로 어린이 청소년 소설이거든요. 그래서 욕설도 안 쓰게 되고 비문도 최대한 줄이려고 해요. 그러다 보니 추리소설을 쓸 때 경계를 넘어서지 못하면 어떻게 하나 하는 불안감이 좀 있어요. 나름 '부캐를 만들어서 험한 말도 하고 다 죽이겠어!' 했는데 생각보다 선을 잘 넘지 못하겠어요. (웃음)

한이: 《액스》를 쓴 도널드 웨스트레이크도 본명으로는 유머러스한 작품을 썼는데, 리처드 스타크라는 필명으로는 악당 파커 시리즈 같은 폭력적이고 하드보일드한 작품을 썼죠. 스티븐 킹이 《다크 하프》에서 묘사한 작가 새드 보몬트는 본명으로 출간한 작품은 비평적으로는 훌륭하나 판매가 저조하고, 필명으로 쓴 장르 소설은 발표하는 족족 베스트셀러가 되는 인물입니다. 그때 그가 쓴 필명이 조지 스타크죠. 고태라 작가님도 필명이죠?

고태라: 정말 부끄러운데… 그냥 맥주 마시다가 생각 없이….

한이: 태라가 그 테라였어요? 하마터면 고밀러 이런 이름이 될 뻔 했군요. (웃음) 예전에 저도 하도 미스터리 장르를 '삼류'라고 하기에 거꾸로 '류삼'이란 필명을 만든 적이 있습니다. 본명으로 쓰는 것과 필명으로 쓰

는 게 조금 다르긴 다르더라고요. 류삼이 약간 더 가볍고 장르적인 느낌
이 들어요.

■전환

한이: 인터뷰할 때 항상 물어보는 질문이 있는데, 꼭 미스터리 작가가 아
니더라도 최애 작가 혹은 닮고 싶은 작가가 있나요?

　　　　여실지: 저는 스티븐 킹이에요. 다작하면서 사랑받는다는 게 부러워요. 국
　　　　내에서는 편혜영 작가님을 좋아해요. 《홀》 같은 작품을 보면 섬뜩함의 다
　　　　양한 색채를 정말 잘 살리는 것 같아요.

　　　　박건우: 보통 이런 질문을 받으면 항상 요네자와 호노부를 얘기했는데, 여
　　　　실지 작가님이 순문학 작가를 언급해서 떠오르는 작품이 있습니다. 수능
　　　　공부할 때 너무 지겨우면, 문학 편을 열어서 아무 작품이나 막 읽는 버릇이
　　　　있었거든요. 그때 정말 좋아했던 작품이 김동인의 〈광화사狂畵師〉였습니
　　　　다. 어떤 떠돌이 화가가 눈먼 소녀를 만나는데 그녀의 오묘한 표정이 정말
　　　　마음에 든 거예요. 그래서 그녀를 그리고 이건 내 최고의 작품이 되겠다 하
　　　　면서 눈동자 두 개만 남겨둔 상황에서 여자랑 하룻밤을 보냅니다. 아침에
　　　　일어나 눈동자를 찍으려고 보니 여자는 더 이상 어제의 표정이 아니라 사

랑에 빠진 눈이 되어버린 거예요. 화가는 분노해서 여자를 흔들다 벼루에 부딪혀 죽게 만드는데, 이때 튄 피가 눈동자에 정확히 박혀서 그림을 완성합니다. 여자의 원망 섞인 눈을 바라본 화가는 미쳐버리고 말죠. 오래전에 읽어서 정확한 기억인지는 모르겠지만 정말 뛰어난 작품이라고 생각합니다.

김영민: 아무래도 제가 처음으로 글을 쓰도록 영감을 준 요네자와 호노부가 첫 번째겠죠. 다음으로 미야베 미유키 작가를 이야기하고 싶은데, 예전에 어떤 출판사랑 인터뷰한 걸 봤는데 지진이 일어났는데 책상 밑에 들어가서 글을 썼다고 하셨더군요. 지금 생각해보면 마감이 아니었나 싶긴 하지만, 아무튼 존경스럽습니다.

한이: 이수광 선생님은 보일러실에 들어가서 쓴 적도 있다고 하셨어요. (웃음)

고태라: 저는 재작년부터 미스터리 외의 작품을 많이 읽어보자고 생각해서 세르반테스의 《돈키호테》를 읽으면서 정말 세련된 소설이라고 생각했습니다. 벽돌처럼 두꺼운 책 두 권을 읽으면서 천재 중의 천재가 아닌가 생각했습니다. 또 한 명은 무협 작가입니다. 김용 세대 작가인데, 쌍둥이를 각자 데려다가 키우는 내용인가 그랬거든요. 미스터리 요소가 상당히 많이 들어간 작품인데….

한이: 고룡의 《절대쌍교絕代雙驕》 같은데요. 고룡의 작품은 미스터리 기법이 많이 들어가 있어요. 국내에서 《태극문太極門》, 《군림천하君臨天下》의 용대운 작가가 많이 영향을 받았죠.

여실지: 다음은 무협 미스터리인가요? (웃음)

고태라: 글쎄요. 좀 다양하게 해보고 싶은데 무협은 섣불리 시도하기에는 독자들이 까다로운 것 같아요.

한이: 골수 무협 독자들은 배경 묘사나 설정에 까다롭죠. 정파인데 사파 무공을 쓰거나 하면 바로 지적합니다. (웃음) 현재 집필하고 있거나 집필 예정 혹은 출간 준비 중인 작품이 있으면 말씀해주시죠.

김영민: 우선 단편집 두 권과 《수상탑의 살인》 연작의 본격 미스터리 장편

을 준비 중입니다. 클로즈드 서클인데 공중이나 지하처럼 장소를 변주한 작품을 구상하고 있습니다.

박건우: 일단 〈교수대 위의 까마귀〉 주인공들이 등장하는 다음 단편을 쓰고 있고, 한국 본격 미스터리 작가 클럽의 두 번째 앤솔러지에 들어갈 작품을 준비 중인데, 이번에는 특수설정 미스터리가 주제입니다. 이 단편은 중세를 배경으로 지금까지 썼던 것과 다르게 묵직하게 써보고 싶어서 계속 고민 중입니다. 장편은 쓰고 싶은 건 많은데 확실하게 잡힌 게 없어서 이러저리 굴려보고 있습니다.

여실지: 지금 쓰고 있는 단편은 하드보일드 앤솔로지에 들어갈 작품이고, 장편은 단편을 마무리한 다음에 다시 도전해볼 생각입니다.

고태라: 일상 미스터리 연작단편집을 거의 다 썼는데, 마지막 한 방이 없어서 질질 끌고 있습니다. 네 편을 하나로 아우르는 에필로그가 막혀 있습니다.

한이: 곧 작품으로 뵙게 될 것 같아 기대가 큽니다.

● **끝맺음**

한이: 마지막으로 2025년을 마무리하면서 받은 상이 각자에게 어떤 의미인지 말씀해주시죠.

김영민: 이번 대상은 저에게 앞으로 글을 쓰는 데 큰 원동력이 될 것 같습니다. 이미 큰 힘이 되고 있고 앞으로도 많은 도움이 될 든든한 동반자 같은 느낌입니다.

고태라: 제 글이 한 편의 소설로 검증받았다는 사실이 무엇보다 큰 감동으로 다가옵니다. 다음 이야기를 써나갈 용기를 얻었습니다.

박건우: 저에게 황금펜상은 더 좋은 작품을 쓰라는 격려이자 채찍질이라고 생각합니다. 처음 수상 소식을 들었을 때 솔직히 기쁨보다는 '내가 이걸 받아도 되나?' 하는 걱정이 앞섰습니다. 한국의 본격 미스터리는 그 수도 적을뿐더러 아직은 국내 독자들의 기대치에 못 미치는 게 사실입니다.

그런 독자들을 만족시키고 설득하려면 지금보다 훨씬 완성도 높은 작품을 써내야 한다고 생각합니다. 제게 황금펜상은 그런 의미로 받아들여졌습니다.

여실지: 작가에게 '상을 받는다'는 의미는 '쓰는 사람'으로 존재할 수 있는 자격을 인정받는다는 생각이 들었습니다. 개인적으로 작년 한 해는, 여러 가지 집안 문제로 작품을 구상하고 글을 쓸 시간과 여유가 없었어요. 겨우 소설가가 되었는데, 글을 쓰지 못하고 있으니, 이러다 먼지처럼 사라지는 게 아닐까 불안하기도 했었죠. 그러다 보니 이번 신예상 수상은, 먼지처럼 아주 작고 미미한 존재에게 날아가버리지 말라고 무게를 준 듯, 지치지 말고 계속 쓰라는 응원과 격려의 의미로 다가왔습니다. 고맙고도 묵직한 위로를 받은 기분이었습니다. 더 나아가, 이번 수상을 계기로 예전보다 더욱 무게 있고 진지하게 작품을 써야겠다는 생각도 들었습니다.

한이: 양과 질 모두를 만족시킬 한국 미스터리의 진정한 전성기는 이제 막 시작되었는지도 모르겠습니다. 2025년 한국추리문학상 수상자들이 단단한 버팀목이 되어줄 것이라 믿으며, 긴 인터뷰를 마무리하겠습니다.

2026 해외 출간 예정 작품

✦ 박광규

세상에는 수많은 추리소설이 출간되고, 그중에서 걸작으로 인정받는 작품만 꼽더라도 한 사람이 평생 다 읽지 못할 만큼 많다. 그럼에도 새로 나올 '신작'에 대한 소식은 늘 독자들의 관심을 잡아끈다. 애호가들은 자신이 좋아하는 작가의 새로운 작품이 빨리 출간되기를 고대한다. 깜짝선물 상자 안에 뭐가 들어 있을까 기대하는 사람처럼 말이다. 이번에는 지난해에 이어 주로 영어권(미국, 영국)과 일본 작가(국내에 번역 출간된 작품이 있는 작가) 위주로 간단히 소개하고자 한다. 작품 제목은 한국어판이 출간될 때 달라질 수도 있다(작품 소개에서 확인할 수 있겠지만, 작가가 완성하지 못한 경우 올해 출간되지 않을 수도 있다).

아쓰카와 다쓰미, 《데드 맨즈 체어デッドマンズ・チェア》(카도카와, 3월 27일)

'전달' 능력으로 수사에 도움을 주던 소녀 사유키가 요코하마에서 인질로 잡힌다. 범인은 가출한 중국인 소년과 소녀. 경시청 공안부 공안 제5과 코토다마 범죄 조사과 팀은 사유키의 행방을 추적한다. 《버닝 댄서バーニング・ダンサー》(2024)에 이은 수수께끼 풀이+경찰 소설+특수설정인 '코토다마(말言葉에 힘이 있다는 개념) 범죄' 시리즈 두 번째 작품이다.

데이비드 발다치, 《호프 떠오르다Hope Rises》(그랜드센트럴, 4월 14일)

월터 내쉬는 딜런 호프라는 가명으로 FBI의 정보원이 되어 빅토리아 스티어스가 이끄는 국제 범죄 조직에 맞서 복수의 길을 걷고 있다. 내쉬의 유일한 목표는 그가 소중히 여겼던 모든 것을 빼앗아간 스티어스를 무너뜨리는 것. 그는 조직에 잠입해 내부에서부터 붕괴시키려고 한다. 그러나 자신의 인생을 파괴한 스티어스를 증오하면서도 그녀에게 끌리는 자신을 발견한다.

앤서니 호로위츠, 《죽음의 에피소드A Deadly Episode》(하퍼, 4월 23일)

대니얼 호손 시리즈의 첫 작품인 《중요한 건 살인》의 영화화가 결정되고, 시나리오 작업과 배우 캐스팅을 거쳐 헤이스팅스에서 촬영이 시작된다. 그런데 대

니얼 호손 역을 맡은 배우 데이비드 케인이 칼에 찔려 죽는다. 케인은 감독과 불화를 빚었고, 각본가와 잠자리를 함께했으며, 동료 출연자를 모욕했고, 수백만 달러 규모의 차기 스파이더맨 영화 출연 계약을 앞두고 에이전트를 해고한 지 며칠 지나지 않은 상태다. 따라서 촬영장의 여러 사람에게 살인 동기가 있는 것처럼 보인다. 하지만 만약 살인자가 실수했다면? 진짜 표적이 호손 자신이었다면? 이야기는 영국 영화 촬영장에서 호손이 성장한 요크셔의 리스 마을로 옮겨간다.

요네자와 호노부, 《런던 스콘의 수수께끼倫敦スコーンの謎》(도쿄쇼겐샤, 4월 30일)

〈소시민〉 시리즈 단편집. 시리즈 장편은 일단 완결된 상태이지만 단편집은 계속 나올 예정이다. 표제작 외에 〈샌프란시스코 쿠키의 수수께끼〉, 〈로마 젤라토의 수수께끼〉, 〈비엔나 자허토르테의 수수께끼〉 등 네 편 수록.

퍼트리샤 콘웰 《트루 크라임: 회고록 True Crime: A Memoir》(그랜드센트럴, 5월 5일)

법의학자 케이 스카페타 박사 시리즈로 유명한 베스트셀러 작가 퍼트리샤 콘웰이 솔직한 회고를 통해 자신의 지나온 삶을 담담하게 털어놓는다. 무관심한 부모 밑에서 자란 어린 시절의 트라우마, 크리스마스 날 가족을 버린 아버지, 두 차례 정신병원에 입원한 어머니, 위탁가정에서의 학대, 그리고 복음 전도자 빌리 그레이엄의 아내 루스와의 부모 같은 관계까지 상세히 묘사한다. 죽을 고비를 넘긴 교통사고와 고통스러운 입원 생활, 그리고 이후의 법의학 검사관 사무실 근무 시절과 소설을 쓰기 시작해 세계적인 작가가 되기까지의 이야기가 담겨 있다.

마이클 코넬리, 《아이언우드Ironwood》(리틀, 브라운, 5월 19일)

비밀 정보원으로부터 마약 거래 관련 제보를 받은 스틸웰은 부하들과 함께 카탈리나섬의 외딴 산속 비행장에 착륙하는 비행기를 감시한다. 그러나 스틸웰이 전달자를 추적하다가 놓치고, 활주로에서 총격전이 벌어지면서 비행기는 날아가버린다. 내부 감사가 진행되는 동안 직무가 정지되어 보안관 보조 사무실에 머무르게 된 스틸웰은 실패한 마약 거래에 대해 비밀 수사에 착수한다. 그러던 중 분실물 보관소에서 주인을 찾지 못한 값비싼 배낭을 발견한다. 4년 전 섬에서 하이킹하던 중 실종된 여성의 것으로 여겨지는 배낭이 불과 두 달 전에야 발견된 사실에 흥미를 느낀 그는 이 수수께끼를 쫓아 르네 발라드 형사, LA 경찰청 미제사건 담당 팀과 공조하게 된다. 바다를 사이에 두고 각자 사건을 수사하던 스틸웰과 발라드는, 당국을 조롱하는 것을 즐기는 범죄자의 흔적을 쫓고 있음을 깨닫는다. 지난해 첫선을 보인 스틸웰 시리즈의 두 번째 작품으로, 보슈 세계관과의 연결이 시작된다.

존 카첸바흐, 《건축가The Architect》(블랙스톤, 5월 26일)

"네 이름의 의미를 기억해. 정말 미안해." 건축학 최종 시험을 단 2주 앞둔 슬론 코놀리는 그동안 소원하게 지냈던 어머니로부터 수수께끼 같은 손편지를 받는다. 어머니는 어딘가로 사라졌고, 철저한 수색에도 흔적이 발견되지 않자 경찰은 자살로 결론을 내린다. 슬픔에 빠져 있던 슬론은 익명의 의뢰인으로부터 특별한 설계 주문을 받고 마음을 가다듬는다. 그 주문은 숨겨진 연관성을 가진 여섯 명의 낯선 기들을 위한 추모 공간을 설계하는 것으로, 수백만 달러의 보수와 경력이 걸려 있다. 그러나 메인주에서 마이애미까지 이어지는 여섯 명의 삶을 추적하는 동안, 슬론이 밝혀낸 비밀들은 그녀의 비극적인 가족사와 얽혀 있다.

츠지무라 미즈키, 《파이어 돔ファイア・ドーム》(쇼가쿠간, 6월 5일)

25년 전, 평온했던 산간 지방 마을은 백화점 안내원 납치살인사건 발생으로 소란스러워진다. 가해자뿐만 아니라 피해자에 대한 추측이 불꽃처럼 번져 '소문'이라는 거대한 불길로 이어진다. 그리고 평온함을 되찾은 듯한 마을에서, 그동안 꺼지지 않았던 불씨는 새로운 사건을 불러일으킨다.

소메이 다메히토, 제목 미정(켄토샤, 6월 중)

밖에서는 모두 행복해 보이는 어느 맨션의 주민들. 그러나 그 뒤에는 불륜, 모럴해저드, 학대, 그리고 살인까지… 무서운 비밀이 숨겨져 있다. 절대 살고 싶지 않은, 하지만 한편으로는 놀랍게도 공감되는 부분도 있는 장편 미스터리.

알렉산더 매컬 스미스, 《은밀한 유혹의 즐거움The Subtle Pleasures of Indiscretion》(판테온, 7월 21일)

그동안 몰랐던 동생의 존재를 최근에 알게 된 친구가 이자벨을 찾아와 고민을 털어놓는다. 그동안 자신의 아버지를 존경해왔던 친구는 아버지의 불륜 사실이 알려지면 아버지를 바라보는 가족의 시선이 달라질지 모른다고 걱정한다. 한편 이사벨의 남편 제이미는 런던의 유명 공연장에서 열리는 일련의 콘서트에 연주자로 참여한다는, 꿈에 그리던 기회를 얻는다. 그런데 공연 코디네이터를 만난 이사벨은 그 여성이 제이미에게 푹 빠져 있음을 직감한다. 이사벨은 여성의 의도를 제이미에게 털어놓아야 할지 고민한다. 이사벨은 실용적인 감각과 친절함을 발휘해 이 까다로운 상황을 헤쳐나가야만 한다. 2004년부터 시작된 철학자이자 아마추어 탐정 이사벨 달하우스 시리즈의 열여섯 번째 작품.

제프리 디버, 《속임수들Deceptions》(G. P. 푸트넘, 8월 4일)

조종사 한 명만 탑승한 소형 제트기가 대서양에 추락했다. 현지 당국은 추락 원인이 폭탄인지 폭풍인지 확인해야 하지만, 증거는 수심 8500미터에 달하는 푸에르토리코 해구 바닥에 가라앉아 있다. 링컨 라임은 이 사건을 어떻게 해결할 것인가? (〈증거가 있는 곳Where the Evidence Lies〉)

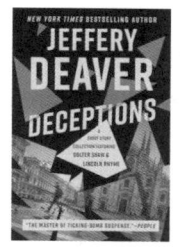

언론 자유연구소에 긴급한 첩보가 입수된다. 독재 정권을 취재하던 기자를 암살하기 위해 브뤼셀에서 온 전문 킬러가 미국에 입국했다는 것. '트래커' 콜터 쇼는 경찰조차 손대지 못한 사건의 이면을 파헤치는 임무를 맡는다. 암살 목표는 누구이며 어디에 있는가? 그리고 그가 가진 결정적인 정보는 무엇인가? 사건을 추적하던 쇼는 자신도 '회계사'라는 별명을 지닌 치밀한 암살자의 목표물이 되었음을 깨닫는다. (〈회계사 The Bookkeeper〉) 서스펜스의 대가 제프리 디버의 교묘한 '속임수'로 가득한 여덟 편의 작품이 수록된 단편집.

로버트 해리스, 《크레센도Crescendo》(퍼거서스북스, 8월 4일)

1959년 할리우드. 성공을 꿈꾸는 추리소설가 바비 버고인은 앨프리드 히치콕의 새 영화 〈크레센도〉의 각본 작업을 맡게 되면서 마침내 자신의 미래가 보장되었다고 생각한다. 그러나 누군가가 이 영화가 제작되는 것을 막기 위해 살인까지 불사할 것처럼 보인다. 히치콕은 이 방해 공작의 배후가 누구인지, 이유가 무엇인지 찾아내도록 바비에게 지시한다. 무자비한 살인자의 추격을 받는 가운데, 바비는 히치콕이 경감을 얻은 어두운 원작 소설 뒤에 납치, 기억상실, 살인으로 이어지는 잔혹한 이야기가 숨겨져 있음을 발견한다.

리사 가드너, 《후회하게 될 거야You'll Be Sorry》(그랜드센트럴, 8월 4일)

수십 년 전의 끔찍한 비밀이 깃든, 버려진 흐화 별장. 새로운 시작을 꿈꾸는 젊은 부부. 그리고 그 별장에 대한 여러 가지 사실을(시체가 숨겨진 곳까지도) 알고 있는 듯한 길 잃은 개. 이 작은 마을 주민들이 하는 말은 의심의 여지가 없다. 오래된 별장에 발을 들이는 순간… '후회하게 될 거야.'

M. W. 크레이븐, 제목 미정(콘스터블, 8월 13일)

워싱턴 포 시리즈 여덟 번째 작품. 시놉시스는 공개되지 않았으니, 전작 《최후의 서약The Final Vow》(2025)의 에필로그에서 새로운 길을 택한 워싱턴 포와 틸리 브래드쇼의 모습이 그려질 듯.

이케이도 준, 《하야부사 소방단 숲으로 이어지는 길ハヤブサ消防団 森へつづく道》(슈에이샤, 2026년 여름)

시바타 렌자부로상 수상작이자 TV 드라마로도 제작된 《하야부사 소방단》(2022)의 후속작. 연쇄 방화 사건이 해결된 지 어느덧 2년. 주인공인 추리소설가 미마 다로는 첫 히트작을 내며 평온한 나날을 보내고 있었으나, 본의 아니게 시장 선거에 휘말리고 만다. 한편, 서른 살의 젊은 여성이 물에서 시신으로 발견되면서 평화로운 마을에 범죄의 그림자가 드리워진다.

샤센도 유키, 《낙원이야말로 탐정의 편재楽園こそ探偵の遍在》(하야카와쇼보, 2026년 여름)

두 명 이상을 살해한 자는 지옥으로 끌려가는 세계에서 외딴섬 연쇄 살인사건을 해결하고 돌아온 탐정 아오기시 카오루에게 새로운 사건 의뢰가 들어온다. 특수설정 미스터리 《낙원은 탐정의 부재》의 후속작인 연작 단편집.

앤 클리브스, 《다잉 라이트The Dying Light》(미노타우르북스, 9월 29일)

불타는 듯한 폭염 속의 데번. 떠오르는 정치인 폴 암스트롱의 호화로운 별장 수영장에서 여학생 로티의 시신이 발견되고 폴의 딸이자 로티의 절친 한나가 실종되자, 매슈 벤 형사가 수사에 나선다. 가족보다 며칠 먼저 데번에 도착한 두 소녀는 인근 농장에서 열린 포크 음악 축제를 방해했고, 로티는 마을을 시골뜨기 공동체라고 조롱하는 선동적인 영상을 소셜미디어에 올렸던 상황. 강력한 가문과 지역 갈등 사이에서 위험한 줄타기를 하는 벤 형사는 진실이 사람들의 말이 아닌 그들이 지키는 침묵 속에 있다는 사실을 너무나 잘 알고 있다.

이노우에 마기, 《테세우스의 몸テセウスの體》(가제) (켄토샤, 2026년 가을)

"보이지 않고, 들리지 않고, 말할 수 없는" 여성을 한 대의 드론으로 구해야 한다는 전대미문의 설정과 반전으로 베스트셀러가 된 《아리아드네의 목소리》의 속편. 이번에는 공중이 아닌 물속을 누비는 수중 드론이 등장한다.

리 차일드 & 앤드루 차일드, 《연쇄반응Chain Reaction》(밴텀, 10월 20일)

워싱턴 DC. 수전 터너 장군은 일을 제대로 처리해줄, 딱 한 사람의 도움이 필요하다. 그러나 떠돌아다니는 리처를 찾는 일은 쉽지 않을 것이다. 그렇다고 불가능한 일도 아니다.

리처는 초대장을 받는다. 이름을 밝히지 않는 장군과의 만남. 매력적인 제안은 아니만 그는 호기심을 느낀다. 잭 리처 시리즈 서른한 번째 작품.

루이즈 페니, 《미스 월콧의 유령Miss Wolcott's Ghost》(미노타우르북스, 10월 27일)

아르망 가마슈 시리즈 스물한 번째 작품. 시놉시스는 현재 기공개.

마이클 코넬리, 《구멍The Hollow》(리틀, 브라운, 11월 3일)

해리 보슈의 열한 살 시절은 끔찍했다. 어머니가 살해당했고, 홀로 남은 그는 국가 보호라는 이름 아래 학대가 만연한 맥라렌 아동보호소에 수용되었다. 폐쇄된 지 수십 년이 지난 지금, 미키 할러는 대규모 집단 소송으로 전 수용자들에게 수십억 달러, 보슈에게도 40만 달러라는 거액의 배상금을 지급받을 자격이 있다는 소식을 전한다. 이 합의 소식은 그가 떠올리고 싶지 않았던 당시의 기억, 그리고 소년 수용자 '춉스'의 죽음을 떠올리게 한다. 춉스의 시신은 직원들이 아이들을 벌주기 위해 사용하던 계단 아래 숨겨진 공간(아이들은 그곳을 '구멍'이라 불렀다)에서 발견되었다. 그러나 춉스의 죽음은 은폐되었고, 해결되지 않은 채 넘어갔다. 보슈가 기록을 파헤치자, 범인은 아직 살아 있을 뿐만 아니라 잔혹한 범죄자의 길을 걸어간 흔적이 드러난다. 해리 보슈 시리즈 스물한 번째 작품.

새러 패러츠키, 《배드 컴퍼니Bad Company》(미노타우르북스, 11월 10일)

70대 독신 여성 릴리 세다코는 평범한 은퇴자처럼 보인다. 하지만 그녀는 CIA 현장 요원으로 중앙아시아 여러 국가를 누볐던 경력이 있다. 시카고에서 평범한 나날을 보내던 그녀에게 익명의 소포가 배달된다. 소포 속의 잡지에는 지금까지 공개된 적 없는 20년 전 사진이 실려 있었는데, 거기에는 현장 요원 시절 릴리의 모습이 포착되어 있다. 즉 누군가 알 수 없는 이유로 릴리의 정체를 폭로하려 하고 있다. 그녀는 과거의 삶에서 얻은 기술과 인맥을 활용해 현재 벌어지고 있는 음모와 20여 년 전 중앙아시아에서 무슨 일이 있었는지 밝혀내기로 결심한다.

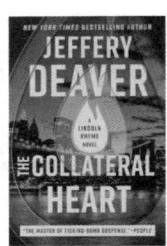

제프리 디버, 《부수적인 마음The Collateral Heart》(G. P. 푸트넘, 11월 17일)

맨해튼에서 발생한 끔찍한 방화 사건을 수사하기 위해 라임과 색스가 현장에 투입된다. 두 사람은 잔해 속에서 발견한 단서들을 통해 범인의 다음 목표가 어디인지를 알아내려 한다. 그들은 예상하지 못했던 곳, 즉 인기 있는 역사 팟캐스트 진행자에게서 도움을 받는다. 그리고 그 과정에서 젊은 여성 살인사건을 추적 중인 데스데모나 베일 형사와 마주한다. 두 사건을 동시에 파헤치던 라임은 용의자의 음모가 처음 생각했던 것보다 훨씬 복잡하다는 것을 깨닫는다. 링컨 라임 시리즈 열일곱 번째 작품.

아리스가와 아리스, 《꺾인 곶折れた岬》(니혼게이자이신문출판, 출간일 미정)

대형 출판사에서 환갑을 넘길 때까지 추리소설 편집을 맡았던 타키하라 후미노리는 꺾인 곶이 보이는 카제후시라는 마을로 이주해 약 10년 전 실종된 작가 카리타 류스케의 수수께끼를 조사하기 시작한다. 타키하라는 탐정처럼 근처 식당과 커피숍을 돌며 류스케에 관한 정보를 모으지만, 뚜렷한 실마리를 잡지 못한다. 그러던 중 강력한 조력자가 나타난다.

오야마 세이이치로, 《탐정의 혈맥探偵の血脈》(후타바샤, 출간일 미정)

잡지 《소설추리小說推理》에 2년 동안 연재(2023년 7월~2024년 5월호)했던 작품. 1946년부터 2000년까지 3대에 걸친 사설탐정의 활약을 묘사한 연작 단편집이다.

시라이 도모유키, 《꼭대기층의 괴물最上階の怪物》(아사히신문출판, 출간일 미정)

건물 꼭대기 층에서 일어난 살인사건을 해결하기 위한 불량배들의 분투. 2025년 출간 목표였으나 집필이 늦어졌다.

히가시가와 도쿠야, 제목 미정(도쿄쇼겐샤, 출간일 미정)

작가 최초의 비 시리즈 단편집. 범인 알아맞히기, 특별한 '집館', 도치서술 등 다양한 서브 장르가 포함될 예정이다.

노리즈키 린타로, 《노리즈키 린타로의 실수法月綸太郎の不覚》(고단샤, 출간일 미정)

노리즈키 린타로 시리즈 일곱 번째 단편집. 잡지에 수록되지 않은 작품을 엮은 오리지널 중단편집.

요네자와 호노부, 《돌의 칼날石の刃》(카도카와, 출간일 미정)

토라노몬 한 귀퉁이에서 법률 사무소를 운영하는 변호사 에지마. 어느 날 예약도 하지 않은 손님이 찾아온다. 사무소 직원인 산조는 그의 이야기를 듣기 위해 에지마와 함께 응접실로 향한다. 하지만 그들은 기업 법무를 주로 다루는 에지마 법률사무소의 전문 분야를 벗어나는 뜻밖의 의뢰를 받는다..

박광규 추리소설 해설가로 《계간 미스터리》 편집장, 월간 《판타스틱》과 한국어판 《엘러리 퀸 미스터리 매거진》 등의 편집위원으로 활동. 현재 한국 추리소설 역사를 조사, 정리 중이다.

신인상

심사평

심사평

《계간 미스터리》신인상 심사위원

2026년 봄호 신인상 본선에 오른 작품은 〈늪에서 나온 시체〉, 〈복사본〉, 〈시큐리티 올드맨 2〉, 〈카핑 베토벤〉, 〈혜자의 곰〉, 다섯 편이었다.

〈늪에서 나온 시체〉는 미스터리적인 설정을 갖춘 작품으로 토탄층에 시체를 감춘다는 아이디어도 나름 신선하게 느껴졌다. 하지만 범인의 편의에 따라 모든 상황이 흘러간다는 점이 약점으로 지적되었다. 범인의 뛰어난 지략에 감탄하기보다는 경찰의 무능함에 한탄하게 하는 전개는 독자를 끌어들이기 어렵다.

〈복사본〉은 안정적이긴 한데 무엇을 말하려고 하는지 모호한 점이 가장 큰 단점이었다. 예를 들자면, 작품 전체에서 이름이 아니라 '사내'라고 불리는 경찰 관계자가 있다. 독자들은 김준결과 대면하는 내내 사내라고 지칭되는 인물에게 뭔가 미스터리가 있지 않을까 집중한다. 그러다가 작품의 주체가 김준결이라는 걸 아는 순간, 의아함을 넘어 배신감을 느끼게 된다. 사내는 그냥 김철수나 박영식, 어떤 이름으로 불려도 상관없는 인물이었던 거다. 이걸 트릭이라고 할 수 있을까.

〈시큐리티 올드맨 2〉는 2025년 가을호에 응모한 〈시큐리티 올드맨〉 연작인데, 전작에서 크게 달라진 게 없다. 당시 약점으로 지적되었던 '여러 이야기를 넣었으나 긴밀한 플롯으로 연결되지 않는' 점도 그대로였다. 그러다 보니 액션 장면도 뜬금없이 튀어나온다. 액션 장면은 기대감을 고조시키다가 터뜨려야 원하는 효과를 볼 수 있는데, 아무런 빌드업이 없어서 그 장면만 따로 논다. 우선 하나의 사건으로 촘촘한 플롯을 짜고 장면을 구성하는 훈련이 필요해 보인다.

〈카핑 베토벤〉은 당선을 놓고 가장 갑론을박이 벌어졌던 작품이다. 전체적인 구성은 가장 탄탄했지만, 미스터리 장르로 보자면 '악마와의 계약에 의한 시간 여행'이라는 소재가 경계 밖으로 튀어나가는 모양새였다. 어딘가 기시감이 느껴지는 전개도 약점으로 지적되었다. 《계간 미스터리》신인상에 어울리는 작품으로 재도전하길 기대한다.

〈혜자의 곰〉은 출판 관계자가 아닌가 생각될 정도로 출판계의 세세한 뒷이야기가 담겨 있어 흥미로웠다. 하지만 자신의 작품을 팔기 위해 살인을 하고, 그로 인해 이득을 보는 출판사 사장이라니. 독자가 쉽사리 받아들이기 어려운 설정이었다. 이런 무리한 설정을 감행하려면 최소한의 설득 과정이 필요한데 별다른 설명 없이 툭 던지고 그만이다. 세부 디테일도 중요하지만 전체 사건을 지탱하는 큰 틀도 중요하다.

본심에 다섯 편이나 오른 것은 어떤 의미로 우열을 가리기 어려웠기 때문이다. 한두 작품을 당선작으로 밀기에는 각각의 단점이 명확했다. 심사위원들은 아쉬우나 이번 호에는 당선작을 내지 않기로 했다.

폴 기오의 《킬 더 도그》에서 인용한 문장으로 한 가지 당부하고자 한다. "당신의 글이 뛰어나면, 101페이지든 140페이지든 반드시 주목받는다. 당신도 함께 주목받을 테고, 아마도 프로 시나리오 작가로 데뷔할 기회를 얻을 것이다. 반대로 당신의 글이 별로라면, 페이지 수는 결코 당신을 구해줄 수 없다."

최근 200자 원고지 400~500매의 작품을 투고하는 경우가 종종 있다. 재미없는 걸 길게 늘여봤자 작품성이 올라갈 일은 없다. 더 이상 덜어낼 수 없을 때까지 덜어내는 것이 퇴고다. 심기일전한 다음 작품을 기대한다.

로맨스 스캠 특별 단편

봐라니 연가

김아직

노라가 돌아오지 않았다. 정확히는 상후에게 고용된 세 번째 노라였다. 앞선 두 명의 노라 중 하나는 다른 일에 연루되어 감옥에 가고 다른 하나는 돈을 갖고 튀었다가 상후에게 붙잡혀서 다른 곳으로 팔려 갔다. 윤은 상후 눈치를 살피며 제 인맥을 총동원해 노라를 찾고 있었다. 믿을 만한 누나라며 노라를 상후에게 소개한 게 윤이었다. 누나가 그럴 사람이 아닌데, 윤의 혼잣말이 온풍기 소음에 뒤섞였다.

수금액은 천만 원이었다. 상후는 천만 원의 손실액보다 노라가 사라지면 최도식과의 연결고리가 끊긴다는 사실에 신경이 쓰였다. 세상에는 세 부류의 인간이 있었다. 돼지, 젖소 그리고 고라니. 돼지는 공들여 키우다가 한 방에 잡아먹는 용도였다. 반년 전에 윤과 상필이 AI 영상으로 결혼 약속과 함께 뉴욕 오피스텔 계약금을 받아냈던 여자가 그 부류에 속했다. 반면 젖소는 경계가 심해서 찔끔, 찔끔, 짜내야 하는 인간이었다. 이 부류는 서서히 액수를 높여가며 관리하는 수밖에 없었다. 최도식은 체급이 큰 젖소였다. 축구장 열 개 규모라는 2만 평의 농지에 냉장창고 임대업도 겸하고 있었으니 자산 규모와 안정성으로 따지면 중소기업 대표 경험을 뿌리고 다니는 치들보다 나았다.

최도식을 상대로 50만 원이라는 소액으로 시작해 액수를 네 자릿수로 끌어올리는 데 꼬박 두 달이 걸렸다. 그사이 최도식이 노라에게 푹 빠진 것까진 좋았다. 문제는 직접 만나서 돈을 주겠다며 최도식 편에서 은행 송금을 거부하기 시작했다는 점이다. 상후는 노라에게 이별을 통보해 최도식을 압박하라고 지시했다. 대면 작전을 추진하기에는 액수가 미진했다. 그때 노라의 연기력을 믿어보라며, 대면 후엔 수금액의 자릿수가 또 바뀔 거라며 확언하던 게 윤이었다. 그래서 상후에게 윤은 고라니였다. 시끄럽고 무용한 존재들….

상후가 윤을 걷어찼다. 윤의 손에서 떨어져 나간 전화기에서 또 다른 고라니의 목소리가 울렸다.

"…사채 쓴 게 있어서 너희 쪽 아니어도 감시하는 눈이 많아."

상후가 윤의 휴대전화를 집어들었다.

"경희 누나 어디 못 가니까…."

상후는 상대가 말을 매조지기 전에 통화 종료 버튼을 눌렀다. 경희. 여자가 노라가 되기 전에 쓰던 이름이었다. 여자의 진짜 이름이 무어든 상후에겐 그저 노라였다. 열예닐곱 살 무렵 〈인형의 집〉이라는 연극을 본 적이 있었다. 연극배우 지망생이던 성당 누나가 처음으로 무대에 오르게 되었다며 상후와 상필 형제를 초대했다. 누나가 맡은 역할은 주인공 노라의 집에서 일하는 하녀 헬렌이었다. 배우들의 대사와 발소리가 지루하게 이어지던 연극은 동생 상필의 울음으로 끝이 났다. 주인공 노라가 남편과 아이들을 두고 집을 떠나는 엔딩 장면에서 상필이 울음을 터뜨렸던 것이다. 떠난 엄마 때문인 듯했지만 그때도 그 후로도 상후는 그날의 울음에 대해 묻지 않았다. 다만 그날 이후로 상후는 여자들의 이름을 노라로 기억하는 버릇이 생겼다. 끝내 연극배우가 된 성당 누나 노라, 퀸헤어 미용실 견습생 노라, 샌드위치 전문점 오전 타임 알바생 노라, 집주인 노라, 택시 운전사 노라, 옥탑방에 놀러 오던 노라, 온갖 노라….

"노라한테 무슨 일 생기면 책임진다고 말한 건 너다."

상후가 윤의 뺨을 내리밟고 있는데 구석에서 태블릿을 들여다보던 상필이 말했다.

"형, 젖소 영감이 돈을 보냈어."

상필 말대로 최도식이 천만 원을 송금한 내용이 확인되었다. 상후는 노라의 SNS 계정에 접속해서 최도식과의 디엠 창을 확인했다.

– 근처까지 와놓고 그냥 가버리는 법이 어디 있소? 내가 은애를 못 믿어서 보자 한 게 아니란 거 알지 않소. 남은 날을 함께할 당신인데 설마 돈 천만 원이 아까워 그랬겠소. 은애 고운 얼굴 한 번 보고 싶어 그랬던 거요. 그러니 노여워 말고 수일 내로 다시 찾아주오. 나 최도식은 은애를 사랑합니다.

은애는 최도식이 연인이라 믿는 노라의 이름이었다. 최도식의 메시지로 미루어 보건대 노라는 돈을 들고 달아난 게 아니었다. 상후는 아까 윤의 전화기에서 들린 말들을 복기했다. 사채업자들이 노라를 데려갔다면 세 번째 노라를 이쯤에서 보내주는 게 나았다. 애초에 법적 효력을 지닌 고용 계약서가 존재하지 않는데도 사채업자 중에는 노라의 월급을 압류하려고 덤비는 것들이 있었다. 상후는 윤을 자리로 불러 티슈를 두 장 뽑아 건넸다.

"노라 말투 알지? 영감 잘 달래드리고 네 말대로 자릿수 하나 올려서 마무리하자."

윤은 상후에게 받은 티슈로 터진 입술을 닦으며 자기 책상으로 돌아갔다. 노라와 최도식이 나눈 대화들과 노라의 사진이 있으니 둘의 로맨스를 이어가는 데는 무리가 없었다. AI가 노라의 습관적인 맞춤법 실수까지 반영한 대사를 만들어준 덕에 윤은 일주일 만에 수금액의 자릿수를 올리는 데 성공했다. 상후는 윤이 건넨 태블릿으로 최도식의 디엠을 확인했다.

– 은애 말대로 작게라도 살림을 합치는 게 나을 것 같소. 집값은 내가 마련할 테니 은애는 법적으로 마무리 잘하고 나한테 오기만 하시오. 사채까지 끌어다가 은애를 그 고생을 시킨 작자이니 법원도 은애 뜻대로 해줄

거요. 그러면 일전에 만나기로 했던 농막에서 기다리겠소. 나 최도식은 은애를 평생 사랑하겠습니다.

"이번에도 직접 만나서 주겠답니다. 살림집으로 적당한 오피스텔 매물이 나왔다고 송금하라 했더니 핸드백이나 하나 사고 기분 풀라며 100만 원을 보내왔습니다. 돈을 다 송금하면 은애가 만나러 오지 않을까 봐 그러는 것 같습니다."

"그렇다면 우리 쪽에서 영감님을 뵈러 가야지."

최도식이 말하는 농막은 현주시 연목리에 있었다. 그 일대가 거지반 최도식의 소유라는 사실은 이미 심부름센터 황을 통해 확인한 바였다. 농막은 최도식과 아내가 사는 살림집에서 3킬로미터 가까이 떨어져 있었고 주변에 민가나 상가가 없어서 밀회 장소로 적당했다. 하지만 외딴곳에 있다고 해서 안전이 보장되는 건 아니었다. 상후는 태블릿으로 현주시 연목리 지도를 띄워놓고 농막 주변을 살폈다. 농막에서 500미터 떨어진 산자락에 저수지가 하나 있고, 농막 외의 건물은 최도식 소유의 곡물 저장 창고가 전부였다. 농막에서 가장 가까운 연목파출소는 농막에서 3.2킬로미터 떨어진 곳에 있었다. 3.2킬로미터면 순찰차로 5분 이내에 당도할 거리였다.

"영감을 도시로 불러내는 건 어떨까요?"

윤이 물었다. 상후는 담배 연기를 내뿜는 것으로 대답을 대신했다. 건물 내부 CCTV, 주변 건물 CCTV, 인근 차량 블랙박스까지 도시에선 모든 게 생중계되었다. 게다가 실적을 올리는 데 혈안이 된 경찰 고라니들이 있었다. 연목파출소와 반대 방향에서 고속도로로 들어가는 지점을 확인하고 있는데 최도식에게서 디엠이 왔다.

─ 은애를 위해서라면 부끄러운 것도 못 할 것도 없소. 은애는 그저 오기만 하시오.

메시지와 함께 도착한 사진에는 발기부전 치료제와 다이아몬드 반지 목걸이 세트가 찍혀 있었다.

"네가 농막에 다녀와야겠다."

상후는 캐비닛에서 접이식 단검을 꺼내어 윤에게 주었다. 손잡이에 자개 장식이 있는 단검은 이태 전에 심부름센터 황이 사무실 확장 이전 기념으로 단골들에게 돌린 것이었다.

"웬만해선 안 쓰는 게 좋다. 친인척 연락처 갖고 있다고 말하던 노인들은 대체로 알아듣거든."

사흘 뒤 윤은 최도식의 농막으로 떠났다.

"윤주헌 내 친구야, 형."

발끈하는 상필에게 상후는 눈길을 주지 않았다. 윤이 농막으로 떠난 뒤 상후는 윤의 휴대전화 위치를 실시간으로 모니터링했다. 윤의 휴대전화는 최도식의 농막에 도착한 지 세 시간 만에 꺼졌다. 돈을 챙기고 영감을 어떤 식으로든 진정시키고 나오기까지 넉넉잡아 한 시간이면 충분할 터였다. 그런데도 세 시간이나 농막에서 지체했다는 것은 변수가 생겼다는 뜻이다. 그 변수를 상후는 배신이라 추측했으나 상필은 받아들이지 않았다.

"그리고 말이 안 되잖아. 돈을 들고 튈 거였으면 바로 휴대전화 던져버리고 다른 데로 달아났겠지. 세 시간씩이나 농막에 있었다는 건 영감이 약속한 돈을 안 갖고 왔다거나 거기서 무슨 문제가 생겼다는 뜻이야."

윤이 상필의 하나뿐인 친구라는 사실은 상후도 알고 있었다. 상후는 담배를 비벼 끄고는 윤과의 텔레그램 시크릿 챗을 열었다. 곧 농막에 도착한다는 메시지를 끝으로 윤에게선 기별이 없었다. 상필의 말대로 농막에서 무슨 일이 있었던 것은 분명해 보였다. 상후는 윤의 배신 외에 두 가지 가능성을 추가했다. 기다리던 은애가 아니라 다른 남자가 도착하자 화가 난 최도식이 경찰을 불렀거나, 최도식에게서 돈을 받아내는 데 예상보다 시간이 더 걸렸으며 그 과정에서 휴대전화가 고장 났거나. 이 일에 경찰이 개입했다면 대응 매뉴얼에 따라 오늘 안으로 사무실부터 비워야 했다. 그게 아니라 윤이 돌아오고 있다면 적어도 한 시간 전에는 사무실에 도착했어야 한다. 사무실에서 최도식의 농막까지는 차로 두 시간 반 거리였다. 그러니 전화기가 꺼진 시점을 기준으로 하더라도 네 시간이 지난 지금까지 윤이 돌아오지 못할 이유는 없었다.

"일단 짐을 좀 챙겨놔야 하지 않을까?"

상필은 윤이 경찰에 붙잡혔으리라 추측하는 듯했다. 상필에게 친구와 배신은 한 덩어리로 뭉쳐질 수 없는 단어였다. 생존에 필요한 감각 중에 상필은 하필 의심이란 게 빠져 있었다. 의심이라는 유화제는 물과 기름도 뒤섞을 만큼 강력해서, 이 세상에 말이 안 되는 조합이란 없다는 사실을 인지하게 하는 법이다. 애초에 노라와 윤이 작당해서 돈을 들고 튀었든, 경찰에 붙잡혀서 사무실 위치까지 다 불어버렸든 상후는 윤의 배신을 염두에 두어야 했다.

상후는 캐비닛에서 5만 원권 뭉치를 꺼내어 책상에 던져두었다. 만에 하나 경찰의 추적이 시작되면 서둘러 상필을 외국으로 보낼 생각이었다. 네 차례 교도소를 드나들면서도 상후는 상필에겐 범죄 이력이 남지 않도록 관리해왔다. 감옥은 연극을 보고 울음을 터뜨리는 녀석에겐 어울리는 곳이 아니었다. 상후가 상필의 여권을 고르고 있을 때 농막에서 기별이 왔다. 발신자는 윤이 아니라 최도식이었다.

─ 은애, 무사한 거요? 남편이라는 작자가 왔었소. 은애의 피를 빨아먹는 잡놈이란 건 알았지만 그렇게 새파랗게 어릴 줄은 몰랐소. 나와 연통한 것이 그 작자에게 발각된 거요? 이혼 변호사 연락처라도 알려주면 내 편에서 해결해보겠소.

─ 어쩌다가 그리 비린내 나는 어린놈에게 첫정을 준 것이오? 내가 혼을 내주었으니 그놈이 다시 여길 찾을 일은 없을 거요. 어린놈이 다짜고짜 칼을 빼들기에 나도 도끼를 휘둘렀소. 평생 농사일에 잔뼈가 굵은 나요. 이리 나이를 먹고 나서야 은애를 만난 것이 한이지만 근력은 그놈보다 내

가 났소. 놈은 팔을 다친 채로 달아났소.

　― 맘이 안 놓여 그러니 은애, 사채업자들 연락처를 내게 주구려. 내가 다 해결하겠소. 우선 선금을 보내니, 사채업자들에게 내 뜻을 전하시오. 남은 돈은 내가 다 갚을 테니 더는 은애를 괴롭히지 않겠다는 각서를 써 달라고 말이오.

　― 이보시오, 혹시 은애 휴대폰을 가지고 있는 게 사채업자 당신이오? 은애 통장으로 선금을 보냈으니 확인하시오. 나도 통장으로 더 보내고 싶소만 농협에서 노인들의 고액 계좌 이체를 단속하고 있소. 은애는 털끝 하나 건드리지 마시오. 은애를 놔주겠다는 각서와 함께 은애를 내게 데려다주시오. 9500은 그 자리에서 주겠소.

　장문의 메시지들에 이어 최도식은 500만 원을 송금해왔다.

　"형, 도끼날에 찍혔으면 윤주헌 지금 크게 다친 거 아니야? 윤주헌 전화도 젖소 영감이 가지고 있는 것 같은데. 내가 가서 윤주헌도 찾고 잔금도 받아올까?"

　상후는 대답하지 않았다. 노라를 보내고 윤을 보내는 것과 상필을 보내는 건 다른 일이었다. 상필은 스스로를 군더더기 없는 수금책이라 여기고 있었다. 하지만 여러 변수와 가욋일이 발생할 가능성을 미리 차단해 돈만 집어오면 끝나게끔 상후가 상황을 컨트롤해왔다는 사실은 모르고 있었다. 상후는 최도식에게 디엠을 보냈다.

　― 한은애는 잘 있다. 그런데 영감 말을 믿을 수가 있어야지. 현금은 찾아다 놓은 건가?

　AI로 만든 노라 사진도 첨부했다. 사진 속 노라는 얼굴에 멍이 든 채 사무실 구석에 쪼그리고 앉아 있었다. 최도식에게서 곧장 답이 왔다.

　― 세상에 돈 몇 푼 때문에 이러는 법이 어디 있소? 당장 은애를 데려다주시오! 안 그러면 경찰한테 가서 우리가 나눈 대화를 보여줄 거요. 돈이라면 진즉 찾아뒀으니 당장 은애를 데리고 오란 말이오!

　메시지에 이어 5만 원권 다발이 든 홍삼 상자 사진이 도착했다. 홍삼 상자가 화면에 거의 꽉 차도록 찍은 사진이었다. 상후는 사진을 확대해서 홍삼 상자 우측 모서리 윗부분을 살폈다. 협탁 위에 붉은색 휴대전화가 놓여 있었다. 갤럭시 아우라 레드, 윤이 가져간 대포폰이었다. 도끼를 휘둘러 윤을 쫓아냈다는 최도식의 말은 사실인 듯했다. 상후는 심부름센터 황에게 연락해서 군대를 비롯한 최도식의 과거 이력을 알아봐달라고 의뢰했다. 상필을 파견하려면 상대가 키 168센티미터에 왜소한 체구의 노인이라는 신체 정보만으로는 부족했다.

두 시간 뒤 황에게서 답이 왔다. 최도식은 2대 독자에 10대 후반부터 폐결핵을 앓아서 군 면제를 받았으며, 그 뒤로는 줄곧 고향 마을에서 농사를 지으며 살아온 게 전부라 했다. 사교댄스 학원을 다닌 것 말고는 스포츠에도 관심이 없고 외도가 잦다는 주변의 평판은 있으나 아내와도 큰 갈등 없이 지낸다고 했다. 사교댄스 학원 당시에는 회원들 사이에 '진'으로 통했다고 했다. 〈사랑은 비를 타고〉의 주연배우 진 켈리의 이름에서 따온 닉네임으로, 실제로 최도식은 젊어서부터 인물이 좋기로 유명한 편이었다. 이렇다 할 폭력 전과도 없고 술보다 커피를 좋아해서 인근 다방 아가씨들과 친분이 두터운 시골 한량 노인이었다.

그렇다면 최도식이 도끼로 윤을 무력화한 비결은 본인 말대로 농사일로 다져진 근력일 것이다. 윤은 원래 약체였다. 체구도 작고 무엇보다 순발력이 떨어졌다. 더구나 상대가 78세 노인이라는 생각에 경계를 늦췄을 가능성이 높았다. 하지만 상필은 달랐다. 평균이 넘는 키에 오랜 수영으로 다져진 상체 근육까지, 시골 영감 하나쯤은 너끈히 제압하고도 남았다. 더구나 상필은 최도식 영감이 여차하면 도끼를 휘두른다는 사실을 인지하고 있었다.

─ 내일 한은애와 돈을 교환하도록 하지. 각서는 준비해갈 테니 영감도 수작 부릴 생각은 하지 않는 게 좋아.

상후의 메시지에 최도식이 반응했다.

─ 은애 목소리를 들려주시오. 당신 말만 믿고 돈을 내어줄 순 없소.

상후는 AI에게 미리 녹음해둔 노라의 음성 파일을 업로드한 뒤 새 대사를 만들도록 지시했다.

- 도식 씨, 나 때문에… 이런 일까지… 미안해요. 각서 받아서 갈 테니… 우리 농막에서 만나요. 도식 씨한테 위험한 일이 생기면 바로 신고해요. 내 걱정은 말고….

흐느끼는 노라의 목소리를 올려주고 최도식과의 대화를 마무리했다.

상후는 캐비닛에서 스틸레토 한 자루를 꺼내어 상필에게 건넸다. 앞서 윤에게 준 단검에 비해 볼품없이 생겼지만, 버튼을 누르면 곧장 칼날이 튀어나오는 구조여서 유사시엔 더 요긴한 물건이었다.

"반항하면 바로 제압해. 일 끝나면 여기로 오지 말고 현동 체육관 옥탑으로 와. 너 출발하는 대로 나도 여기 정리할 거니까."

"조금 늦을 수도 있어. 수금도 하고 윤주헌도 찾자면 시간이 좀 걸릴 거야."

다음 날 아침 상필이 농막으로 떠났다.

사무실의 짐을 정리한 뒤 상후는 유리 세정제를 들고 다니며 상필의 지문이 남았을 만한 곳들을 닦았다. 책상 주변과 캐비닛, 출입문, 사무실과 화장실 입구의 전등 스위치까지 말끔하게 닦았다. 윤이 경찰에 붙잡혀서 모든 걸 불어버렸다면 상필도 수배 명단에 오를 것이다. 그럼에도 상필의 흔적을 최소화하는 건 상후의 오랜 습관이었다.

공유기를 철거하고 케이블과 보조 배터리들도 상자에 담았다. 유심칩 일부를 전자레인지에 돌리고, 필요한 것들은 따로 챙겼다. 캐비닛까지 다 비운 뒤, 상후는 현동으로 이동했다. 폐업한 피트니스 센터 건물 옥탑은 윤도 모르는 거처였다. 경찰에게 잡히지 않고 한쪽 팔에 붕대를 감은 몰골로 상필과 함께 귀환한다면 받아줄 용의는 있었다.

옥탑에 새 작업대를 세팅하면서도 상후는 수시로 태블릿으로 상필의 동선을 확인했다. 상필은 고속도로 휴게소에서 5분 정도 체류한 뒤 농막으로 향하고 있었다. 고속도로에서 빠져나가기 전에 상필이 메시지를 보냈다.

– 형, 외자 휴게소 알감자 맛있다.

상후는 심부름센터 황에게 연락해서 노라를 데려간 사채업자를 찾아 달라고 의뢰했다. 이름 장경희, 37세, 165센티미터, 60킬로그램 전후, 치아 안쪽으로 치아교정 유지 장치를 달고 있고, 외꺼풀에 인중이 짧은 편, 우리 사무실 오기 전에 갈은동 24시간 콩나물해장국집에서 일했고, 사투리는 전혀 안 쓰지만 고향은 대구, 사채 문제가 있음. 상후가 노라에 대한 정보들을 나열하자 황은 그 정도면 하루 안에 찾을 수 있을 거라 단언했다.

이 일을 하다 보면 수시로 직원을 갈아치우게 돼 있지만 그때마다 상후가 고수하는 원칙이 하나 있었다. 섭섭하지 않게 퇴직금을 챙겨주되 그동안 연락을 주고받은 흔적을 눈앞에서 모두 삭제하게 할 것. 그렇지 않으면 훗날 다른 일로도 줄줄이 엮여 들어가는 수가 있었다. 더구나 상필의 얼굴과 연락처를 알 정도로 깊이 발을 들였던 사람이라면 더 철저한 끝맺음이 필요했다.

상후가 황에게 노라 사진을 전송하는 사이에 상필은 최도식의 농막에 다다랐다.

– 조심해. 윤주헌은 내가 찾아볼 테니까 너는 돈만 챙겨서 빠져나와.

상후가 메시지를 보냈지만, 10여 분이 지나도록 읽음 표시가 뜨지 않았다. 대신 한 시간 뒤, 노라의 계정으로 디엠이 왔다.

– 나 최도식은 영원히 은애를 사랑합니다.

상후는 상필에게 무슨 일이 생겼는지 추측해보려다가 이내 머리를 흔들었다. 추측은 의미가 없었다. 판단 중지, 에포케! 사무실 1대 노라가 다른 일로 체포되면서 상후까지 엮여 들어갔을 때 교도소에서 배운 말이었다. 철학 강사에 따르면 에포케는 내가 아는 지식과 통념을 괄호 안에 숨겨두고 사물을 바라보는 태도이며, 그래야만 사물의 본질에 다다를 수 있다고 했다. 그날 많은 것을 배웠는데 며칠 지나자 다 휘발되고 에포케만 잔해처럼 상후의 뇌리에 남아 있었다. 의외였다. 철학 특강 당시, 상후는 다른 건 몰라도 에포켄지 뭔지는 살면서 되새김질조차 할 일이 없을 거라 생각했다. 무언가의 본질에 다다라야 한다는 목적 자체에 동의할 수 없었기 때문이다. 뭐 하러, 이미 지긋지긋한데. 인간을 포함한 모든 덩어리는 들여다볼수록 볼품없어지는 법이었다. 그건 사랑이라는 미끼로 인간의 본질을 낚으며 사는 상후가 다다른 진실이었다.

그날의 냉소와 야유가 오히려 에포케를 상후의 뇌리에 각인시키고 말았다.

그리고 지금은 최도식에 대한 에포케가 필요한 시점이었다.

78세의 왜소한 노인이라는 사실은 최도식의 본질을 겉도는 정보였다. 최도식은 상필을 농막으로 유인했고 모종의 방법으로 상필과 상후의 연락을 차단했다. 최도식이 일을 꾸민 게 분명했다. 경찰 고라니들을 끌어들여 함정을 팠을 가능성도 있었다. 하지만 최도식의 마지막 디엠은 경찰의 함정수사와는 맞지 않았다. 차라리 이번에도 왜 은애 네가 오지 않고 남자를 보냈느냐고 원망하는 디엠이었으면 자연스러웠을 것이다. 상후는 최도식의 마지막 메시지에서 과시욕을 감지했다. 놈은 이 판을 자신이 장악했음을 상후에게 과시하고 있었다.

그렇다면 내가 직접 상대하도록 하지.

상후는 상필에게 주었던 것과 똑같은 칼을 점퍼 주머니에 넣고는 태블릿을 챙겨 옥탑을 나섰다. 가속페달을 밟고 추월에 추월을 거듭하며 농막으로 향했다. 황을 통해 입수한 정보에 따르면 최도식의 농막은 여섯 평짜리 조립식 목조건물이었다. 그건 곧 상필이 졸음쉼터 간이 화장실만 한 공간에 도착한 뒤 연락이 끊겼다는 뜻이었다.

운전대를 쥔 손에 힘이 들어갔다. 최도식 일을 마무리하고 나면 상필을 외국에 내보낼 예정이었다. 상후는 동생을 진즉 보내지 않은 것을 후회하며 고속도로를 빠져나왔다.

산그늘이 들판으로 내려오고 있었다. 상후는 농막에서 200미터 정도 떨어진 지점에 차를 세우고 도보로 이동했다. 억새밭을 따라가는데 황에게 전화가 왔다. 황은 장경희가 사채업자한테 잡혀간 게 아닌 듯하다고 했다. 장경희에게 돈을 대준 사채업자가 누군지도 알아냈는데 그쪽도 장경희를 수소문하는 중이라 했다.

"그쪽 실무자 말이 닷새 전쯤 장경희한테 전화가 왔다 합니다. 걸려고 건 게 아니라 화면이 잘못 터치되었는지 최근 통화 목록에 있던 자기 번호가 눌러진 것 같다고 하더군요. 실무자 말로는 장경희가 겁에 질린 목소리로 흐느끼고 있었다고 합니다. 그러다가 몇 초 만에 전화가 끊겼고요."

노라부터였나…. 노라가 결혼을 약속한 은애가 아니라 수금책이라는 걸 알고 해치운 건가. 노라가 사라진 뒤에 최도식이 보낸 메시지들은 다음 사람을 꾀어 들이기 위한 작전처럼 보이진 않았다. 상후는 그 디엠들조차도 최도식의 본질을 말해주는 게 아니었다는 사실을 깨달았다. 최도식이 노라의 실종에 관여했다면 윤의 행방이 묘연해진 것도 최도식의 짓일지 몰랐다. 농막을 100여 미터쯤 앞두었을 때 지팡이를 짚은 노파가 다가왔다. 두툼한 일바지에 자주색 경량 패딩을 받쳐 입은 노파였다. 상후에게 볼 일이 있는 것처럼 노파는 상후 쪽으로 재게 다가섰다.

"고마 돌아가이소."

노파가 앞뒤 맥락도 없이 손을 내저었다. 상후가 스스로 맥락을 톺아보고 물었다.

"혹시 최도식 씨 와이프 되십니까?"

"그건 알 거 없고 고마 돌아가는 게 그쪽 신상에 좋을 깁니다. 우리 영감도 지금 농막에 없으니까 퍼뜩 가이소."

최도식의 노라는 무언가 알고 있는 게 틀림없었다.

"이러지 마이소. 내가 죽든 말든 우리 영감은 눈 하나 깜짝 안 합니다."

"어깨뼈 으스러지고 싶지 않으면 바른대로 말해. 최도식 어디 있어?"

상후는 억새밭 쪽으로 나동그라진 노라의 어깨에 발을 올렸다.

"저 어디 참에 있을 긴데 정확한 거는 내도 모립니다. 펭생 가도 행선지 한 번 안 알려준 양반이라."

노라의 말은 거짓이 아닐 터였다. 희멀겋던 최도식과 달리 노라는 오랜 세월 볕에 그을린 얼굴이었다. 최도식이 댄스학원과 다방으로 나도는 사이 노라는 꼼짝없이 일터에 묶여 지낸 듯했다. 노라를 인질로 붙잡고 있다고 해서 최도식이 한달음에 달려올 것 같진 않았다.

"내가 놔주면 곧장 파출소로 달려갈 참인가?"

"겡찰을 부를 일은 없십니다. 우리 영감 성정이 불같아서 손님이 다칠까 봐 돌려보내려는 긴데, 신고를 우찌 합니까. 겡찰이 와서 우리 영감한테 좋을 게 뭐 있다고."

"나도 일을 키우고 싶은 생각은 없다. 여기 왔다가 연락이 끊긴 동생을 찾고 최도식한테 받기로 한 돈만 넘겨받으면 다신 서로 볼 일 없어."

"참말이지요? 그라믄 내랑 갑시다."

억새밭에서 몸을 일으킨 노라는 지팡이를 짚고서 앞장섰다. 산그늘이 농막 뒤편 농작물 저장 창고 지붕까지 내려왔다. 상후는 해가 지기 전에 일을 마무리하고 싶었다. 남의 구역에서 무방비로 밤을 맞이해서 좋을 게 없었다.

"혹시 농막에 지하실 있어?"

"지하실 같은 건 없십니다. 농막을 지을 때 평평하게 땅 다지고 그 위에 조립식 건물 얹은 게 전부였십니다."

"최도식 농막에 없는 거 확실해?"

"실은 나도 모립니다. 그 농막이 우리 영감이 가끔 여자를 불러들이는 데라, 내는 발도 못 들이게 합니다."

이 부근에서 사람이 숨거나 다른 사람을 숨길 만한 곳은 농막과 농작물 저장 창고밖에 없었다. 상후는 농막을 먼저 확인하고 싶었다. 상필이 이곳에 도착한 뒤 곧장 창고로 갔을 리는 없을 테니 상필의 행방에 관한 단서를 찾으려면 농막으로 가야 했다.

농막은 데크 위로 차양을 드리운 평범한 형태의 조립식 건물이었다. 하지만 양쪽 창문을 모두 금속판으로 막아두어서 집이라기보다는 물품 보관용 창고 같았다. 상후는 데크로 올라서며 노라를 돌아보았다.

"방해할 생각 말고 딴 데 가 있지. 혹시라도 영감 편들겠다고 기웃거리면 오늘 여럿 다친다."

상후는 농막 손잡이를 돌렸다. 예상과 달리 문이 열려 있었다. 최도식이 문 뒤에 숨어 있을 가능성에 대비해 상후는 발로 문을 걷어찼다. 경첩이 으스러지며 농막 문이 덜렁거렸고, 석양이 농막 안으로 깊이 스며들었다. 상후는 주머니에서 칼을 꺼내 들고 농막 안으로 한 걸음 들어섰다.

"최도식! 그만 나오시지!"

하지만 농막 안에는 정적이 감돌았다. 화장실 문도 열려 있었고 작은 싱크대는 사람이 숨을 만한 공간이 없었다. 2인용 식탁과 그 너머의 간이침대도 비어 있었다. 화장실을 열어둔 탓인지 농막 내부에 악취가 고여 있었다. 상후는 간이침대 옆에 놓인 협탁을 기억해냈다. 최도식이 보내온 사진에서 윤의 휴대전화가 놓여 있던 협탁이었다. 최도식은 돈이 든 홍삼 상자를 식탁에 올려두고서 그 너머의 협탁 일부가 보이도록 사진을 찍었던 것이다. 하지만 지금은 홍삼 상자도 윤의 전화기도 보이지 않았다. 상후는 싱크대 주변을 살폈다. 싱크대 아래쪽은 누가 숨거나 물건을 수납할 만한 공간이 없었다. 개수대 위쪽 수납장을 열자 모서리가 깨진 휴대전화와 피 묻은 손도끼가 나왔다. 휴대전화는 윤이 가져간 대포폰이었고 손도끼는 최도식이 윤의 팔뚝을 내리치는 데 썼다는 도끼인 듯했다. 선반 구석에는 검정 비닐봉지가 있었다. 확인 결과 동물용 근육 이완제 자일라진과 주삿바늘이 들어 있었다. 예상치 못한 동물 마취제의 등장에 상후는 거칠게 머리를 털며 탄식했다. 최도식이 동물 마취제를 주사했다면 윤과 상필이 왜소한 노인에게 당한 것도 이해가 되었다.

우리가 젖소 영감을 너무 과소평가했네. 속으로 중얼거리는데 '쾅!' 소리와 함께 농막의 문이 닫혔다. 분명 들어올 때 출입문을 박살냈는데 바깥에 문이 하나 더 있었던 모양이었다. 안쪽에는 손잡이조차 없고 바깥에서만 개폐가 가능하도록 만들어진 철문이었다. 상후가 발로 차고 어깨로 힘껏 들이받아 보았지만 문은 꿈쩍도 하지 않았다. 유일한 조명이던 석양이 사라지자 농막 내부가 캄캄했다. 출입문 근처 벽을 더듬어 스위치를 눌렀지만 불은 켜지지 않았다. 상후는 휴대전화 플래시를 켜고 농막 내부를 확인했다. 창문은 외부에서 금속판으로 막아버린 상태였고, 작은 바람창은 동쪽으로 나 있어서 해 질 녘 채광에는 별 도움이 되지 않았다.

"영감, 퍼뜩 피하이소!"

농막 밖에서 노라가 소리쳤다. 최도식을 유인할 인질은 될 수 없으나 스스로 최도식의 인질로 살고 있는, 늙고 안쓰러운 노라, 노라, 노라! 상후는 여태 쥐고 있던 칼을 버리고 싱크대 선반에서 도끼를 꺼내 들었다. 지금 채광보다 중요한 건 탈출구를 만드는 일이었다. 상후는 바람창 앞으로 갔다. 창 너머로 곡식 창고 우측 비탈길이 보였다. 노인 하나가 비탈길을 올라가다가 창고 쪽으로 사라졌다. 최도식이었다. 상필과 어쩌면 노라와 윤까지 모두 창고에 감금되어 있을 가능성이 농후했다. 쉽지 않은 싸움이 되리라는 예감에 상후는 거칠게 침을 뱉었다.

상후는 도끼로 바람창을 내리치려다 말고 팔 하나 길이만큼 떨어진 벽면을 겨누었다. 바람창 주변은 보통 골조 보강이 이루어지기 때문에 작은 도끼로 뚫기가 쉽지 않기 때문이다. 벽면을 서너 번 연달아 내리쩍자 석고보드가 쪼개지며 단열재 스티로폼이 부서지기 시작했다. 다시 예닐곱 번 내리쩍자 바깥 합판에 도끼날이 꽂혔다. 아래위로 도끼날을 흔들어 빼낸 뒤 상후는 구멍이 뚫린 곳 주변부를 부수었다. 10분 가까이 도끼질을 하고 널빤지들을 뜯어낸 끝에 간신히 몸이 빠져나갈 만한 틈새를 만들 수 있었다.

밖으로 나오고 나서야 상후는 목덜미를 타고 피가 흐른다는 사실을 인지했다. 귀 뒤에서부터 목덜미를 타고 통증과 열감이 느껴졌다. 무심코 환부를 더듬다가 비명을 내지르고 말았다. 봉합이 필요할 정도의 깊이로 피부가 찢어진 듯했다. 손도 화끈거리는 게 널빤지를 뜯어내는 과정에서 자잘한 상처들이 생긴 모양이었다. 상후는 피가 흥건한 손을 바지에 문지르며 최도식의 이름을 씹어뱉었다.

곡물 창고는 창문이 없는, 대략 아파트 3층 높이 건물이었다. 셔터식 철문에는 전자 도어락과 쇠사슬 자물쇠가 이중으로 설치되어 있어서 제아무리 창고 주인이라고 해도 개폐에 시간이 걸릴 수밖에 없는 구조였다. 창고 우측 벽면은 건물 높이의 3분의 2 지점까지 이어지는 완만한 비탈길과 닿아 있었다. 상후가 서 있는 쪽에서는 보이지 않지만 비탈길과 창고 건물이 닿는 지점에 출입구가 하나 더 있는 듯했다. 좀 전에 최도식도 그문을 통해 창고로 들어갔을 것이다.

상후가 농막에 갇혀 있는 사이 산그늘이 창고를 완전히 덮어버렸다. 창고 안에 불이 켜져 있는지 아닌지는 상후 쪽에서 봐선 알 수가 없었다. 이번에는 상후도 무턱대고 창고로 들어가진 않을 작정이었다. 망할 노라가 뒤에서 문을 잠그기라도 하면 또 한 번 골치가 아파질 것이다. 상후는 도끼를 쥐지 않은 손으로 목덜미의 피를 닦으며 소리쳤다.

"노라! 노라! 최도식 와이프 되시는 분! 어디 있어!"

농막을 한 바퀴 돌았지만 노라는 보이지 않았다. 상후는 자신이 뚫어놓은 틈새 안으로 휴대전화 불빛을 비춰 보았다. 농막 안에도 노라는 없었다. 농막이 아니라면…. 상후의 눈길이 샛강을 따라 우거진 억새밭에 닿았다. 산그늘과 함께 내려온 산바람이 억새들 사이로 골을 내며 지나갔다. 지대가 고르지 않은 억새밭은 지팡이를 짚어야 하는 노라가 숨어들기 좋은 곳이 아니었다. 억새밭이 아니라면 남은 곳은 최도식이 달아난 곡물 창고밖에 없었다.

노라는 최도식이 사람들에게 동물 마취제를 사용하고 도끼로 윤에게

56

상해를 입혔다는 사실을 알고 있을 것이다. 상후를 보자마자 그냥 돌아가라 한 것도 상후가 다음번 희생자가 되리라고 판단했기 때문일 터였다. 하지만 상후가 자신의 충고를 거절하고 농막에 들어선 시점부터 노라는 최도식 편이 되었다. 부부니까 어찌 보면 당연한 일인데도 상후는 짐짓 서운함을 느꼈다.

상후 인생의 첫 노라였던 엄마는 집에서 도망칠 수밖에 없는 상황이었다. 그때 엄마가 달아나지 않았다면 형제는 엄마가 아빠 손에 죽는 꼴을 봐야 했을 것이다. 그래서 상후는 높은 확률로 닥쳐오는 근미래적 재난과 엄마의 부재라는 현실의 재난을 맞바꾸었다고 믿었다. 등가교환은 아니고 조금은 이문이 남는 거래였다. 눈앞에서 엄마가 죽는 것보다는 엄마가 사라지는 편이 나으니까. 엄마가 죽었다면 상후는 제 손으로 아빠를 죽여야 했을지도 몰랐다. 그래서 상후는 세상에 흩어져 있는 엄마의 흔적들로 만족하고 살았다. 지금껏 상후가 만난 노라들은 엄마의 파편을 나눠 가진 존재들이었다. 어떤 노라는 엄마와 머리 색깔이 닮았고, 어떤 노라는 긴 눈매가, 끝을 흐리는 말투가 닮았었다. 최도식의 와이프인 저 노라는… 달아나라고 손을 내젓는 모습이 기억 속 엄마와 비슷했다. 아빠가 만취해서 귀가하는 날이면 엄마도 형제에게 나가 있으라고 손을 내저었다.

살면서 만난 노라들은 대체로 상후에게 호의적이었다. 상후 또한 어떤 상황에서도 노라들에겐 치명상을 입히지 않았다. 아까 억새밭에서 노라의 어깨에 발을 올렸을 때도 발바닥에 힘을 싣지 않았다. 하지만 이 농막의 노라가 최도식의 편에 선 이상 상후도 노라는 해치지 않는다는 자신의 룰을 철회할 수밖에 없었다.

상후는 피와 땀이 흥건한 손바닥을 바지춤에 문지르고는 도끼를 고쳐 쥐었다.

곡물 창고 우측 비탈로 접어들었다. 건물 정면에서 보고 예상한 것보다 잘 닦인 길이었다. 용달차 정도는 너끈히 드나들 만큼 폭이 넓고, 시멘트를 바른 바닥도 매끈했다. 비탈을 올라가며 상후는 속으로 에포케를 외쳤다. 지금부터 최도식과 노라가 칠십 후반의 노부부라는 사실은 배제해야한다. 이 창고는 저들의 지배 영역이었고 둘은 동물 마취제와 맞먹는 불의의 일격을 준비하고 있을지도 몰랐다. 상후는 저들 손아귀에서 상필을 구해야 했다. 상필을 구하고도 여력이 있다면 윤과 노라 또한.

비탈길 쪽 출입문 도어락은 따로 없고 철제 빗장과 쇠사슬 자물쇠로 잠그는 구조였다. 쇠사슬 일부가 문틈에 끼어 있었다. 상후는 도끼를 쥐지 않은 쪽 손으로 문을 당겼다. 창고 안은 예상보다 어두웠다. 산그늘이 창고를 뒤덮은 터라 열린 문틈으로 자연광이 치고 들지도 못했다. 상후는 휴대전화 플래시를 켜고 창고로 진입했다.

창고 안은 임대 매물로 나온 상가처럼 비어 있었고 바닥에는 볏짚이 어수선하게 깔려 있었다. 볏짚을 밟으며 5미터 정도 걸어 들어간 상후는 플래시로 창고 내부를 넓게 비췄다. 그러자 출입문 맞은편 벽이라 여겼던 것이 실은 빼곡하게 쌓아놓은 적재함이라는 걸 깨달았다. 적재함들은 거대한 철제 선반에 놓여 있었다. 상후는 철제 선반 맨 아래 칸과 창고 바닥 사이에 공간이 있으리라 추측하고는 바닥에 엎드렸다. 휴대전화 불빛으로 철제 선반 아래쪽 바닥을 비추었다.

흰색 적재함들이 있는 쪽 바닥에 사람 발이 있었다. 짙은 색 남자 구두를 신은 발이었다.

최도식…!

상후는 다른 쪽도 바닥을 비추어보았다. 그러자 최도식과 3미터쯤 떨어진 곳에서 두툼한 바짓자락 일부가 보였다. 노라가 입고 있던 일바지였다.

"최도식! 거기 있는 거 다 안다. 앞서 농막에 왔던 사람들 어디 있는지 말해!"

최도식의 발이 노라가 있는 곳과 반대 방향으로 움직이는 게 보였다. 둘이 흩어지시겠다? 상후는 시야를 넓히기 위해 서너 걸음 물러나며 소리쳤다.

"당신이 젊은 내연녀를 사채업자한테서 빼내려고 돈을 갖다 바친다는 걸 와이프도 알고 있나? 내연녀와 살림집을 알아보던 중이었다는 것도?"

그러자 최도식이 멈춰 섰다. 상후도 침을 눌러 삼켰다. 그래, 네 발로 나와라. 내 앞으로 오란 말이다. 와서 칼이든 뭐든 휘둘러봐. 최도식이 다시 움직이기 시작했다. 상후는 휴대전화 불빛으로 최도식의 위치를 살피며 자신도 앉은걸음으로 이동했다. 잠시 후 최도식이 적재함 무더기를 돌아서 창고 좌측 벽 쪽에서 모습을 드러냈다.

상후는 천천히 몸을 일으켜서 최도식을 마주했다. 160 후반대의 키에 왜소한 체격. 품이 넉넉한 재킷을 걸치고 머리에는 어울리지 않게 LA다저스 모자까지 얹고 있었다.

"젖소 영감, 드디어 실물 영접이네."

저 볼품없는 노인에게 형제가 놀아났다고 생각하니 상후는 피가 식는 느낌이었다.

"오늘 2시 반쯤 농막에 도착한 사람 어디 있어? 그거 내 동생이야. 말인즉 그 사람 털끝 하나라도 상했으면 넌 내 손에 뒤진다는 뜻이야."

최도식은 대답 대신 창고 벽을 더듬어 작은 레버를 당겼다. 그러자 상후가 선 곳의 바닥이 아래로 훅 꺼지면서 그대로 추락했다. 상후가 떨어진 곳은 귀리로 가득 찬 공간이었다. 퀵샌드에 빠진 것처럼 상후의 몸이 아래쪽으로 빨려 들어가기 시작했다. 공간이 원통형 구조란 걸 확인한 뒤에야 상후는 자신이 곡물 사일로에 떨어졌다는 사실을 인지했다.

"최도식! 이게 뭐 하는 짓이야!"

상후가 내지른 소리가 원통형 사일로 벽면을 타고 돌며 챙챙거렸다. 저 위쪽에서 최도식이 원형의 곡물 투입구 가장자리에 엎드린 채 상후를 내려다보고 있었다.

"당장 꺼내! 이 미친 영감탱이야, 사람 당장 꺼내라고!"

하지만 최도식은 몸을 뒤로 빼더니 어디론가 가버렸다. 발소리로 보아 창고 출입문 쪽으로 이동하는 듯했다. 최도식이 창고 문을 닫고 가버리면 모든 게 끝이었다.

"안 돼, 돌아와! 최도식!"

그 순간 저 위쪽 둥근 입구 너머가 환하게 밝아졌다. 최도식은 창고를 빠져나가려던 게 아니라 불을 켜러 간 거였다. 최도식의 발소리가 다시 가까워졌다.

"벽 쪽으로 붙으이소. 중간에 손잡이가 있십니다."

다시 투입구 가장자리로 돌아온 최도식이 말했다. 아니 최도식이 아니었다. 불이 밝혀진 창고에서 상후를 내려다보는 사람은 남성용 재킷을 입고 LA다저스 모자를 눌러쓴 노라였다. 노라가 왜 최도식으로 변장했는지 따져 물을 새도 없이 상후의 몸이 훅 가라앉았다. 팔을 허우적거리던 상후는 노라가 말한 손잡이를 발견했다. 사일로의 벽에 뭉툭하게 튀어나온 돌출부가 하나 있었다. 상후는 손끝이 돌출부에 간신히 가 닿았다. 상후는 남은 힘을 끌어모아 돌출부 쪽으로 몸을 기울였고 마침내 돌출부를 움켜쥐게 되었다.

"그쪽 동생은 다른 방에 있십니다."

노라가 상후를 내려다보며 말했다. 상필은 다른 사일로에 떨어진 모양이었다.

"상필! 상필아! 야, 이 새끼야, 대답 좀 해!"

상후가 소리쳤지만 다른 사일로의 투입구가 닫혀 있다면 소리는 전해지지 않을 터였다. 상후는 노라를 쳐다보았다.

"대체 왜 이래! 우리가 당신한테 뭘 어쨌다고 이러는 거야?"

"은애! 은애를 보낸 게 그쪽 아닙니까. 은애가 농막에서 우리 영감 얼굴을 돌로 내리찍어서 몬 쓰게 만들었십니다. 내 팽생 낙이 잘생긴 남편 얼굴 뜯어먹고 사는 거였는데 그쪽이 은애를 보내서 그 잘난 얼굴을 몬 쓰게 만들었다 그 말입니다."

"그렇다고 사람을 사일로에 처넣는다고? 이건 살인이야, 살인! 남편 얼굴 좀 깨진 걸로 사람을 죽이려 들어?"

"와 말을 몬 알아듣십니까? 내는 우리 영감님 잘난 얼굴 토는 낙으로 살았다 안 합니까. 우리 시어무이가 인물도 없고 집도 찢어지게 가난한 내를 며느리로 고른 이유가 뭔지 아십니까. 잘난 어무이 아들 옆에서 펭생 소처럼 농사지을 여자를 구한깁니다. 새벽부터 저녁까지 들에 나가 있다 돌아오면 피곤해서 똑 죽을 것 같은데도 잘난 우리 서방 얼굴 보믄 또 숨통이 트이고 그랬십니다. 댄스를 배운담시로 이 여자 저 여자 만내고 다니면서 속을 썩였지만 하도 잘나서 인물값을 하는 긴데 그걸 누가 막겠노 함시로 참고 살았십니다. 펭생을 그리 살았는데 그쪽이 보낸 은애가 그 잘난 얼굴을 깨버렸다 아닙니까. 팔이 부러졌으면 벵원 데리고 가서 고쳤을 긴데, 목이 부러져서 두 다리를 몬 쓰게 됐다 해도 휠체어에 앉혀놓고 살았을 긴데, 얼굴 반이 깨져버린 거를 뭐 할라고 벵원에 데려갑니까."

상후는 숨이 막혔다. 노라는 산 사람을 사일로에 빠트려 생매장하려 들고 중상을 입은 남편도 어딘가에 방치한 사이코패스였다. 하지만 지금 최도식의 행방이나 생사 따위는 중요한 게 아니었다.

"상필아! 오상필! 아, 시발, 상필아! 제발 살아 있다고 대답 좀 해!"

눈물이 터졌다. 진즉 상필을 외국으로 보냈어야 했다. 자신이 떠나면 윤 혼자서 형 눈치 보느라 힘들 거라며 고집을 피우기에 한 달만 더 있으라고 허락했는데 결국 이 사달이 났다.

"내 동생 어디 있어? 상필이 어디 있냐고! 은애랑 그다음에 온 놈은 죽이든 살리든 네 맘대로 해. 내 동생만 내보내줘. 겁이 많은 녀석이라 내보내주기만 하면 다시는 농막 근처엔 얼씬도 안 할 거야."

"세 번째로 온 남자는 보리 사일로에 빠졌십니다. 뚜껑을 닫고 안 디다본 지 오래돼서 살았는지 죽었는지는 내도 모릅니다."

"제발 부탁할게. 최도식이 보낸 돈, 아니 네가 보낸 돈 다 돌려줄게. 원하면 곱절로 갚을게. 내 동생만 꺼내줘."

"내도 뭐 맘이 편한 줄 압니까? 그래서 처음부터 고마 돌아가라고 안 했십니까. 내는 분멩히 도망갈 기회를 줬습니다. 할 만큼 했단 말입니다."

노라는 곡물 투입구 뒤로 물러나더니 이번에는 창고 안쪽 어디론가 걸어갔다. 노라가 무슨 버튼을 눌렀는지 사일로 안의 귀리들이 서서히 소용돌이치며 밑으로 꺼지기 시작했다. 벽면 돌출부를 움켜쥐고 버티던 상후도 더는 버티지 못하고 소용돌이에 휘말렸다. 귀리 알갱이들이 턱까지 차올랐다. 상후는 고개를 치켜들고 원형의 투입구를 노려보다가 귀리 속으로 빨려 들어갔다.

이대로 죽음이 찾아올 줄 알았는데 발이 어딘가에 닿았다. 귀리들이 하단의 틈새들로 빠져나가고 몸집이 커다란 상후는 걸러진 모양이었다. 귀리 알갱이들이 턱 아래로 내려가자 상후는 거칠게 모두숨을 내쉬었다. 귀리들은 상후의 가슴 높이로, 허리춤으로 내려가다가 허벅지 중간 높이에서 멈추었다. 가까스로 숨을 고른 상후의 시야에 무언가가 들어왔다. 사일로 하단 벽면에 누군가 기대앉아 있었다. 한쪽 얼굴이 부서지고 안구가 돌출된 채 사망한 시신이었다.

최도식…!

그렇게 찾아다녔던 최도식과 마침내 대면한 상후는 그와 통성명은 하지 못했다. 최도식은 피가 흐른 부위마다 귀리 알갱이들이 들러붙은 채 굳어 있었고… 상후의 머리 위로 귀리들이 쏟아져 내리기 시작했다.

여자는 창고 문에 쇠사슬 자물쇠를 걸었다.

농막으로 돌아간 여자는 차단기를 올려 불을 켜고는 화장실 유리 찬장에서 파우치를 꺼내 왔다. 우리 잘난 영감을 홀린 여자는 뭘 바르는지 궁금해서 은애의 가방에서 빼내둔 것이었다. 금색 립스틱의 뚜껑을 벗긴 여자는 혀를 찼다. 립스틱이 뭉툭하다 못해 손으로 파내어 써야 할 지경이었다.

이리 궂은일에 손을 대고도 루주 하나 살 돈이 없었던 깁니까. 인물도 곱상하던 사람이 참말로 안타깝게 됐십니다.

여자는 쌀 사일로에 잠겨 있는 은애에게 애도를 표했다.

은애라는 이름이 참말로 고운데 그것도 본명은 아니지 싶었다. 가짜 이름이라 해도 여자는 그 이름이 부러웠다. 여자는 시집온 뒤로 이름으로 불린 적이 없었다. 봐라 니, 밥 안 차리나. 봐라 니, 안골 밭에 안 가보나. 봐라 니, 임대 창고 월세가 안 들어왔던데 우찌 된 기고? 봐라 니, 운전면허는 언제 딸래? 봐라 니, 연목리에서 트랙터도 몰 줄 모리는 농사꾼은 니 하나다. 봐라 니, 내 바지도 안 다려놓고 뭐 했노. 봐라 니, 여기 아가씨 좀 다방까지 모셔다 드리고 와라. 봐라 니, 봐라 니, 하도 그리 불러대니까 나중에는 '봐라니'가 자기 이름 같았다.

그래도 무슨 복으로 그리 잘난 신랑을 얻었느냐고 이웃들이 물어오면 여자는 어깨가 으쓱해지곤 했다. 몸이 좀 약하긴 해도 부잣집 외아들에, 인물은 근방에 따라올 사람이 없었으니 평생 이름 대신 봐라 니, 봐라 니, 소리를 듣고 살아도 내 팔자가 상팔자다, 서방 복은 내가 제일이다 여기고 살았다.

마지막 남자가 바람창 근처에 뚫어놓은 구멍으로 찬바람이 들이쳤다. 여자는 화장품들을 파우치에 도로 담으며 은애의 곱던 얼굴을 떠올렸다.

남편이 해마다 애인을 갈아들여도 여자는 그게 다 인물값이다 하고 살았다. 사실 바람 같지도 않았다. 대부분은 여자들이 오라버니, 오라버니 하며 매달렸으니까. 그런데 은애는 달랐다. 여자는 살면서 남편이 여자에게 매달리는 걸 처음 보았다. 남편 휴대전화로 두 사람이 주고받은 이야기를 훔쳐보았다. 남편이 은애에게 돈을 보낸다는 것도 알고 있었다. 돈 들어갈 데가 없는데도 농협 가서 현금을 찾아오라는 날이 잦아져서 짐작은 하고 있던 바였다. 은애가 사채업자한테 괴롭힘을 당한다는 걸 전해 들은 뒤로 남편은 논을 두어 마지기 처분할 생각까지 하고 있었다. 은애가 농막으로 온다는 기별을 받고부터는 며칠 전부터 사우나를 다녀오고 이발하고 향수도 이것저것 사들였다. 여자는 그 모든 걸 알고도 모른 척했다.

그런데 은애는 여자의 남편을 좋아한 게 아니었다. 최도식 오빠가 전부라던 말과 달리 여자는 최도식이 다가앉는 것조차 싫어했다. 최도식이 손을 만지게 두면서도 언뜻언뜻 징그러운 벌레를 마주한 표정을 짓는 것을 보고서, 여자는 은애가 사기꾼이라는 걸 알았다. 알아도 지켜보는 수밖에 없었다. 은애의 정체를 일말의 의심조차 하지 않은 최도식은 손을 잡는 것만으로는 안 되겠는지 은애를 끌어안고 입을 맞추었다. 은애가 몸을 빼려 할 때마다 최도식은 내숭도 귀엽게 떤다며 은애의 목덜미를 더 거칠게 움켜쥐었고, 당황한 은애는 농막에 있던 수석으로 최도식의 얼굴을 내리쳤다. 최도식의 관자놀이에서 피가 솟구치자 은애는 더 겁에 질려서 두 번, 세 번, 네 번이나 최도식의 얼굴에 수석을 내리꽂았다.

두 사람을 훔쳐보던 여자가 안에서 잠긴 농막 문을 부수고 들어갔을 땐 이미 최도식의 얼굴이 으스러진 뒤였다. 잘난 얼굴이 뭉개지고 나니 사람이 그리 초라할 수가 없었다. 내가 이 인간 밑에서 평생 종살이를 했구나, 나를 사람대접도 안 하고 부려먹던 인간이 이 뭉그러진 면상의 주인이구나 싶어서 119를 불러야겠다는 생각도 들지 않았다. 여자는 수석을 거머쥐고 떨고 있는 은애의 목덜미에 마취 주사를 놓았다. 은애를 창고로 끌고 가서 쌀 사일로에 던지고 돌아왔을 때도 최도식은 숨을 할딱거리며 살아 있었다. 여자는 눈물이 났다. 남편이 아니라 자신이 불쌍하고 딱해서였다. 이름 석 자도 못 챙기고 살아왔는데 이제는 남편 일로 손에 피까지 묻힌 제 신세가 가여웠다.

자기 연민을 달래는 방법으로 여자는 복수를 택했다. 남편에게 정이 떨어진 것과 별개로 여자는 자기 삶에서 잘난 얼굴을 앗아간 자들에게 복수하고 싶어졌다. 은애라는 여자는 혼자서 일을 꾸밀 배포가 못 되었다. 필시 누군가 뒤에서 은애를 조종했을 터였다. 여자는 최도식의 휴대전화로 최도식과 은애가 밀어를 주고받던 대화창에 접속했다. 은애에게 하는 말인 척하며 미끼를 던졌다. 근처까지 와놓고 그냥 가는 법이 어디 있느냐고 한탄하는 와중에 슬쩍 돈 이야기도 섞었다. 그러자 답이 왔다.

은애 다음으로 찾아온 손님은 겨우 서른이나 되었을까 싶은 젊은 남자였다. 영감은 창고에 있다고 말했더니 거짓말이면 가만 안 둔다고 소리를 질렀다. 거짓말이 아니었다. 그때 이미 최도식은 귀리 사일로에서 죽어가고 있었으니까. 사실대로 말해도 안 믿고 협박까지 하는 꼴이 같잖아서 여자는 손님의 팔을 도끼로 찍어버렸다. 손님이 팔을 감싸 쥐고 살려달라고 울어대기에 지혈해서 돌려보낼까도 생각했다. 하지만 싱크대 서랍에서 면행주를 꺼내는 틈에 손님이 여자를 들이받았다. 손님은 여자의 몸에 올라타서 목을 조르기 시작했다.

'미친 할망구, 죽어! 죽어!' 그랬던 것 같은데 그 소리도 오래가진 못했다. 여자가 패딩 점퍼 주머니에 넣어두었던 주사기로 남자를 잠재웠기 때문이다. 축사 일은 힘에 부쳐서 이태 전에 그만두었는데 가축용 마취제는 또 쓸 일이 생길지 모른다고 생각해 보관해두었던 터다. 마취제뿐만 아니라 여자는 무엇 하나 허투루 내다버리는 법이 없었다. 알뜰하게 지키고 불린 살림이었다. 그걸 사기꾼들에게 갖다 바치는 것으로도 모자라 끝내 잘난 얼굴마저 뭉개져버린 남편이 원망스러웠다.

여자는 두 번째 손님을 보리 사일로에 던졌다.

그다음 손님을 농막으로 초대하는 데는 좀 더 공을 들여야 했다. 최도식의 말투로 지속적으로 메시지를 보내고, 돈도 500만 원 송금했다. 천만 원 가까이 현금도 찾아다가 사진을 찍어서 보내기도 했다. 여자는 이 정도 미끼면 이 사기행각의 총책임자가 찾아오리라 생각했다. 하지만 세 번째 손님도 두 번째 손님과 별반 다를 게 없는 풋내기였다. 우리 영감이 창고에 돈을 쌓아놓고 은애라는 여자를 기다리고 있다고 했더니 세 번째 손님은 제 발로 창고로 향했다. 두 번째 손님과 친구 사이인지 비탈길을 오르는 내내 윤 아무개를 봤느냐고 여자를 추궁했다. 그래서 여자는 세 번째 손님을 주사로 진정시킨 뒤, 두 번째 손님이 있는 보리 사일로에 떨어뜨렸다. 친구끼리 함께이니 저승 가는 길이 외롭지는 않았을 것이다.

　세 번째 손님을 떨어뜨리고 돌아오는 길에 여자는 돌아가신 시어머니를 생각했다. 인물도 안 보고 집안도 안 보고, 그저 뼈대 단단하고 먹성 좋고 소처럼 일할 며느릿감을 찾아다녔던 시어머니. 여자를 며느리로 들였으니, 시어머니는 자신이 원하던 며느리를 찾은 셈이었다. 여자는 뼈대가 단단하고 몸이 날래고 늙어서도 힘이 장사였으니까.

　여자는 세 번째 손님을 끝으로 복수를 마칠까도 생각했다. 또 한 번 미끼를 던진다고 해서 이 일을 꾸민 대장이 오리란 법은 없었다. 사일로도 칸칸이 사람들이 들어찬 상태였다. 하지만 술이 문제였을까, 아니면 남편이 은애에게 주려고 장만한 다이아몬드 세트가 문제였을까. 소주를 병째 들이마신 날 여자는 최도식의 SNS 계정에 접속해 다시 메시지를 보냈다.

　나 최도식은 영원히 은애를 사랑합니다.

　다이아몬드를 사놓고 기다릴 만큼 절절한 사랑을 했을 뿐인데 네놈들이 그 사람의 얼굴을 깨부수었어.

　네 번째 손님은 생각보다 일찍 도착했다. 여자는 네 번째 손님은 이번 일을 주도한 대장이라는 걸 직감했다. 차를 농막에서 멀찍이 대는 것부터가 앞의 풋내기들과 달랐다. 그래서 여자는 풋내기들을 맞이할 때와는 다른 방식으로 손님맞이에 나섰다. 허리가 굽은 척하며 손님에게 다가가서는 여길 떠나라고 일러주었다. 살고 죽는 문제를 당사자에게 맡겨보기로 한 것이다. 하지만 손님은 여자의 충고를 듣지 않고 외려 여자를 억새밭에 패대기쳤다. 그 순간 여자는 마지막 손님의 운명을 결정했다. 마취 주사를 놓지 않고 맨 정신인 채로 사일로에 집어넣기로.

　마지막 손님은 처음부터 최도식을 찾았다. 최도식이 자기 부하들을 해코지했다고 확신하는 눈치였다. 말끝마다 최도식, 최도식 하기에 여자는 손님과 최도식을 만나게 해주기로 결심했다. 손님은 최도식으로 변장한 여자를 따라 창고로 들어왔다. 창고에 입장한 뒤로 손님은 상필이란 사람의 행방을 캐물었다. 세 번째 손님이 남자의 동생이었던 모양이다. 여자는 마지막 손님과 동생을 상봉시켜줄까도 생각했다. 하지간 세 번째 손님은 이미 윤 아무개라는 친구와 함께 있었다. 여자는 마지막 손님을 귀리 사일로의 투입구 쪽으로 유인했고 최도식과의 만남을 성사시켜주었다.

농막을 빠져나온 여자는 마지막 손님의 차를 억새 비탈로 밀어버렸다. 앞서 온 손님들의 차는 열쇠를 확보할 수 있었기 때문에 인근에 있는 최도식 소유의 저수지로 옮긴 다음 물에 밀어 넣었다. 마지막 손님은 사일로에 떨어질 때까지 정신이 멀쩡했던 터라 차 키도 남자와 함께 귀리 무더기 속에 가라앉고 만 터였다.

마지막으로 여자는 패딩 주머니에서 은애의 화장품 파우치를 꺼내어 억새밭에 던졌다. 산에서 내려온 바람은 차고 개운했다. 여자는 어둠에 잠긴 억새밭을 따라 농막에서 3킬로미터 떨어진 집으로 향했다. 이제 그 집은 여자의 것이었다.

김아직 제5회 황금드래곤문학상, 제19회 한국추리문학상 황금펜상 우수상을 받았다. 브라운 신부와 미스 마플을 사랑하고 해마다 연례행사처럼 《장미의 이름》을 재독한다. 《노비스 탐정 길은목》, 《녹슬지 않는 세계》, 《먼지가 되어》를 출간했고 《데드볼》, 《클리셰: 확장자들》, 《그날, 서울에서는 무슨 일이》 등의 공저가 있다.

누구를 위하여 종을 울리나 　서윤빈

봉안당을 나서자 눈이 시렸다. 빛이 사방에서 달려들어 나를 물어뜯는 듯했다. 10년째인데도 여전히 당혹스러운 인지부조화였다. 봉안당 안에서 나는 어둡다는 느낌을 전혀 받지 못한다. 출구를 향해 걸어가는 동안 바깥은 출입문이라는 틀 속 화사한 그림으로 보일 뿐이다. 하지만 햇살이 머리 위로 떨어지는 순간, 빛은 내가 있어서는 안 되는 곳에 발을 들였다는 듯 표독스럽게 나를 공격해온다. 한때 나는 이런 일이 일어나는 이유에 관해 골똘히 생각하기도 했다. 봉안당 특유의 조명 때문일까? 아니면 죽은 영혼이 발하는 음기 때문에? 이제는 그런 의문 대신 가방에 3단 접이식 우양산을 들고 다닌다.

우양산을 펴자, 나와 어머니의 머리 위에 희끄무레한 그림자가 드리워졌다. 눈이 편안해지면서 10년째 그대로인 봉안당 앞마당이 잘 보였다. 화강암이 깔린 산책로와 잘 관리된 잔디, 키를 웃도는 조각상들. 우리는 산책로를 따라 주차장으로 향했다. 평일 낮이어서 그런지 다른 사람은 아무도 없었다. 아무리 날이 좋아도 굳이 봉안당으로 산책을 나올 사람은 없을 테니 당연한 일이었다. 산책로의 끄트머리에서 어머니는 문득 걸음을 멈추더니 쪼그려 앉아 잔디밭을 향해 휴대전화를 겨눴다. 어머니가 왼

손을 움직일 때마다 약지에 낀 반지가 반짝이는 궤적을 남겼다. 잔디밭에는 들꽃이 한 송이 피어 있었다. 햇살에 감싸인 것들은 그림자 아래서 더 잘 보였다. 이런 것도 하나의 요령이라 부를 수 있겠다.

인생은 요령의 총합이다. 적어도 나는 그렇게 생각한다. '요령껏'이라는 말로 인생은 의외로 간단히 요약될 수 있다고. 나의 경우 요령껏 걸음마를 떼고, 요령껏 친구를 사귀고, 요령껏 회사 일을 해치우다 보니 어느새 중년이 되었다. 서른다섯에 아버지가 죽었을 때는 슬픔이 컸지만, 10년이 흐르는 동안 그 슬픔도 요령껏 견딜 줄 알게 되었다. 언젠가 다른 큰 슬픔이 찾아와도 봉안당에 갈 때 3단 접이식 우양산을 챙기듯 요령껏 대처할 수 있으리라는 생각이 드는 날도 있었다. 그런 생각에 뒤따르는 죄책감을 나는 요령껏 맥주로 쫓아내곤 했다.

어머니에게는 나보다 30여 년 치 더 많은 요령이 있을 것이다. 물론 요령이란 통달과는 달라서 어머니가 더 오래 해왔지만 내가 더 능숙한 일도 많다. 가령 물건을 살 때 꼼꼼히 따지는 법이나 새로운 디지털 기기에 적응하는 일. 그런 일을 해야 할 때면 어머니는 큰 소리로 나를 부르고, 나는 기꺼이 어머니를 돕는다. 그것으로 상황은 부드럽게 해결된다. 반대로 어머니에게는 요령이 있으나 내게는 요령이 전혀 없는 경우도 있는데, 그중 하나가 바로 결혼이었다. 연애라면 몇 번 해보았지만 내 사랑은 언제나 외골수였다. 연애로 시작한 것은 끝날 때도 연애였다. 내가 결혼에 별 욕심이 없기 때문이라고 어머니는 나를 나무라곤 했다. 실제로도 그러했기에 나는 개의치 않았다. 어머니와 한집에 살며 같이 늙어가는 것도 나쁘지 않겠다고 나는 진심으로 생각한다.

다시 말해 우리는 요령껏 별 문제 없이 살아왔던 셈이다. 여태까지는.

어머니는 차에 타기 무섭게 휴대전화를 꺼내 들고 맹렬히 글자를 입력하기 시작했다. 곁눈질로 보니 페이스북 메신저였다. 어머니가 메시지를 보내자마자 화면 왼쪽에 말 주머니 여러 개가 생성되었다. 어머니는 어깨를 으쓱해 보이더니 내게 화면을 들이밀었다.

"거봐, 내가 연락하면 바로 받는다니까."

아들과 함께 죽은 남편을 보고 왔으며 이제 집에 갈 예정이라고 어머니는 썼다. 아까 찍은 꽃 사진도 성실하게 보냈다. 그 꽃의 이름이 꽃다지라는 걸 나는 상대방이 보낸 메시지를 보고 알았다. 울적하겠다고 얼른 들어가서 쉬라고 말하는 상대의 말투가 다정다감했다. 화면 왼쪽 위에는 이수진이라는 이름과 함께 모자를 거꾸로 쓴 남자 사진이 걸려 있었다. 이수진은 아무리 봐도 내 또래이거나 더 어려 보였다. 어머니에 따르면 그건 그의 젊은 시절 모습이었다.

"연락 좀 빨리 받는다고 뭐가 증명되는데요?"

나도 모르게 한숨이 나왔다. 실수였다. 아차 했을 땐 이미 어머니가 휴대전화를 내 손에서 채간 뒤였다. 어머니는 다시 화면을 빤히 들여다보며 답신을 입력하기 시작했다. 볼륨을 잔뜩 키워놓고 휴대전화를 사용하는 탓에 어머니가 글자를 입력하는 소리와 메시지가 송수신되는 소리가 다 들렸다. 도대체 무슨 할 말이 그렇게 많은지 연락은 쉴 새 없이 이어졌다. 그러다 빨간불에 걸렸을 때, 어머니는 화면에서 눈을 떼고 나를 쏘아보았다.

"네가 사랑에 대해 뭘 안다고 유세니, 유세는."

사랑이 아니니까 그렇지, 라는 말을 나는 속으로 삼켰다.

어머니는 이수진과 결혼해 함께 살고 싶어했다. 내 말을 귓등으로도 안 듣는 건 그 때문이었다. 어머니는 내가 결혼에 관해서는 아무것도 모른다고 여겼고, 때로는 내가 요령 없이 당신의 행동을 비난한다는 투로 쏘아붙이기도 했다. 하지만 어머니가 다른 남자를 만나든 말든 나는 아무런 불만이 없다. 내가 디즈니 프린세스도 아니고 새아버지쯤이야 모시면 된다. 둘만 오붓이 지내고 싶으시다면야 독립해서 따로 살 의향도 있었다. 아버지가 죽은 지 10년이나 되었으니 어머니도 적적할 것이다. 어머니가 옆에 사람이 없으면 잠을 제대로 못 자는 사람이라는 것도 나는 충분히 이해한다. 아니, 이해하고 자시고 내게 이해를 구할 필요도 없는 문제다. 문제는 다른 데 있었다. 내가 보기에 어머니는 사랑을 하는 게 아니라 사기를 당하고 있었다.

신호가 초록불로 바뀌었다. 간선도로로 진입하려고 차선을 변경하는데 빨간 테슬라 한 대가 갑자기 머리를 들이밀었다. 나는 반사적으로 경적을 내리쳤다. 어머니가 휴대전화를 끌어안고 비명을 질렀다. 미친놈 아니야. 깜빡이도 안 켜고 들어오면 어떡해? 나는 혼잣말로 웅얼거렸다. 잠시 후 조수석에서 맹렬한 타자 소리가 들려왔다. 이 일마저 이수진에게 속속들이 일러바친다고 생각하니 가슴이 울렁거렸다. 아니나 다를까 며칠이 지나자 집에 수상한 갈색 유리병 53개가 도착했다. 화를 다스리는데 좋다는 베르가모트 아로마 오일이라고 어머니는 말했다. 검색해보니 거짓말은 아니었다.

"얼마나 고마운 사람이니."

어머니가 내 목덜미에 차가운 기름을 발랐다. 독한 냄새에 머리가 지끈거렸다. 마사지를 끝낸 뒤 어머니는 손을 두 번이나 씻고 연거푸 물을 들이켰다. 싸구려 제품이라 그런 거 아니냐고는 묻지 않는 편이 나았을 것이다. 다음 날 어머니는 이수진에게 제대로 배웠다며 나를 또 소파에 앉혔다. 독한 냄새는 그대로였고, 마사지 시간만 조금 줄어들었다. 어머니는 내 목덜미에 불그스름한 반점들이 돋아나고서야 마사지를 그만두었다. 하지만 제대로 따져야 한다는 내 말은 듣지 않았다. 아로마 오일 값의 100분의 1도 되지 않을 기프티콘 몇 장을 받고 어머니는 다시 행복해졌다. 카카오톡 선물하기도 아니고 출처가 불분명한 스크린샷이었는데도. 다행인지 불행인지 기프티콘은 문제없이 사용할 수 있었다. 기프티콘으로 산 커피를 내게 쥐어주며 어머니는 봤지? 봤지? 하고 말했다. 이수진이 벌이는 귀신 놀음에 어머니는 완전히 홀려 있었다.

이수진이라는 유령이 어머니 주위를 배회하고 있다는 걸 내가 알게 된 것은 석 달 전이었다. 꽃샘추위가 찾아온 초봄, 어머니는 고구마를 쪄놨다며 나를 불렀다. 나는 별일이라고 생각하며 식탁으로 갔다. 어머니는 간식을 먹지 않는 사람이었다. 아버지와 내가 간식을 먹는 동안 소파에 파묻혀 TV만 보던 어머니의 모습을 나는 여전히 어렵지 않게 떠올릴 수 있었다. 어머니는 아버지가 죽은 뒤로는 아예 간식을 만들지도 않았다. 아홉 번의 겨울 동안 안 하던 일을 왜 갑자기? 이상한 건 그뿐만이 아니었다. 대접에 쌓인 고구마의 양이 심상치 않았다. 두 사람 몫으로는 많아 봐야 다섯 개면 충분할 텐데, 대접 위에는 훈기를 내뿜는 찐 고구마가 여덟 개나 있었다. 휴대전화로 열심히 사진을 찍어대는 어머니의 모습은 덤이었다.

"누구 와요?"

"아니, 오면 좋겠어서."

내가 고구마 껍질을 까는 동안 어머니는 휴대전화만 붙들고 있었다. 천천히 무언가를 입력하는 소리와 빠르게 지워지는 소리가 여러 번 반복되었다. 마침내 어머니는 한숨을 푹 내쉬더니 내게 들어보라고 말했다.

"겨울이라 고구마를 쪘는데, 어쩐지 신이 나서 너무 많이 했어요. 와서 같이 먹으면 좋을 텐데요."

"시예요?"

나는 고구마를 우물거리며 학창 시절에 배운 황진이의 시를 어렴풋이 떠올렸다. 동짓달 기나긴 밤을 베어내어 이불 아래 넣었다가 임 오신 날에 펴는 거였나. 대략 그런 내용의 시가 수채화풍으로 그린 겨울 풍경과 함께 교과서 한 면을 차지하고 있었던 기억이 났다. 황진이의 시 대신 어머니의 시구를, 겨울 풍경 대신 찐 고구마 여덟 개를 넣어보니 제법 그럴 듯한 그림이 되는 것 같기도 했다. 물론 어머니의 글은 반질반질한 교과서 지면에 실리는 대신 페이스북에 업로드되겠지만.

어머니에게 페이스북 하는 법을 가르쳐준 것은 나였다. 취미로 찍은 꽃 사진을 SNS 계정에 올리는 쏠쏠한 재미가 아버지의 죽음을 요령껏 극복하는 데 도움이 될 거라고 판단했기 때문이었다. 실제로 페이스북을 시작한 이래 어머니는 외출하는 날이 늘었다. 나는 유령 계정을 만들어 어머니의 게시글에 꼬박꼬박 '좋아요'를 눌렀다. 금세 페이스북에 익숙해진 어머니는 들꽃 사진에 짧은 시구를 덧붙이는 형태로 당신 나름의 연재를 이어갔다. 어느 날엔가 디카시에 도전해봐도 좋겠다는 댓글이 달렸다. 거기에 '좋아요'를 누른 어머니는 한동안 문화센터도 다니는 등 열심이었다. 그러나 한 공모전에서 어머니의 작품이 상은 못 타고 언급되기만 한 뒤로 어머니는 디카시를 그만두었다. 심사위원은 어머니의 작품을 이렇게 평했다. 이미 아름다운 꽃 사진에 굳이 아름다운 말을 덧붙일 필요는 없다. 시는 현상 이면의 진실을 드러내는 언어여야 한다. 나는 심사평이 실린 기사에 '화나요'를 눌렀다. 나 말고도 많은 사람이 화를 내고 있었으므로 나는 그걸 어머니에게 보여주었다. 하지만 어머니는 초연한 표정으로 딱 한 마디만 했다.

"나는 마냥 예쁜 게 좋더라."

그게 벌써 4년 전의 일이었으니 그사이에 마음이 바뀌었다고 해도 이상할 건 없었다. 강산이 40퍼센트나 바뀔 시간이 아닌가. 게다가 혹평과 독설을 견디는 요령은 어머니의 전문 분야였다. 아버지가 건실함을 찬양하고 누구나 건실해야만 한다고 믿는 사람이었기 때문이다. 아버지는 마땅히 해야 할 일을 하지 않는 것, 가령 음식을 앞에 두고 먹지 않는 것을 참지 못했고, 어머니가 결코 간식을 먹지 않으리라는 걸 알면서도 꼭 한 소리씩 얹곤 했다. 그러다 마침내라고 해야 할지, 회사에서 잘린 뒤 일주일 만에 목숨을 끊음으로써 당신의 믿음을 완성했다. 나는 경악하면서도 마음 한편으로는 아버지답다고 생각했고, 그건 아마 어머니도 마찬가지였을 것이다. 욕실 바닥에 고꾸라져 있는 아버지를 이송하러 경찰과 구급대가 달려오는 동안 어머니와 나는 언젠가 이런 장면을 꿈속에서 본 것만 같은 기분에 사로잡혀 있었다.

그러나 아버지의 뜻이 어떠했건 시체에서 아름다움이나 건실함 따위는 찾아볼 수 없었다. 거기에 있는 건 아버지가 평생 쌓아온 요령뿐이었다. 화학 공장에서 반평생을 보낸 아버지는 마트에서 파는 제품만 가지고 치명적이지만 고통 없이 죽을 수 있는 약을 만들어냈다. 긴 잠에 빠지는 기분이었을 거라고 의사는 어쩐지 선심 쓰는 듯한 태도로 말했다. 그 말 때문이었는지는 몰라도 장례식을 치르는 동안 나와 어머니는 한숨도 자지 못했다.

그때 꾸어야 했던 꿈들이 뒤늦게 어머니를 찾아와 이제는 꽃이 아닌 것을 소재로 시를 쓰게 만들었다고 해도 놀랄 일은 아니었다. '이제 와서'라기보다는 '이제야'라는 느낌. 그리고 과연 어머니는 고구마를 앞에 두고 시를 쓸 때 할 법한 고민을 했다.

"아니, 너무 직접적이지 않은가 해서."

"괜찮은 것 같은데요. 진심이 느껴져서."

"문제가 맞네. 너무 정직하면 긴장감이 없잖아."

"와서 같이 먹으면 좋겠다고 안 쓰고 광에 넣어두겠다고 하면 어때요?"

"싫어. 광은 너무 늙은이 같잖아. 거짓말이기도 하고."

"남은 건 어쩔 생각이셨는데요?"

"얼려둬야지."

"좋은데요?"

"안 좋아. 남자는 너무 돌려 말하면 못 알아듣는다고."

시 쓰는데 남녀가 무슨 상관이냐고 하니까 어머니는 무슨 생뚱맞은 소리냐며 디카시는 다시는 안 쓴다고 손사래를 쳤다.

"남자들은 이래서 문제야. 자기들 마음도 모르고 말도 못 알아듣고."

하소연과 함께 어머니의 말보가 터졌다.

사연은 이랬다. 이수진은 어머니를 팔로우하자마자 메시지를 남겼다. 어느 학교 나온 누구 아니냐고 냅다 묻는 메시지에 처음에는 어머니도 이상함을 느꼈다. 그런 정보는 프로필에서 간단히 확인할 수 있는데 왜 구태여 묻는 거지? 게다가 그 시점에 이수진의 계정은 프로필 사진조차 걸어놓지 않은 막 만든 것이었으므로 더욱 께름칙했다. 어머니는 대충 대꾸하고 말 생각으로 답신을 썼다. 하지만 이어지는 메시지가 어머니의 마음을 열었다. 이수진은 어머니가 중학교를 언제 졸업했는지 정확히 알아맞혔으며 어머니가 중학생 때 릴케를 좋아했다는 사실도 알았다. 그런 게 있었는지 기억조차 희미해진 시 필사 노트까지 언급하면서 이수진은 이렇게 말했다.

"네 시를 꼭 한번 보고 싶었는데, 이렇게 오랜 시간이 흐른 뒤에야 보게 될 줄은 몰랐어."

이때부터는 오히려 관계가 역전되어 어머니가 이수진을 더 궁금해하게 되었다. 중학생 시절 어머니는 당시 흔치 않았던 남녀 공학에 다니면서도 연애 한번 해보지 못했다. 아버지는 대학에서 만난 어머니의 첫 연애 상대였다. 그런데 그보다 먼저 자기를 사모하는 남학생이 있었다니. 수십 년의 시간을 거슬러 주름이 짜릿짜릿하게 펴지는 느낌이었다.

어머니는 졸업 앨범에서 이수진의 사진을 찾아보았다. 마치 운명처럼 앨범 속에는 이수진이 단 한 명뿐이었다. 정면을 응시하는 어색한 표정으로도 감춰지지 않는 장난기가 매력적인 소년. 이수진의 얼굴을 확인한 순간 어머니는 모든 것을 기억해냈다. 혼자 책상에 앉아 시를 필사하던 일. 수학 문제를 풀지 못해 선생에게 종아리를 맞았던 일. 마음 맞는 친구가 전학을 가버려 혼자 점심을 먹던 일. 괴괴한 흑백 사진으로 된 기억이 총천연색 컬러 영상으로 부활했다. 어머니의 몇 걸음 뒤에는 언제나 떨리는 눈으로 당신을 바라보던 이수진이 있었다.

어머니는 이수진과 매일 연락을 주고받았다. 둘의 기억이 얽혀 과거는 3D로 4D로 생생하게 되살아났고, 어머니는 여태껏 알지 못했던 어릴 적 당신의 사랑스러움을 깨달았다. 둘 중 하나가 기억하는 것을 상대가 기억하지 못하면 서로 일깨워주기도 하면서 어머니와 이수진은 일종의 가정법으로 존재하지 않는 추억을 쌓았다. 둘은 가정법으로 만든 고속도로를 따라 순식간에 수십 년 전의 사랑을 현재로 데려왔다. 일상을 점점 더 많이 공유하게 되면서 어머니는 아버지가 죽었다는 사실과 노총각 아들을 데리고 산다는 사실을 밝혀도 될지 고민해야만 했다. 차라리 처음부터 말해버렸다면 마음이 편했을 텐데 인제 와서는 이수진이 이를 어떻게 받아들일지 걱정됐다. 고구마를 찐 이유가 바로 그거였다. 이수진은 해외에서 물건을 들여와 파는 바이어로, 지금 주력으로 수입하는 물품은 우유였다. 우유 하면 고구마, 고구마 하면 우유. 어머니는 남편과 아들에 관해 고백하는 대신 우유를 사고 싶다고 말했다.

여덟 개의 고구마는 내가 이틀에 걸쳐 먹었다. 어머니는 고심 끝에 처음 생각한 문구를 조금만 고쳐서 보냈으나 결과는 신통치 않았다. 이수진은 어머니의 글이 아름답다고 감탄하면서도 지금은 한국에 들어올 수 있는 상황이 아니라고 했다. 어머니는 이수진을 만나는 대신 이수진이 보낸 우유를 받았다. 2리터짜리 우유 51개. 이수진은 총판이어서 무엇을 팔든 50개보다 작은 단위로는 팔 수가 없더라고 어머니는 말했다. 우유를 버리지 않으려고 냉장고를 탈탈 비우면서도 어머니는 행복해했다. 어머니가 산 우유는 50개였으나 도착한 우유는 51개였기 때문이다. 51번째 우유에는 쪽지가 하나 붙어 있었는데, 거기에는 이렇게 적혀 있었다.

"내 마음이야."

그렇게 집에 쓸데없는 물건들이 쌓이기 시작했다. 우유를 다 처리하기도 전에 열 개들이 수세미 세트 51봉지가 도착했다. 수세미 다음으로는 비타민, 탄산음료, 인형, 건전지 따위가 뒤를 이었다. 다행인지 불행인지 집에는 아버지의 유품을 보관하다 보니 어느새 잡동사니 창고가 되어버린 방이 하나 있었다. 어머니는 이수진에게 산 물건을 요령껏 그 방에 쌓았다. 사실 그때까지만 해도 나는 어머니의 유난을 문제 삼았지, 어머니가 이수진에게 속고 있다는 생각은 하지 않았다. 어쨌든 어머니가 사 모으는 물건들은 개수만 많을 뿐 비싸지는 않았고, 대충 계산해봤을 때 용돈 안에서 해결할 수 있는 소비였기 때문이다. 하지만 집에 면도기 53개가 도착하면서부터는 사정이 달라졌다.

너 쓰라고 샀다고 말하면서 어머니는 홀가분한 표정을 지었다. 구태여 묻지 않아도 어머니가 이수진에게 나와 아버지에 관한 이야기를 털어놓았으리라는 걸 알 수 있었다. 이수진이 그에 대해 긍정적인 반응을 보였으리라는 것도. 내 의문은 왜 면도기가 53개 왔느냐는 것이었다. 50개라면 이수진이 실망한 결과라고 해석할 수 있었다. 52개라면 어머니를 위한 덤 하나, 그리고 나를 위한 덤 하나였을 것이다. 하지만 53개라니. 마지막 하나의 의미가 뭐지? 맨 먼저 떠오른 생각은 아버지였으나, 죽은 사람을 위해 면도기를 하나 더 보내는 건 낭만적이라기보다는 좀 으스스하거나 생각하기에 따라 모욕적이기까지 한 행위였다. 이수진이 그런 악수를 둘 것 같진 않았다. 다른 생각이 떠오른 것은 칫솔꽂이로 사용하는 컵에 면도기를 세워놓으면서였다.

"혹시 이수진 씨랑 재혼하기로 했어요?"

아침을 먹는 중에 내가 묻자, 어머니의 눈이 휘둥그레졌다.

"어떻게 알았어?"

"면도기만 53개가 왔으니까요. 하나는 엄마를 위한 덤. 하나는 나. 다른 하나는 이수진 씨가 아닌가 해서요."

"정확히는 수진 씨가 아니라 우리 새 가족을 위한 선물이래. 자기 자신을 위한 선물을 우리한테 보내는 건 좀 이상하잖아."

어머니는 거의 콧노래에 가까운 목소리로 말했다. 그러더니 밥을 먹다 말고 휴대전화에 무언가를 한참 입력했다. 잠시 후 어머니가 보여준 휴대전화 화면에는 방금 있었던 일을 미주알고주알 이야기하는 말 주머니가 있었다. 이어지는 이수진의 답장은 이랬다.

– 아드님이 날카로운데요. 베이지 않게 조심해야겠어요. ㅎㅎ

– 앞으로 잘 부탁해, 아들.

본격적인 문제가 시작된 것은 그때부터였다.

어머니의 왼손 약지에 반지가 생겼다. 반지는 단 한 쌍만 필요한 것이었으므로 어머니가 구매해서 해외에 있는 이수진에게 보냈다. 어머니가 식탁 위에 휴대전화를 두고 그 옆에 왼손을 다소곳이 포개놓고 있는 걸 볼 때마다 나는 마음이 불편해졌다. 어머니와 이수진은 한 번도 만난 적이 없었다. 적어도 페이스북을 통해 연락이 닿은 이후로는 그랬다. 그러나 어머니는 이수진에게 여유가 생겨 한국에 돌아오면 그 즉시 혼인 신고를 할 거라고 내게 말하곤 했고, 자기 몫의 혼인 신고서마저 미리 써두었다.

딱 한 번, 나는 둘의 데이트 비슷한 것을 포착한 적도 있었다. 귀신 발걸음 소리도 들릴 만큼 집이 조용하던 날, 어머니 방에서 이상한 소리가 들려왔다. 소리는 교태를 부리며 갸르릉거렸고 이따금 짧게 흐느끼기도 했다. 그게 고양이 소리가 아니라 어머니의 목소리임을 깨달은 것은 나도 모르게 문 앞을 서성거리며 계속 듣고 있던 와중이었다. 나는 문에 귀를 바짝 들이댔다. 어머니는 너무 좋았다고 말했다.

"사랑해요."

"맞아요. 이런 게 가능할 줄은 전혀 몰랐어요."

"사랑해요."

"전화로는 잘 말해주면서 왜 메시지로는 안 보내주는 거예요?"

"이상한 사람."

"네?"

"안 돼요."

"부끄러우니까요. 그렇게 예쁘지도 않을 거예요."

"이거랑 그거랑 같나요."

"알았어요. 대신 수진 씨도 보내주셔야 해요."

"약속한 거예요."

"보고 싶어요."

"나도요."

"알았어요. 나중에 다시 연락해요."

카메라 셔터 소리가 여러 차례 들렸다. 무슨 일이 있었는지 어렵지 않게 추측할 수 있었다. 어머니는 아마 나체 사진 혹은 그에 준하는 무언가를 찍어 전송했을 것이고, 이수진에게서도 같은 종류의 사진을 받았을 것이다. 나는 알 수 없는 수치심에 사로잡힌 채 내 방으로 돌아왔다.

그래서였을까. 며칠 뒤 집에 도착한 옥장판 53개는 내게는 일종의 선고로 보였다. 누가 봐도 피라미드식 다단계 상품이었으나, 어머니는 이수진이 어쩌다 보니 떠맡게 된 악성 재고라면서 열렬히 그를 변호했다. 옥장판은 나와 어머니의 침대보다 사이즈가 커서 사용할 수도 없었다. 우리는 그걸 수납하기 위해 창고 방을 완전히 뒤집어엎어야만 했다. 방의 절반 가까운 공간을 홀로 잡아먹은 옥장판 53개는, 이제는 무슨 짓을 해도 어머니의 믿음이 흔들리지 않으리라는 걸 과시하는 이수진의 승전비나 마찬가지였다.

그럼에도 옥장판은 상징적인 물건이었으므로 나는 어머니에게 로맨스 스캠과 보이스피싱에 관한 여러 기사를 보여주는 게 효과가 있으리라고 믿었다. 하지만 귀신의 세계에서는 모든 게 거꾸로라고 했던가? 요즘 세상 돌아가는 일에 관해서만큼은 내 요령을 전적으로 인정해주는 사람이었던 어머니는 내가 말하면 말할수록 이수진에 대한 믿음을 굳혔다. 몇 차례의 말다툼 이후 결국 어머니는 이수진이 아니라 나를 데면데면하게 대하는 쪽을 택했다. 너무 늦었던 것이다.

예부터 유령에 깊이 홀린 자를 구할 때는 사람을 구하는 게 아니라 귀신을 무찔러야 한다고 했다. 처음에 나는 경찰서로 갔다. 그러나 어머니가 자발적으로 물건을 구매했다면 그건 범죄로 보기 어렵다고 경찰들은 입을 모아 말했다. 아무리 사기꾼 같아 보인다고 해도 범죄를 저지르지 않은 자를 체포할 수는 없다고도 했다. 관아가 도움이 안 되기로는 퇴마나 사기나 마찬가지인 모양이었다. 한참 인터넷을 뒤진 끝에 나는 aux라는 이름의 사립 탐정을 찾아냈다. aux는 수임료는 싸지만, 결코 오지랖을 부리지 않는 점이 특징인 탐정이었다. 그녀는 주어진 일만 완수하면 그 과정에서 찝찝함이 남든 현상 이면의 진실을 발견하든 신경 쓰지 않는다고 했다. 말하자면 MZ 탐정이었는데, 나는 그런 면모가 마음에 들어 aux에게 의뢰를 넣었다. 상대는 마음을 갖고 장난치는 귀신이니 마음을 쓰지 않는 자가 상극일 거라 생각했다.

나는 aux와 카페에서 만났다. 작은 체구에 허리까지 머리칼을 내려뜨린 그녀는 마치 펑크록 밴드 같은 차림새를 하고 소파에 푹 파묻혀 있었다. 내가 음료를 가져오자 그녀가 먼저 입을 열었다.

"우선 몇 가지 말씀드려야 할 사항이 있습니다."

aux는 나른한 말투로 다음과 같이 설명했다. 미디어의 영향으로 탐정에 대한 환상을 가진 사람이 많은데, 사실 대한민국에는 명탐정이 존재할수 없다. 탐정은 합법적인 흥신소다. 무언가를 조사해줄 수는 있지만, 이미 종결된 수사를 재개하거나 실제로 범인을 체포하는 일은 불가능하다.

나는 묵묵히 고개를 끄덕였다. 안 그래도 간단한 조사만 부탁할 참이었기 때문이다. 우선 나는 aux에게 여태까지의 일을 털어놓았다. 어머니가 이수진과 페이스북을 통해 연락이 닿은 일부터 그에게 푹 빠져 불필요한 물건을 대량으로 구매하고 있으며, 이제는 급기야 중국에 신혼집을 차리려고 이수진에게 보낼 돈을 마련하고 있다는 것까지. aux는 전형적인 로맨스 스캠으로 보인다며 고개를 끄덕였다. 그 말에 탄력 받아 나는 그녀에게 의뢰 사항을 전했다. 간단한 의뢰였다. 페이스북 너머에 있는 이수진의 진짜 정체를 밝혀내기. 내가 알아본 바에 따르면 온라인 스캠 범죄에서 사기꾼이 자기 신상을 드러내는 경우는 거의 없다. 아마 이수진이라는 이름 뒤에 숨어 있는 건 한국말 잘하는 중국인이겠지. 이수진의 진짜 정체. 그건 어머니와 그 사기꾼의 관계를 기틀부터 뒤흔들어놓을 만한 미친굿으로 부족함이 없을 터였다.

그러나 내 기대와 달리 aux는 고개를 저었다.

"선생님 말씀대로 익명성은 온라인 스캠의 주된 특징입니다. 문제는 그 특징이 사기꾼을 잡을 때도 똑같이 적용된다는 거예요. 페이스북 계정을 만들 때 사용한 전화번호를 찾아내봤자 아마 다른 사람 이름으로 된 가짜 번호일 겁니다. 사기꾼의 정체를 밝히는 건 경찰이 국제 수사쯤은 해줘야 가능한 일입니다. 뭐 누군가는 할 수 있을지도 모릅니다만 적어도 그건 탐정보다는 해커가 더 잘하겠죠. 애초에 사용자 전화번호를 알아내는 것도 경찰이 아니면 불법이고요. 탐정에게는 수사권이 없다고 앞서 말씀드렸죠?"

"그럼 방법이 없는 겁니까?"

aux는 한동안 고개를 까딱거리다가 무언가 생각난 듯 검지를 번쩍 치켜세웠다.

"딸기 파르페 하나만 시켜도 되겠습니까? 심리전은 제 특기가 아니라서 머리가 팍팍 안 돌아가네요."

내가 만 5천 원짜리 딸기 파르페를 테이블 위에 내려놓자, aux는 여태 보이던 심드렁한 태도는 벗어던지고 신나게 퍼먹기 시작했다. 못해도 500시시는 되어 보이는 컵이 순식간에 바닥났다. 그녀는 만족스러운 듯 다시 등받이에 몸을 기대고는 속 트림을 했다.

"감사합니다. 덕분에 좋은 생각이 떠올랐어요. 어차피 사기꾼의 정체를 밝혀낸다고 해도 문제는 해결되지 않을 겁니다. 밝힐 수도 없고요. 그래도 할 수 있는 일은 있지요."

aux가 엄지와 검지를 붙여 오케이 사인을 만들더니 내 면전에 들이댔다.

"사람의 믿음을 깨려면 두 번의 폭로가 필요합니다. 인간 정신은 한 가지 배신은 정당화할 수 있어도 동시에 두 가지는 못하거든요. 필요한 건 세 가지입니다. 하나, 이수진이 어머님을 사랑하지 않는다는 걸 증명하거나 이수진이 어머님만 사랑하는 게 아니라는 걸 증명하기."

aux가 중지를 접어 엄지에 붙였다.

"둘, 이수진이 이수진이 아니라는 걸 증명하기. 이쪽은 좀 까다롭지만 사기꾼의 정체를 밝혀내는 것에 비하면 쉬울 겁니다. 이건 상황을 보고 대처하는 쪽으로 하시죠."

aux는 약지를 구부렸다. 오케이 사인이 아니었네. 그럼 새끼는 뭐지? 하고 생각하고 있는데, aux가 말을 이었다.

"셋, 제가 도와드리기는 하겠습니다만 앞서 말씀드린 두 가지를 선생님께서 직접 증명하셔야 합니다."

"예?"

aux는 새끼를 접고 망원경 같은 형태가 된 손을 자기 왼쪽 눈에 붙였다.

"말씀드리지 않았습니까? 탐정에게 권위 같은 건 없다고. 이 시대의 탐정은 눈입니다. 더 잘 볼 수 있게 혹은 안 보이는 걸 볼 수 있게 해주는 존재죠. 더구나 이 사건은 현상 이면의 진실을 밝혀내는 것이 아니라 근본적으로 어머님을 설득해야 하는 일입니다. 제가 어머님께 설명해봤자 김치로 뺨이나 맞을 걸요?"

aux는 자기 농담에 혼자 웃음이 터져 한동안 깔깔거리다가 헛기침하고는 내가 무슨 일을 하면 되는지 설명해주었다. 한마디로 요약하자면 나도 귀신 놀음에 뛰어들어야 한다는 것이었다.

페이스북에서 이수진을 찾아내는 일은 어렵지 않았다. 어머니의 친구 목록에서 모자를 거꾸로 뒤집어쓴 남자를 찾으면 됐다. 난처한 건 그에게 어떻게 접근하느냐였다. 나는 유령 계정으로 일단 이수진을 팔로우해놓기만 하고 한참을 고민했다. 그의 프로필에는 소개 글이 없었다. 다만 여행을 많이 다니는지 (혹은 그렇게 보이고 싶은지) 피드가 세계 각지에서 찍은 사진으로 도배되어 있을 뿐이었다. 그 사진들은 하나같이 풍경 사진으로 이수진 본인의 모습은 찍혀 있지 않았는데, 이미지 검색을 해보니 직접 찍은 것도 아니고 인터넷 여기저기서 수집한 것들이었다.

사진이 마음에 들어 연락했다고 하면 수상할까? 아니면 사진을 사고 싶다고 접근해야 하나? 나는 입술을 물어뜯으며 고민했는데, 감사하다고 할지 허무하다고 할지 내 고민은 무용한 것이 되었다. 놀랍게도 이수진에게서 먼저 연락이 왔기 때문이다.

– 수영 님, 팔로우해주셔서 감사해요. 우리 친구 할까요?

나는 기회를 놓칠세라 바로 답을 보냈다. 곧바로 친구 요청이 왔고, 우리는 친구가 되었다. 나는 컴퓨터 화면을 두 개로 분할해 오른쪽에는 페이스북 메신저를, 왼쪽에는 워드 문서를 띄웠다. 문서에는 aux가 만들어 준 내 캐릭터가 정리되어 있었다. aux의 설정에 따르면 임수영은 늙은 남자를 좋아하는 철부지 여대생이다(aux는 이걸 오지콤 속성이라고 부른다며 깔깔 웃었다). 집안은 부유하지만 가족이 저질이라고 생각해 철학과 문학을 탐독하고, 멘토가 되어줄 수 있는 남자를 원한다. 여기서 주의할 점은, 돈이 많다고 직접적으로 말해서는 안 되고 취미 등을 통해 간접적으로 드러내야 한다는 것(취미는 모르겠으면 승마나 골프로. 연극, 뮤지컬, 콘서트 등은 지양). 어차피 만나자고 해도 정말로 만남이 성사될 리는 없으니 적극적으로 유혹해야 한다는 것. 그러면 아마 만남 대신 전화를 하게 될 텐데, 번호는 aux의 번호를 넘길 것. 통화 한 번당 추가 비용이 있음. 사진은 보내지 말 것.

나는 연기에 요령이 없어서 이런 난해한 캐릭터를 어떻게 흉내 내야 하나 난감했는데, 다행히 이수진은 능수능란하게 대화를 이끌었다. 대화는 그가 묻고 내가 대답하는 형세였다. 나는 가능한 한 말끝마다 수진 님은요? 하고 덧붙였으나 그럴 때마다 그는 능청스럽게 화제를 돌렸다. 어머니의 상황과는 정반대였다. 나는 aux의 말을 부적처럼 떠올리며 대화를 이어나갔다.

"사기꾼은 자기가 사기를 당하리라는 생각은 잘 하지 않아요. 요컨대 요령 밑이 어두운 셈이죠."

이수진이 자꾸 질문만 던져대는 건 내가 맛있는 먹잇감인지 확인하기 위해서일 터였다.

이수진이 보낸 메시지가 오른쪽 화면에서 깜빡이고 있었다.

- 철학과 학생도 아닌데 라캉을 읽는다고요? 대단하네요. 특히 라캉은 같은 단어인데도 시기마다 다른 의미로 사용해서 읽다 보면 자연스럽게 미궁에 빠지게 되는 작가인데 말이에요. 저는 몇 페이지 읽고 쉬고 몇 페이지 읽고 쉬고를 반복했던 것 같네요. 수영 님도 그러신가요?

- 네, 저도 그렇게 읽고 있네요. 구조주의 언어학에서 가져온 개념들 때문에 유독 그런 것 같아요. 어떤 말은 의미를 그대로 사용하기도 하고 다른 말은 추상화해서 사용하기도 하잖아요. 심지어 시기별로 또 다르게.

- 와, 날카로우시네요. 베이지 않게 조심해야겠어요. ㅎㅎ

면도날로 심장을 매달아두는 실을 끊은 것처럼 심장이 쿵 내려앉았다. 아직 집에는 이수진이 보낸 면도기가 50개 가까이 남아 있었다. 나는 사정없이 쿵쾅대는 가슴을 진정시키려고 애쓰며 답신을 썼다. 키보드를 치는 손가락이 덜덜 떨렸다.

- 라캉에 관해 잘 아시나 봐요. 한번 강의하러 우리 집에 와주실래요? 아빠는 제가 공부하는 데는 지원을 아끼지 않으시거든요.

- 제가 얼마나 비싼 사람일 줄 알고요?

사기꾼이라면 당연히 내 비위에 맞는 답만 해줄 거로 생각했기에 나는 제대로 당황했다. 혹시 이 이상한 캐릭터가 가짜라는 걸 눈치챈 걸까? 나는 이수진과의 연락을 위해 유령 계정을 새로 팠으나 어쩌면 그에게는 한 계정과 다른 계정들 사이의 연결 관계를 볼 수 있는 기술이 있는지도 몰랐다. 생각해보면 사기꾼이 해킹에 능한 건 전혀 이상한 일이 아니었다.

그때 새 메시지가 도착했다.

- 농담이에요. 제가 그 정도는 아닙니다. 그래도 궁금한 게 있으면 언제든 메시지 보내주세요. 지금은 뭐하고 계신가요? 저는 일하고 있습니다.

노트북 화면 옆에 엄지를 번쩍 세우고 있는 사진이 도착했다. 나는 대수롭지 않은 척 승마하러 가는 길이라고 대답한 다음 그냥 컴퓨터 전원을 꺼버렸다. 한 번 내동댕이쳐진 심장을 주워 담기란 쉬운 일이 아니었다. 나는 aux에게 전화를 걸었다. 혀가 덜덜 떨면서 제멋대로 움직이는 것 같았다. 내가 상황을 설명하자 aux는 웃음을 터뜨렸다.

"선생님 생각보다 소심하시네요."

내가 aux의 말이 맞다고 인정하기까지는 꼬박 나흘이 걸렸다. 그사이 이수진은 내게 예리하다는 말을 여섯 번이나 더 했다. 그건 그냥 그가 자주 하는 칭찬일 뿐이었다.

aux가 만들어준 캐릭터는 의외로 잘 먹혔다. 승마하러 간다는 메시지를 보낸 다음부터 이수진은 자기 정보를 술술 풀어놓기 시작했다. 나는 속으로 쾌재를 불렀다. 이걸로 목표의 절반은 달성한 셈이었다. 어머니에게 했듯이 이수진은 나와의 공통점을 만들기 위해 다른 페르소나를 내세울 것이고, 그것은 사기꾼이 이수진이 아니라는 강력한 증거 중 하나가 되어줄 터였다. 그러나 막상 이수진이 보내오는 메시지에는 내가 어머니에게 들은 것과 같은 내용이 담겨 있었다. 학창 시절부터 어머니를 좋아했다는 얘기만 쏙 빠진 채로 그는 전공이나 자신의 사업 내용, 심지어 현재 위치까지도 똑같이 말했다. 마치 그것이 진실이라는 듯이.

그렇게 상황은 내 예상과 전혀 다르게 흘러갔다.

대화가 원활하다는 점에서 상황이 나쁜 건 절대 아니었다. 이수진은 모닥불에 장작을 넣듯이 꾸준히 화젯거리를 공급했고, 때로는 도발하거나 새침을 떨기도 하면서 연락을 지루할 틈 없이 만들었다. 일종의 엔터테인먼트라고 생각하면 놀라운 수준이었다. 나도 모르게 어머니가 빠져들 만도 했겠다고 생각하다가 정신을 차린 게 한두 번이 아니었다. 아니 좀 더 솔직하게 말하자면 이수진은 실제로 매력적인 사람이었다. 그에게는 여유와 유머, 그리고 어떤 말도 무례하지 않게 들리게 하는 묘한 힘이 있었다. 이수진은 어머니에게 한 것처럼 내게도 종종 이런저런 물건을 권했다. 그러나 거기에는 어떠한 강요도 없었고, 그가 권하는 물건은 언제나 실제로 내게 필요한 것이었다. 문제는 바로 거기에 있었다. 그는 분명 사기꾼 같았지만, 좋은 사람 같기도 하다는 것.

그러한 인상은 대화에 미묘한 기류가 흐르기 시작한 다음에도 변하지 않았다. 연락한 지 2주가 지나면서부터 우리는 보고 싶다는 말을 자주 주고받게 되었다. 내가 중국에 놀러 가면 방문할 만한 여행지를 함께 골랐다. 비록 aux가 받기는 했지만, 하루에 한 번씩은 꼭 통화를 했다. 무엇보다도 이수진은 내 일상을 챙겨주는 방식으로 호감을 표했다. 그는 내가 한 말을 잊지 않았으며, 내게 무슨 일이 생기면 반드시 안부를 물었다. 그러나 결코 사랑한다는 메시지만은 보내지 않았다.

"사랑한다는 말은 진심이어서 전화로만 하고 싶다고 하네요. 웃긴다고 해야 할지 고단수라고 해야 할지."

전화기 너머에서 aux가 앓는 소리를 냈다. 문득 이전에 방문 너머로 엿들은 어머니의 대화가 떠올랐다. 전화로는 잘 말해주면서 왜 메시지로는 안 보내주는 거예요? 아마 이수진은 어머니에게도 메신저로는 사랑한다고 말해주지 않았을 거라고 하자 aux의 앓는 소리가 더 커졌다.

내가 말했다.

"그냥 통화 녹음한 걸로 증거 삼으면 안 됩니까?"

"안 돼요. 제가 엮이면 어머님은 제가 이수진을 빼앗으려 한다고 생각할지도 몰라요. 그럼 폭로가 두 개가 아니라 하나가 되어버려요. 바람피운 남자와 지독한 내연녀의 모략이라는 클리셰로 통합되는 거죠. 한번 증명에 실패하면 다음 기회는 없을 거예요. 사람은 이미 자기가 믿기로 결심한 걸 웬만해서는 다시 의심하지 않거든요."

내가 이수진을 사기꾼으로 몰았을 때 어머니가 보였던 반응을 떠올리자, 내 입에서도 얕은 신음이 흘러나왔다.

"끝까지 메시지로 사랑한다는 말을 못 뜯어내면 그냥 기세로 밀어붙이는 걸로 하죠. 어쨌든 어머님께 일어난 일과 거의 비슷한 일이 일어나고 있고, 메시지에서도 연애 기류는 흐르고 있으니까요. 사기꾼이 이수진이 아니라는 증거는 좀 찾으셨나요?"

"아뇨. 전혀 못 찾겠어요. 모든 게 어머니에게 들은 것과 똑같아요. 전에 말씀드렸던가요? 이수진은 어머니의 졸업 연도를 알아맞혔고 릴케를 좋아한다는 것도 알았어요."

"상대가 몇 살인 줄만 알면 졸업 연도를 맞히는 것쯤이야 아무것도 아니에요. 어머님의 페이스북 어딘가에 그 정보가 있었겠지요. 릴케 역시 실패할 수가 없는 이름이고요. 그 시절 문학소녀가 릴케를 싫어할 수가 있나요? 안 읽어봤더라도 단연 좋아하는 시인 목록에는 있을 법한 시인이에요. 오히려 부코스키 같은 이름을 댔으면 설득력이 있었을 텐데요. 아무튼 증거는 없는 건가요, 그럼? 잘 생각해보세요."

어쩐지 입이 떨어지지 않았다. 증거를 찾아내지 못해서이기도 했지만, 그것 때문만은 아니었다. 이수진은 여자를 유혹한다. 유혹한 여자에게 물건을 판다. 이수진은 결코 만날 수 없고 통화만, 그것도 음성 통화만 가능하다. 그러한 사실들만 놓고 보면 그는 영락없는 사기꾼이다. 그러나 사실들의 총합은 결코 진실이 아니다. 진실은 그보다는 실체 없는 오묘한 느낌에 가까운 것인지도 모른다. 그랬다. 느낌이 문제였다. 나는 한숨을 쉬고 말을 이었다.

"솔직히 요즘에는 이수진이 진짜 이수진이 아닐까 하는 생각이 듭니다. 어쩌면 이수진은 범죄자가 아니라 그냥 바람기 많은 바이어 아닐까요?"

"의뢰를 취소하고 싶다는 뜻인가요?"

aux는 내 말에 반박하거나 동조하지 않고 그렇게만 물었다. 현상 이면의 진실은 책임지지 않는 무책임한 탐정이라는 게 이런 의미였구나. 어쩐지 맥이 풀렸다. 나는 내가 어떻게 하고 싶은지 생각해보았지만 쉬이 답을 내릴 수 없었다. 나도 어느새 유령에 홀려버린 것만 같았다. 내가 여태껏 쌓아온 모든 요령은 거꾸로 된 세계에서는 아무런 의미가 없었다. 정신을 차리고 보니 나는 aux에게 하소연을 늘어놓고 있었다. 이 상황은 잘못되었고, 어머니를 구해야 한다는 사실 역시 자명하다. 이수진이 진짜 이수진일지도 모른다는 것이 도대체 왜 마음에 걸리는지 나도 잘 모르겠다. 우리가 틀렸다고는 절대 생각하지 않는다. 다만 무언가 중요한 것을 놓치고 있는 듯한 느낌이 든다. 이상한 말이지만 어쩐지 부모 몰래 나쁜 짓을 하는 아이가 된 것 같다고나 할까.

"게다가 졸업 앨범에 떡하니 얼굴이 박혀 있는 사람을 어떻게 없다고 하겠습니까?"

그때 aux가 대뜸 말허리를 잘랐다.

"졸업 앨범이 있다고요?"

나는 어머니의 졸업 앨범과 거기에 떡하니 박혀 있는 이수진의 장난기 가득한 얼굴을 사진으로 찍어 전송했다. 그러자 aux는 내게 몇 가지를 확인해보라고 했다. 졸업 앨범을 뒤져가며 aux가 요구한 정보를 찾아 보내주자, aux는 웃음을 터뜨렸다.

"처음부터 졸업 앨범에 있는 사람을 찾아달라고 했으면 일이 쉽게 풀렸을 텐데요. 저도 반성해야겠군요. 제가 먼저 물어봐야 했던 건지도 모르겠습니다."

"졸업 앨범이 있으면 뭐가 달라집니까?"

"당연하죠. 미행과 사람 찾기는 탐정의 전문 분야거든요. 조금만 기다리시죠."

그리고 aux는 정말 굉장한 속도로 졸업 앨범 속 이수진을 찾아냈다. 그녀가 이수진 추적 결과라는 제목의 보고서를 보내오기까지는 고작 사흘밖에 걸리지 않았다. 나는 이메일로 전송된 다섯 페이지짜리 보고서를 찬찬히 읽었다. 어머니가 존재하지도 않는 집을 사기 위해 거액을 송금하는 장면이 머릿속에 생생히 그려졌다. 이수진이 돈을 받자마자 귀신처럼 사라져버리는 모습과 연락이 닿지 않는 이수진을 찾으려고 애쓰며 어머니가 폐허처럼 무너져 내리는 모습도. 이수진은 가장 위험한 종류의 사기꾼이었다. aux가 보낸 이메일에는 내가 어떻게 소위 '추리쇼'를 펼쳐야 하는지에 관한 구체적인 가이드도 함께 첨부되어 있었다. 내 눈길은 가이드 마지막 페이지에 있는 한 문장에 오래 머물렀다. 결국 선생님은 옳은 일을 하실 겁니다.

어머니는 굳은 얼굴로 식탁에 앉아 있었다. 어슴푸레한 노을이 흘러 들어와 거실을 비현실적인 금빛으로 물들였다. 빛과 그림자가 절반이 되는, 귀신을 불러들이기에도 쫓기에도 제격인 시간. 나는 어머니 건너편에 앉아 심호흡했다. 이미 이번이 마지막이라고 딱 한 번만 더 이야기하고 앞으로는 이수진에 대해 왈가왈부하지 않겠다고 내뱉고 난 뒤였다. 심장이 아슬아슬하게 매달려 있었고 손이 떨려왔지만, 이제는 무를 수 없었다.

"일단 이걸 봐주세요."

나는 휴대전화로 페이스북 메신저에 접속해 이수진과의 대화창을 띄웠다. 대화의 시작 부분까지 거슬러 올라간 다음 어머니에게 휴대전화를 넘겼다. 어머니는 말없이 화면을 쓸어내렸다. 마치 시를 읽는 것처럼 어머니는 메시지를 아주 천천히 읽었다. 어머니가 휴대전화를 식탁 위에 내려놓았을 때, 메신저 창에는 수십 번 새로고침 된 흔적이 남아 있었다. 끝까지 다 읽고도 계속 화면을 쓸어올려서 그런 거였다.

"이수진은 사람을 사랑하지 않아요. 그는 사랑을 이용해 물건을 파는 회사를 운영하는 거예요. 엄마는 그의 단 하나뿐인 사랑이 아니라 수많은 VIP 고객 중 하나예요."

어머니는 대답하지 않았다. 내 쪽을 보고 있기는 했으나 실은 내가 아니라 내 뒤편의 노을을 바라보고 있는 것 같았다. 어머니의 눈동자가 탁한 금빛으로 물들어 있었다. 노을을 껴안으려다가 실패한 것처럼 쓸쓸한 목소리로 어머니가 말했다.

"수진 씨랑 통화도 했니?"

aux의 주의 사항. 절대 그녀의 존재를 노출해서는 안 된다. 그녀는 대화가 이런 식으로 흐르게 될 것까지도 예상한 모양으로, 가이드에는 이때 내가 해야 할 대답이 적혀 있었다. 시나리오를 구상하면서 그녀가 파르페를 몇 컵이나 비웠을지 상상하자 긴장이 조금 풀리는 것도 같았다.

"이수진에게 직접 물어보세요. 연락하면 바로 받는 사람이잖아요."

어머니는 그렇게 했다. 이수진은 통화 연결 음이 세 번 울린 뒤 전화를 받았다. 이수진의 목소리는 메시지를 주고받으며 상상하던 것과 똑같았다. 부드러운 고무공처럼 경쾌한 목소리로 그는 어머니의 안부를 물었다. 하지만 어머니의 목소리는 여전히 가라앉아 있었다.

"임수영이라는 사람, 알아요?"

"알아요. 한 보름 정도 됐나? 내 계정을 팔로우하기에 친구 맺었어요."

"왜 그 사람한테 나에게 해주는 예쁜 말들을 해줬나요? 왜 그 사람한테도 보고 싶다고 했어요?"

이수진은 당황하지 않고 말을 받았다.

"빨리 친해지려고 그랬어요. 여보도 알다시피 요즘 회사가 어렵잖아요. 억지로 친구를 만들어서라도 물건을 팔아야 하는 상황이었어요."

"내게 팔 수도 있었잖아요."

"여보에게 파는 건 어쩔 수 없을 때뿐이었어요. 어차피 당신이 사는 건 팔리지 않은 것과 같은걸요. 부부는 재산도 함께이니까요."

어머니는 잠시 침묵했다. 다시 입을 열었을 때 목소리는 한층 더 가라앉아 있었다.

"그 사람에게도 전화로 사랑한다고 말했나요?"

"통화하지 않았어요. 나는 임수영 씨를 사랑하지 않아요. 임수영 씨가 남자인지 여자인지도 몰라요."

나는 무릎 위에 올려둔 보고서를 꽉 쥐었다. 심장이 손가락 끝까지 내려온 것처럼 손가락이 종이를 축축하게 적시며 박동했다. 어머니의 두 입술 사이로 노을이 파고들면서 마치 어머니가 빛을 토해내는 것처럼 보였다.

"나 지금 임수영 씨와 함께 있어요."

이번에는 이수진도 곧바로 대답하지 못했다. 이런 상황까지는 그의 계산 범주 안에 있지 않았던 것일까? 아니면 천천히 말할 때 생겨나는 말의 무거움을 이용하고자 함일까? aux의 예상에 따르면 어느 쪽이든 일이 이렇게 되면 이수진이 할 수 있는 일은 하나뿐이었다. 그는 어머니가 거짓말을 하고 있다고 믿어야 한다. 확실한 것은 휴대전화 너머에 어머니가 있다는 사실 단 하나뿐. 자기가 시작한 유령 놀음에 이제는 그가 휘말린 것이다. 나는 이수진이 사기를 당하는 일에 요령이 없기만을 바랐다.

"상관없어요. 내가 사랑하는 건 당신뿐이에요. 임수영 씨에게는 착각하게 해서 미안하다고 전해주세요. 우린 친구라고요."

"전하지 않아도 돼요. 이미 듣고 있으니까."

이젠 내가 입을 열어야 할 차례였다. 나는 침착하게 목소리를 냈다.

"날 사랑한다고 말했잖아요."

이수진은 두 번째로 침묵했다. 그는 혼란스러울 것이다. 임수영이 여자라고 줄곧 믿어왔을 테니까. 하지만 대답하는 속도를 늦출 수는 없을 것이다. 그것은 곧 불리한 증거가 되니까.

"그런 적 없어요. 당신이 그렇게 믿고 싶은 거겠죠."

"거짓말. 당신은 사기꾼이에요."

나는 꼭꼭 씹어 외운 말을 내뱉었다. 이건 이수진의 빠져나갈 구멍이었다. 결국에는 더 큰 함정으로 이어지는.

이수진의 목소리가 높아졌다.

"맞아요. 나는 사기꾼이에요. 온라인으로 사람들에게 접근해 친분을 맺고 물건을 팔아요. 감정을 이용하는 거죠. 인간쓰레기라고 해도 좋아요. 하지만 여보, 이것만은 믿어줘요. 나는 사기꾼이지만 거짓말은 하지 않았어요. 원한다면 임수영 씨와 나눈 대화를 모두 보내줄게요. 난 당신을 한 번도 속인 적이 없어요. 나는 사기꾼이지만 우리 사랑은 진짜예요."

어머니의 눈빛이 흔들렸다. 어머니는 나와 이수진 사이의 대화를 떠올렸을 것이고, 이수진의 말 속에서 여전히 살아 남은 사랑을 발견했을 것이다. 이수진이 사기꾼이라고 해도 그는 여전히 이수진이다. 어머니 당신이 사랑하는 이수진. 어머니 당신을 사랑해온 이수진. 그러니 어머니가 말을 꺼내기 전에, 새로운 환상을 입 밖으로 내기 전에, 내가 입을 열어야만 했다.

"또 거짓말을 하고 있군요."

나는 aux의 보고서를 식탁 위에 올렸다. 어머니가 그것을 집어드는 것을 보고 나는 말을 이었다.

"어머니와 같은 중학교를 나온 이수진 씨는 10년 전에 죽었어요. 당신은 처음부터 어머니를 속이고 있었어요."

어머니는 믿기지 않는다는 듯이 여러 차례 보고서를 읽었다. 아니, 읽고 있다기보다는 망연히 페이지만 넘기고 있었다. 어머니의 눈에 초점이 없었다.

이수진이 다급하게 외쳤다.

"내가 다 설명할 수 있어요. 사실 난 이수진의 소꿉친구인데…."

어머니는 이수진의 말을 끝까지 듣지 않고 그냥 전화를 끊어버렸다. 끊을게요, 라고 말하기는 했지만, 그 말은 거의 중얼거림에 가까워서 이수진에게도 그 말이 들렸을지는 알 수 없었다. 유령 놀음은 이것으로 막을 내렸다. 어머니는 아직 집을 살 돈을 보내지 않았고, 창고 방에 쌓인 잡동사니는 차차 정리하면 될 것이다. 우리의 승리였다. 나는 자리에서 일어나 어머니에게 다가갔다. 그런데 어머니는 팔을 휘둘러 나를 물리쳤다. 어머니는 울고 있었다.

"좋니?"

나는 엉겁결에 뒷걸음쳤다. 어머니는 한동안 나를 노려보다가 약지에서 반지를 뽑아 창문 밖으로 던졌다. aux의 보고서는 갈기갈기 찢어졌다.

"지독한 것."

어머니는 방으로 들어가버렸다. 문에 귀를 대지 않아도 흐느끼는 소리를 들을 수 있었다. 어느덧 노을은 완전히 저버렸고, 거실이 어둠에 잠겼다. 나는 aux가 가이드의 마지막 페이지에서 내게 건넨 의미심장한 말의 의미를 뒤늦게 깨달았다.

결국 선생님은 옳은 일을 하실 겁니다.

aux는 일이 이렇게 되리라는 걸 처음부터 알고 있었던 모양이었다. 단지 현상 이면의 진실에는 관여하지 않았을 뿐.

어두운 거실은 마치 폐허처럼 보였다. 유령이 사라지면서 폐허에 깃들어 있던 생명력마저 파괴되어버린 것처럼 거실은 시끄러운 고독으로 가득 차 있었다. 생각해보면 그랬다. 유령 놀음이라 할지라도 그것은 놀음이다. 현실이 과연 그것보다 좋은가? 사랑과 진실. 그것을 현상과 그 이면의 진실이라는 가로축으로 나누지 않고 세로로 나눈다면. 유령 놀음이라 할지라도 그것의 절반은 진실이었다고 할 수 있을지도 모른다.

어느덧 어머니는 베개에 얼굴을 묻고 소리를 지르고 있었다. 아버지가 죽은 뒤 오랜 밤 동안 그랬던 것처럼. 나는 내 방으로 갔고, 문을 닫지 않은 채로 불을 켰다. 새하얀 형광등 빛에 눈이 부셨다. 빛이 나를 힐난하며 달려드는 것 같았고 나도 모르게 눈물이 조금 고였다. 눈물을 통과해 망막에 비치는 내 방은 마치 만화경 속에만 있는 신비한 세계 같았다. 그 순간 언젠가 어머니가 했던 말이 떠올랐다.

'나는 그저 예쁜 게 좋더라.'

서윤빈 제5회 한국과학문학상 중단편 부문에서 〈루나〉로 대상을 받으며 작품 활동을 시작했다. 지은 책으로 소설집 《파도가 닿는 미래》 《날개 절제술》 《종말이 차오르는 중입니다》, 장편소설 《영원한 저녁의 연인들》 《유니버설 셰프》, 동화 《장난기》, 청소년 소설 《코끼리 무덤 케이크》가 있다. 제12회 SF 어워드 우수상을 수상했다.

사랑에는 돈이 들어

박하익

통신사에서 개인정보가 유출된 이후 피싱 전화가 자주 걸려왔다. 밤 11시가 넘은 시각, 있지도 않은 '장모님'의 전화를 받은 정윤찬은 실소했다. 이틀 전에 유심을 바꾼 것도 소용이 없었던 모양이다. 대체 어떤 기술을 사용하면 이럴 수 있지? 통화를 차단하려던 손을 기억 속에 묻혀 있던 목소리가 멈춰 세웠다.

나 코로나일지 모르니까 우리 엄마 연락처 알려줄게.

팬데믹 시기 동거했던 애인이 콜록대며 번호 하나를 알려준 적이 있다. 그래, 그때 냉큼 장모님이라고 저장 해뒀었지. 그때만 해도 둘이 결혼할 줄 알았으니까.

– 정윤찬 씨 맞나요?

수화기 너머로 중년 여성의 목소리가 들려왔다. 맞다고 하자 옆에 있던 남자가 전화기를 받았다.

– 일전에 우리 딸이랑 사귄 적 있지요? 민현진이라고. 헤어진 건 알아요. 우리가 밤늦게 왜 전화했냐면 말이야, 걔한테 최근에 무슨 연락이라도 받았나 해서….

"무슨 일 있나요?"

- 캄보디아에 일하러 간 게 두 달 전이거든. 근데 그 뒤로 연락이 없어…. 경찰에 가보니까 요즘 거기서 한국인 실종사건이 많대. 거기 조폭들은 사람들 납치해서 아는 사람들한테 전화해서 돈을 빌려달라, 어디에 투자를 해라 시킨대. 현진이랑 같이 출국했던 여자의 오빠도 그런 메시지를 받았구. 근데 우리는 전화 한 통 받은 적이 없어서 생사도 몰라. 하루 종일 걔 지인들한테 연락해서 물어보고는 있는데….

영상을 편집하던 손이 떨렸다. 헤어진 이후로 한 번도 그녀에게 전화를 걸지 않았다. 잘 지내냐는 안부 메시지가 와도 무시했다. 목소리를 들으면 속절없이 무너질 것 무너질 것 같았다.

"연락은 저도 못 받았어요. 자세한 얘기를 들을 수 있을까요? 전화로는 그러니까 제가 내일 찾아뵐게요. 아직 하안동에 사시면 근처에서 2시쯤 어떠세요?"

전화를 끊고 '장모님'은 사진 한 장을 보내왔다. 마지막으로 받은 연락이라고 했다. 프놈펜 국제공항을 배경으로 갈색 머리칼을 흩날리며 현진이 환하게 웃고 있었다. 고생이란 건 한 번도 해보지 않은 사람처럼 맑다. 5년 동안 나이를 먹은 건 저밖에 없는 것 같았다. 동이 터오기 전까지 윤찬은 맡은 작업을 모두 해치웠다. 이번 영상에는 화장품 홍보 PPL이 들어있어 채널 주인인 배우의 피부를 돋보이게 할 필요가 있었다. 보정 작업을 꼼꼼히 하고 나니 해가 떠 있었다. 고카페인 음료도 필요가 없었다. 현진의 사진을 들여다볼 때마다 정신이 번쩍 들었다.

오전에 잠깐 눈을 붙인 뒤 일어났다. 멸종위기 생물인 금개구리를 보호하기 위해 조성된 하안동 안터생태공원의 근처 카페를 약속 장소로 잡았다. 오랜만에 말끔하게 단장했다. 헤어졌지만 딸이 변변찮은 놈팡이를 만나고 다녔다는 인상은 주고 싶지 않았다.

그녀를 처음 만난 건 2018년이었다. 평일에는 MCN 업체에서 업무를 익히고, 주말에는 아르바이트로 결혼식, 돌잔치 영상을 찍어주며 돈을 버느라 바빴다. 현진은 같은 건물에 있던 온오프라인 겸용 쇼핑몰에서 피팅

모델로 일하고 있어 종종 1층 카페에서 마주쳤다. 키 차이도 크게 나고 이목구비도 오밀조밀해서 처음에는 동갑인 줄 몰랐다. 카페 사장이 단골인 둘을 불러다 2분짜리 홍보 영상을 제작해달라고 부탁했을 때 적은 보수에도 선뜻 응했던 건 강아지처럼 까만 눈을 오랫동안 바라보고 싶어서였다.

영상을 완성하고 나서는 상당히 친해져서 지나칠 때마다 인사를 하고 짧은 수다를 떨었다. 어느 날은 생일인데도 케이크 하나 먹지 못했다고 불평하기에 충동적으로 길가에 있는 꽃집에서 장미꽃 한 다발을 사다가 안겼다. 현진이 눈을 동그랗게 뜨며 물었다. *이제 우리 사귀는 거죠?* 말 한 마디에 우주가 창조되었다는 성서의 기적을 그 거리에서 체험했다. 둘은 매일 만났고, 밥을 먹었고 통화했고 자연스레 그가 살던 화곡동 빌라를 공유했다. 태어나 누군가와 그렇게 많은 이야기를 나눈 적은 없었다. 천진한 관상과 다르게 현진은 아픔이 많았다. 공장에서 일하는 아버지, 청각장애와 뇌전증을 앓고 있는 언니, 가사와 부업, 딸을 돌보느라 지친 어머니. *난 왜 태어났는지 모르겠어. 가족들 더 힘들게.* 쓸쓸히 토로하는 말을 들었을 때 윤찬은 남은 삶을 이 여자의 행복을 위해 살겠노라 결심했다.

사실 정윤찬은 뼈대 있는 호구 집안의 장남이었다. 할아버지는 농사를 지으며 형제, 부모, 자식 뒷바라지하다 밭에서 죽었고, 아버지 역시 물려받은 땅을 조금씩 팔아가며 처가 식구들을 돌봤다. 도박, 술, 계집질 없이도 살림은 거덜 난다. 온실 속에서 자라 세상 물정 모르는 도련님을 별별 사람들이 이용했다. 상급학교로 진학할 때마다 집은 좁아지고 살림살이가 줄었다. 마지막 남은 재산은 병원비로 날리고 아버지가 세상을 떴을 때 윤찬 역시 전세 사기에 휘말려 모아둔 돈을 단번에 날렸다. 모르는 사람들이 종종 나타나 돈을 갚으라며 그의 멱살을 쥐었다. 그래서 헤어졌다. 힘들게 자란 현진을 더 깊은 불행으로 빠트릴 제 처지가 암담해 줄행랑을 놨다.

카페에 도착하니 그녀의 부모님 옆에는 낯선 남자가 있었다.

"양서준이라고 합니다. 제 동생도 같이 실종되었어요."

교환한 명함에는 유명 사설 경비업체 이름이 적혀 있었다. 오랜 기간 유도나 격투기를 배웠는지 귀가 뭉툭했다. 두서없는 하소연을 늘어놓은 현진의 부모와 다르게 그는 그간의 상황을 일목요연하게 정리한 출력물을 넘겨주었다. 출국일, 현지 직장의 연락처라고 받은 번호, 연락 두절 날짜와 시간, 관할 경찰서에 실종신고 후 범죄 연루 정황을 인정받아 발부받은 사건 번호, 이를 토대로 외교부 영사 콜센터에 사건 접수한 날짜, 현지 한인구조단과 주고받은 메일 내용 일체였다. 두 사람의 사진도 인화해서 클립에 끼워두었다.

"서빈이가 고등학교 때까지 연예기획사 연습생 생활을 했었어요. 한류 열풍이 뜨겁잖아요. 거기서 코치 역할을 해달라고 초빙을 받았다고 하더라고요. 데뷔 못한 설움을 그렇게라도 푸는 줄 알았는데…."

자료를 보니 출국할 때 통장은 물론 초본, 인감 증명서까지 가져가서 대출 피해도 있었다.

"우리한테는 무슨 가상화폐 거래소라고 했어. 비자도 현지 회사에서 다 처리해준다고 걱정 말라고…. 복지가 좋은 외국계 회산가 했지."

현진의 어머니가 냅킨으로 눈물을 닦았다. 양서준이 알려준 덕에 그들도 부랴부랴 통장 거래를 중지했고, 비대면 여신 거래도 막았다. 양서빈과 민현진은 출국 전까지 특별히 아는 사이는 아니었다. 두 사람이 탔던 비행기 표가 함께 결제되어 같은 조직에 납치되었을 거로 추정할 뿐이다.

"실종 신고를 한 뒤로는 연락이 완전히 끊겼습니다. 신고를 철회해달라는 전화가 한 번 왔을 뿐이에요."

양서준의 눈에 물기와 살기가 함께 번득였다.

"외국에서 벌어진 일이고 하도 빈번하니까 경찰도 손을 놓고 있어요. 어떻게 도움을 받을 수 없을까 해서 나왔어요. 언론계에서 일하는 선후배가 많지 않으세요?"

갑자기 중퇴한 모교의 이름이 나오자 난처해졌다. 현진의 아버지도 덥

석 그의 손을 잡았다.

우리 아빠가 평생 피혁 공장에서 일했거든. 힘들게 일하고 집에 오면 꼭 30분씩 텔레비전을 봤어. 어느 날 내가 물어봤어. 피곤한데 왜 바로 자지 않느냐고. 아빠가 그랬어. 지금이 하루 중에 유일하게 자기로 사는 시간이라고.

현진의 목소리가 필화처럼 거칠게 노년의 메마른 주름과 굵은 손마디를 부각했다.

"일단 제보해볼게요. 정말 납치된 상황이면 언론도 조심하셔야 해요. 사람들의 관심이 쏠려서 오히려 위험해지기도 하니까요."

양서준에게 자료의 원본 파일을 보내달라고 했다.

열기를 식히기 위해 생태공원 산책로를 걸었다. 9월이라도 오후는 여름처럼 후덥지근했다. 직접 만나본 현진의 부모는 약하고 무능력해 보였다. 현진이 제 걱정만 하면서 살 여유가 있었다면 그 먼 곳으로 떠났을까? 아드레날린이 치솟아 과민해진 신경이 주변의 자극을 감광지처럼 빨아들였다. 습지 한쪽에서 한 아이가 난간 너머로 종이배를 던지고 있었다. 수면 위로 하얀 배가 떠올랐다. 낯익은 구도였다. 제목이 'Swamped'였던가, 'White canoe'였던가. 피터 도이그의 작품을 모사한 그림이 둘이 살던 빌라의 벽에 걸려 있었다.

현진은 그 그림을 그린 언니가 얼마나 똑똑하고, 눈썰미가 좋고, 재능이 많은지를 자랑했다. 책을 많이 읽어서 아는 것도 많고 건강했다면 집안을 일으키고도 남았을 거라고 했다. 그래서 윤찬은 그림을 볼 때마다 슬펐다. 그녀도 재능이 많았다. 다른 일에 신경 쓰지 않고 그 정도 여유 시간과 지원을 얻었다면 남의 그림을 모사하는 정도의 성취는 내고도 남았으리라. 물 위에 오뚝 선 하얀 배는 어떻게든 바둥거리며 현실을 긍정하려 애쓰던 그녀와 닮아 있었다. 헤어지고 3년 동안 윤찬은 부모님의 장례를 연거푸 치렀다. 빚을 갚고 나면 또 빚이 생겼다. 험난한 세파에도 침몰하지 않았던 건 언젠가 그녀와 기적처럼 조우할 날을 조용히 꿈꿨기 때문이다. 운명적 마주침은 길지 않아도 좋았다. 하루 30분의 휴식만으로 가장의 자리를 지켜낸 현진의 아버지처럼 윤찬도 먼 후일의 몇 분간, 그녀의 안녕을 확인하고 추하지 않은 모습으로 반갑게 인사를 건넬 수 있다면 허망한 일생을 버틸 수 있을 것 같았다. 무의식 속에 자리했던 깊은 소망이 여름 저수지 위에서 존재를 드러내자 다른 일에는 신경을 쓸 수 없었다. 서준이 원본 파일을 메일로 보냈다는 알람을 받자마자 모든 연줄을 동원해 동창들에게 연락을 취했다. 마침내 2년 선배 손지욱이 한 방송국 간판 탐사 프로그램의 AD로 일한다는 것을 알게 되었다. 전공 수업을 몇 개 같이 들었던, 학생회 활동에 열심을 내던 호인이라는 어렴풋한 인상이 있다. 어쩌면 전혀 다른 사람을 착각하는 건지도 모르겠지만 일단 간곡하게 도움을 구하는 메일을 보냈다. 실질적인 도움을 기대하지는 않았다. 그가 경찰에 전화라도 한 통 해주길 바랐다. 하루 만에 답장이 왔다.

　　자료 잘 받았다. 상반기에 우리 프로에서 관련 방송 했던 거 보고 연락했나 봐? 안 그래도 후속편 기획하던 참이었어. 추석 전 일주일 예정이고 위험해서 최소한의 인력만 가려고 해.
　　정 뭐하면 같이 갈래? 간다면 너는 촬영 보조, 양서준 씨는 신변 보호 역할로 계약 채용이 가능해. 우리랑 같이 가면 따로 드는 비용도 없고 대사관이나 경찰의 도움을 받기도 쉬워. 팀장이 지난 편에 너무 희망이 없었다며 이번에는 누구라도 구조하는 그림을 짜자고 해. 노태권 PD라고 이름 들어봤지?
　　근데 헤어진 지 5년 넘었다면서? 오지랖이나 의리로 나서기에는 상황이 위태하다. 잘 생각해보고 답 줘.

　　윤찬은 메일을 꼼꼼히 읽어보았다. 방송국에서 파견되는 인원은 고작 넷이라고 했다. 위험한 일이라 가능한 변칙이었다. 두 사람이 합류하면 과정마다 생생한 인터뷰를 따고, 극적 구조라는 감동적인 장면을 만들어낼 수도 있었다. 추석 전 일주일 예정이면 시기도 적절했다. 연예인 유튜브 채널은 배우의 소속 기획사에서 만들어놓은 예비 영상도 있고 얼마 전 타계한 원로 배우의 애도를 위해 업로드가 미뤄져 세이브된 파일도 있었다. 그밖에 게임 채널은 미리 추석 특집 방송분을 완성해두었다. 윤찬은 참여하겠다는 메일을 보냈다. 제작진은 양서준에게도 메일을 보냈다.

사흘 뒤 방송국을 통해 서울 미근동 국가수사본부 사이버수사과에 와달라는 연락을 받았다. 광명서에서 담당하던 두 사람의 사건은 이첩되어 본청이 담당하고 있었다. 양서준과 함께 1층 안내 데스크에서 피싱 사기 수사계 계장의 이름을 대고 엘리베이터를 탔다. 함께하게 된 서준은 어떻게든 동생을 구해내겠다는 의기에 차 있었다. 윤찬은 경찰과의 만남이 영 미덥지 않았다. 3년 전 어머니가 보이스피싱을 당했을 때도 별 도움을 받지 못했다. 요즘 인터넷에서는 동남아시아에서 사라지는 한국인들에 관한 온갖 괴담이 떠돌고 있었다. 전기 충격기로 고문당하고 마약 흡입을 강요받는 영상이 높은 조회 수를 기록했다. 행방이 묘연해진 한국인이 천 명이 넘는다던데 오염된 바다에서 물고기 두 마리만 건져내는 게 과연 가능할까.

11층 엘리베이터 앞에서 살집이 두둑한 판교 개발자 인상의 형사가 두 사람을 맞이했다. 사이버수사과 강주완 형사였다. 그를 따라간 상담실에는 피싱 사기 수사계 방민욱 계장, 외사국 국제협력과 김태일 과장이 앉아 있었다. 먼저 강 형사가 프로젝터로 짧은 동영상을 보여주었다. 연한 제비꽃 색에 반짝이가 붙어 있는 홀터넥 드레스를 입은 여자가 카드를 넘기고 있었다. 양서빈이었다. 서준이 신음했다.

"벌써 찾으신 건가요?"

"도박장에서 딜러 일을 하고 있어요. 아바타 도박이라고 비대면 고객을 노리는 거지요. 대사관을 통해 현지 경찰과 공조 후 구조할 계획입니다."

다음으로 강 형사는 데이트 앱을 하나 클릭했다. 몇 차례 화면을 넘기자 웬디 킴이라는 여성의 프로필이 떴다. 현진이 수영복 차림으로 선베드에 누워서 웃고 있다. 쇼핑몰에서 일하던 시절의 사진들이다.

"현진 씨는 범죄 단지에 감금되어서 로맨스 스캠에 동원되는 것 같습니다. 두 사람을 납치한 조직이 여러 업장을 운영하는 거지요."

"로맨스 스캠요?"

"사이버 꽃뱀이라고 생각하면 돼요. 미남 미녀의 사진을 도용해 가짜 신원을 만들고 그들인 척 사기를 치죠. 민현진 씨 경우처럼 여성들을 실제로 납치해 미끼로 이용하기도 하고요."

외사국 김 과장이 상황을 정리했다.

"양서빈 씨는 구하기 쉬워. 출근 차량을 노려서 구하면 되니까. 민현진 씨가 문제란 말이야. 단지에 억류되어 있으면 빼내기가 너무 어려워. 거기 말로는 웬치라고 부르는데 한마디로 철옹성이야. 건물 여러 채에 수백 명을 가둬두고 피싱, 스캠 사기를 벌인다고. 군대 정도는 동원해야 기습할 수 있는데 현실적으로 그게 될까?"

"그럼 가만히 계시게요? 애꿎은 사람이 납치되어서 범죄 조직의 손발 노릇을 하고 연쇄적으로 피해자를 발생시키고 있는데?"

어머니 때의 일이 떠올라 말이 곱게 나가질 않았다. 김 과장은 눈 하나 깜짝하지 않았다.

"정윤찬 씨는 가보지 않았으니 사정을 몰라. 세상에는 상식이 통하지 않는 데가 있어. 이번 일로 우리도 어떻게든 무력한 상황을 타개하고 싶다고. 대사관도 요즘 욕을 한 바가지 먹고 있으니 카메라까지 들이밀면 무시하지 못할 거야. 최소한의 액션이라도 취해주겠지. 우린 그걸 노려야 해."

강주완 형사가 구글 맵을 열어 몇몇 범죄 단지를 보여주었다.

"대략적인 위치는 프놈펜 서부 포센체이Pou Senchey로 나타났습니다. 정확한 위치를 알기 위해 계속 웬디 킴에게 접근하고 있어요. 윤찬 씨도 함께 해주시면 어떨까요? 단지는 사설 VPN을 쓰기 때문에 간혹 실제 IP가 유출되기도 합니다. 한 번이라도 패킷을 포획하면 위치 특정은 물론 운이 좋으면 국내 리플레이 서버를 찾아내 인출책을 소탕할 수도 있어요. 많은 사람이 작업할수록 성공 가능성이 올라가죠."

그가 허락하자 강주완 형사는 곧바로 윤찬의 사진을 찍고 인공지능으로 변형해 광수93이라는 프로필을 만들어냈다. 골프장에서 라운딩하는 모습, 명품 시계나 고급 차를 어수룩하게 뽐내는 사진을 데이트 앱에 올리고 여성들에게 먹힐 법한 소개 태그를 줄줄이 붙였다. #근교 드라이브 #진지한 만남 #러닝 #맛집 #칼바람 하실 분 #고양이보다는 개 등등. 계정이 완성되자 강 형사는 웬디 킴에게 메시지를 보냈다. 순식간에 매칭이 되었다. 강 형사는 광수93으로 로그인된 기기를 윤찬에게 넘겼다.

"앞으로 이 태블릿을 사용하세요. 이 기기는 우리의 관할, 감독하에 있습니다. 위험해진다 싶으면 바로 연결을 끊을 거니 안심하세요. 어느 정도 대화가 오고 가면 웬디는 텔레그램 같은 개인 메신저로 옮기자고 유도할 거예요. 우리 팀원이 먼저 작업 중인데 코인 투자 유도가 기본 시나리오더라고요. 바탕화면 폴더 파일을 보면 우리가 로거 작업을 해둔 사진과 링크 텍스트가 있습니다. 대화를 이어 나가다가 맛집이라고 하면서 여기 가보자는 식으로 사진들을 보내세요. 많이 보내면 보낼수록 좋아요."

윤찬은 열심히 지시를 메모했다. 강 형사는 민현진의 안전이 중요하므로 항상 프로필상의 이름을 부르고, 말에 설득되는 듯한 태도를 보이라고 했다. 돈 자랑도 하라고 했다.

"명심하셔야 할 건 텍스트 메시지를 보내는 게 민현진 씨가 아니라는 겁니다. 그쪽 기획자들이 폰을 수십 대 엮어서 멀티 컨트롤을 하죠. 화상 통화를 할 때만 진짜 민현진 씨인 거예요. 물론 그때도 민현진 씨는 감시받고 있고요. 그러니까 섣부른 짓 하지 마세요."

강 형사의 지도를 받은 윤찬은 처음으로 웬디에게 메시지를 보냈다. 그녀가 첫사랑과 닮았다고 칭찬했다. 얼마나 한심한 메시지였는지 사무실로 돌아가던 방 계장이 혀를 찼다. 웬디는 첫사랑 이야기를 들려달라는 답신을 보내왔다. 머뭇머뭇 대화를 이어갔다. 그녀가 얼마나 예쁘고 사랑스러웠는지, 얼마나 착하고 성실하게 살아가는 사람이었는지 설명했다. 어느 정도 시간이 지나니 웬디는 데이트 앱 알람을 잘 확인하지 못한다며 텔레그램으로 연락하자고 요청했다. 강 형사가 말한 대로였다.

집으로 돌아온 뒤 윤찬은 밤낮으로 텔레그램을 사용했다. 연락이 많이 오고 갈수록 추적에 유리했다. 현진이 그를 알아보고 희망을 얻을 수도 있다. 그렇게 생각하면 더욱더 쉴 수 없었다.

스캠 조직이 설정한 웬디 킴 캐릭터는 탈북한 20대 여성으로 학업과 일을 병행하며 살고 있었다. 얼굴 좀 보여달라고 며칠을 조르자 마침내 화상 연결이 되었다. 5년 만에 마주한 얼굴은 필터 탓인지 추억처럼 화사했다. 그가 생생히 기억하는 촉감, 부피, 체향을 가진 작은 몸이 스크린 안에 있었다. 그를 알아봤는지 웬디의 입술이 벌어졌다. 통화가 끊길세라 윤찬은 어색한 농담을 던졌다.

– 오빠가 그으렇게 잘생겼어? 벌레 들어가겠네.

느끼하게 웃으며 팔을 교차시켜 가슴을 도닥였다. 침착해. 수어의 손짓은 상대를 진정시키는 모습처럼 보여 자연스러웠다. 현진의 언니 명진은 청각장애가 있었고 혹시 나중에 만날 날을 꿈꾸며 윤찬은 간단한 수어를 몇 개 배워두었다. 웬디는 서서히 웃으며 인사를 건넸다. 윤찬은 오른손으로 맥주를 쥐고 왼쪽 팔은 의자 팔걸이에 얹었다. 지문자로 소통할 틈을 엿보면서.

– 오빠, 내가 첫사랑이랑 닮았댔죠? 그 사람이랑은 왜 헤어졌어?

웬디가 물었다. 여러 메시지를 보내는 동안 윤찬은 큰 틀에서 거짓말을 하지 않았다. 진짜 현진을 앞에 두니 거짓말이 나오지 않았다. 오랜만에 성당에 나와 고해성사에 임하는 냉담자처럼 우물거리며 지나온 삶을 설명했다. 아버지가 돌아가시며 떠맡은 병원비, 전세 사기로 잃은 돈, 실의에 빠진 어머니가 아파트 난간에서 이불을 털다가 떨어졌다고. 몇 푼 안 되는 생활비를 보이스피싱으로 잃은 직후의 일이었다고. 모든 얘기를 들으며 웬디는 울었다.

- …미리 헤어져서 다행이지. 그 사람마저 내 불행에 질려서 떠났다면 정말 버틸 수 없었을 거야. 나도 많이 어렸으니까. 그 뒤로는 계속 일만 하며 살았어. 이제 돈은 어느 정도 모았으니 가족의 소중함을 아는 사람이랑 하루빨리 정착하고 싶다.

검지로 화면을 가리켰다. 팔을 교차시키며 가슴을 두드렸다. 괜찮냐는 의미였다. 웬디가 쓸쓸히 머리를 끄덕였다.

- 그 심정 잘 알아. 우리 가족도 북에 있어서.

다음은 지문자로 서빈의 이름을 표현했다. 웬디는 울먹이면서도 엄지와 검지로 원을 만들고는 가슴에 대더니 아래로 툭 떨어뜨렸다. 좋지 않다는 의미였다.

- 일하면서 공부도 포기하지 않는 모습이 너무 좋다. 심지가 굳은 것 같아. 우리 한 번 만나보지 않을래? 직접 얼굴 보면서 얘기하자. 너랑 꼭 가고 싶은 곳이 있어.

경찰이 작업해둔 사진을 보냈다.

- 나도 오빠 직접 만나보고 싶어. 근데 요즘은 시간이 안 돼. 일도 일인데, 리포트가 많거든. 장학금을 놓치면 큰일 나. 방학 때 만나면 안 될까?

- 학비가 얼만데? 등록금 내가 내주면 안 돼?

- 싫어. 오빠가 고생해서 번 돈을 왜 그렇게 써? 나 요즘 오빠랑 메시지 주고받을 때가 제일 행복해. 첫사랑이었다는 여자한테 질투가 날 정도로.

첫 번째 통화가 끝났을 때 그의 몸은 식은땀으로 흥건했다. 경찰이 일부러 이 일을 맡긴 것 같다는 생각이 들었다. 조직화된 악을 상대하는 일이 어떤 것인지 직접 체험해보라고.

9월 마지막 주, 현지 경찰과의 공조가 결정되면서 구체적인 제작 일정이 나왔다. 제작팀은 현지에서 통역과 운전을 맡아줄 한인구조단 단장과 간사를 섭외했다. 단톡방에 두 사람이 합류했다. 그러는 동안에도 웬디와 계속 메시지를 주고받고 통화를 했다.

- 나는 돈 많이 벌어서 일단 북에 있는 부모님하고 언니 데려올 거야.

- 효녀네. 한 사람 구하려면 어느 정도 필요한데?

- 나 때만 해도 천만 원이었는데 요즘은 국경 감시가 삼엄해졌어. 최근에 나온 사람이 자기는 5천만 원 쓰고 나왔대.

- 사람 목숨값치고는 싸네.

- 싸다고? 그럼 나 좀 도와주면 안 될까? 더 오르기 전에 우리 가족 데려오고 싶어. 아픈 언니 생각이 계속 나. 여기서 치료받으면 금방 나을 거야.

웬디는 흐느꼈다. 저 눈물이 가짜란 걸 알면서도, 현진의 친언니가 한국에서 잘 치료받고 있다는 걸 아는데도 가슴이 갈가리 찢어지는 듯했다. 왜 사람들이 로맨스 스캠에 빠지는지 알 것 같았다.

- 지금까지 얼마나 모았어?

- 천만 원….

- 앞으로 1억 4천은 있어야겠네. 돈 모으다 통일되겠다. 좀 빌려줄까?

- 정말…?

- 네가 그렇게 고생하는데, 네 가족인데 내가 어떻게 가만히 있겠어?

- 요즘 브로커들은 다 테더만 받아. 자기들도 안전해야 하니까.

- 테더는 거래해본 적이 없고. 만나서 줄게. 직접 얼굴 보면서 상의하고 브로커가 믿을 수 있는 사람인지 내가 확인해줄게.

- 브로커 신분은 확실해. 돈부터 먼저 보내주면 안 될까? 한시가 급한 일이야.

웬디는 코인 거래를 할 수 있는 앱과 설명 강좌 링크를 보내주었다. 손짓으로는 엄지와 검지를 90도로 편 채 손등을 두어 번 뒤집었다. 말하는 내용을 강조하는 모양새이지만 수어로는 '아니', '아니', '아니'라고 말한다. 머리카락을 쓸어 넘기는 목덜미 근처와 팔꿈치 아래 멍이 보였다.

- 일단 준비해볼게. 근데 널 직접 만나기 전에는 주지 않을 거야.

윤찬은 단호한 표정으로 손등으로 턱을 긁는 듯한 제스처를 하고 검지 중지를 코앞에서 튕긴 뒤 화면을 가렸다. *기다려. 곧 갈게.*

출국하는 그의 짐은 단출했다. 여권과 옷을 챙기고, 만약을 대비해 강

심제, 고혈압 약, 항응고제도 넣었다. 현진을 구하지 못하고 그 자신도 붙잡히는 상황이 벌어지면 이 약들이 큰 도움이 될 것이다. 오후 3시 공항에서 손 선배와 다른 제작진, 양서준과 강주완 형사를 만났다. 외사과 파견 인력은 목요일에 도착한다고 했다.

"민현진 씨가 있는 곳은 보레이형 소형 웬치였어요. 디데이는 토요일 오전 9시로 잡았습니다. 그쪽 군경도 함께 움직일 겁니다."

6시간의 비행, 6일간의 여정. 단순한 취재 협조가 아니라 인명 구조라는 부담감이 그를 옥죄어왔다. *조심히 잘 다녀오게.* 출국 전 현진의 부모님에게 받은 메시지가 불편했다. 경찰이 수사 상황을 전달하면서 윤찬도 동행한다는 얘기를 전했나 보다. 계획이 성공한다면 모르겠으나 실패해서 원망이나 미움을 사고 싶지는 않았다. 옆자리에 앉은 양서준도 초조해 보였다.

"성공할 수 있을까요?"

"그렇게 믿어야죠."

도박장으로 출퇴근하는 딜러 하나를 빼내는 편이 웬치 전체를 급습하는 것보다야 훨씬 쉽다는 사실은 지금도 변함이 없었다. 양서빈을 구해내고 현진만 남겨지면 분풀이로 끔찍한 일을 당하게 될지 모른다. 계획이 실패한다면 윤찬은 제작팀과 헤어져 이곳에 머물면서 그녀를 구할 생각이었다. 북한에서도 사람을 구해낸다면 이곳에도 그런 일을 해주는 전문가가 있지 않을까. 돈이 있는 곳에 방법도 있다. 약들이 담긴 통에는 그가 지금까지 모아둔 돈을 테더로 바꾼 USB형 콜드월렛이 있었다.

프놈펜으로 향하는 동안 잠이 들었다. 꿈속에서 그는 고성능 공격 슈트를 착용한 히어로가 됐다. 초음속 비행으로 적진에 도착해 소형 미사일로 철문을 부서뜨렸다. 갇혔던 현진과 서빈, 돌아가신 윤찬의 아버지와 어머니가 줄줄이 단지 건물을 빠져나왔다. 양서준이 장갑차를 몰고 나타나 그들을 구조했다. 시간을 벌기 위해 윤찬은 혈혈단신 악당들과 맞섰다. 전자기 쉴드를 펼치고 레이저포를 쏘고 연속 나래차기를 먹였다. 피라미들을 해치우니 안에서 기계 인간 보스가 나타났다. 보스의 자기장에 당한 윤찬은 강철 슈트에 갇혀 지상으로 추락했다. 요새에 숨겨져 있던 미사일이 그를 향해 발사됐다. 절체절명의 순간, 장갑차 안에서 상황을 주시하던 현진이 날아왔다. 마법 소녀로 각성한 그녀는 주문을 외치며 보스는 물론 미사일 전부를 소멸시켰다. 황혼 속 뜨거운 키스. 엔딩 크레딧이 올라간다.

비행기는 11시가 넘어 프놈펜에 도착했다. 대사관에서 보내준 승합차를 타고 숙소로 이동하니 자정이 훨씬 지나 있었다. 우기라 비가 오지 않는데도 옷이 축축 늘어졌다. 침대에 누워 보니 웬디에게 메시지가 와 있었다. 링크에 접속해보았느냐고 묻기에 다른 경로로 테더를 매수했다고 핑계를 댔다. 1억은 아니라도 목돈을 바꾼 건 사실이니까. 감기 기운이 있어 쉬겠다고 했더니 화상 통화가 걸려왔다. 그의 지친 얼굴, 잠긴 목소리를 직접 확인한 웬디는 속상한 표정을 지었다. 윤찬도 현진의 몸 구석구석을 훑었다. 머리카락으로 가려진 왼쪽 눈이 부자연스러웠다.

– 앞머리 올려봐. 왜 그래?

– 결막염 때문에 부었어. 오빠 만나러 가려고 무리했나 봐. 못생기게 보이기 싫으니까, 이쪽을 봐줘.

벽돌색 헤어밴드를 한 웬디는 고개를 돌려 오른편 얼굴을 보이며 상큼하게 웃었다. 결막염이 아니라 직장 동료와 몸싸움을 벌인 게 아니냐고 광수93은 우스갯소리를 했다. 손으로는 '비행기, 도착했다, 토요일. 9시, 너에게 간다'라는 메시지를 끊어 보냈다. 대본을 읊듯이 코인 투자 권유를 하던 웬디가 물었다.

– 정말이야?

소름이 오싹 끼쳤다. 스크린 속 그녀가 서둘러 시선을 내리깔았다. 통화는 그대로 끊겼다. '위험해진다 싶으면 저희가 연결을 끊을게요.' 첫날 태블릿을 받으며 들은 말이었다.

뜬눈으로 밤을 지새우다시피 하고 다음 날, 톤레샵 강변 식당에서 실무자들과 만났다. 대사관에서 근무하는 권오근 경찰 영사와 프놈펜 담당 신재호 치안협력관, 체류 내내 통역을 맡을 유진목 한인구조단 단장, 장은영 간사와 처음으로 인사했다. 식당은 옛날 벨기에 대사관을 개조한 프랑스식 건물이었다. 밥을 먹고 커피를 마신 뒤 강주완 형사에게 어제 통화에 관해 털어놨다. 이미 보고받았는지 그는 신경 쓰지 말라고 했다. 단속 시간을 알려주었는데 괜찮은 걸까. 불안해 미칠 것 같았다.

이후 제작팀 단독 일정으로 국립병원을 찾았다. 한 달 전 시내에서 발견된 한국인 청년이 입원한 곳이었다. 수술을 받고 3주가 지나도 오랜 영양실조로 회복 속도가 느렸다. 당사자 인터뷰가 어려워 아버지가 대신 환자의 몸에 난 흉터를 설명하며 무슨 일이 있었는지 설명해주었다.

오후 4시가 되었을 때 간단한 식사를 마치고 공항 인근의 엔터테인먼트 클럽으로 향했다. 서빈의 IP가 잡힌 건 프놈펜 외곽의 슬롯 클럽이었다. 그녀가 접속했던 시간 전후로 반은 현지 경찰과 외부 잠복을 하고 나머지는 조심스레 안으로 들어왔다. 경비들의 눈을 피해 소형 카메라를 가방과 옷에 숨기고 내부 촬영을 했다. 일확천금의 단꿈을 부추기듯 어지러운 카펫 무늬, 사방에서 삑삑거리는 기계음, 에어컨의 칼바람이 정신을 쏙 빼놓았다. 클럽에서는 달러를 바코드가 찍힌 영수증으로 바꾸어야 게임을 즐길 수 있었다. 종이 영수증 뭉치를 들고 한 바퀴 돌며 실내 영상을 담았다. 기계에 앉아 버튼을 누르고 벽면을 따라 조르르 놓인 테이블에서 딜러 역할을 하는 여성들을 찍었다. 서빈이 입었던 것과 같은 드레스를 입은 여자들이 바로 앞에 설치된 카메라를 향해 웃으며 배팅을 유도하고 있었다. 여성들은 모두 현지인이었다. 한국인 여성들만 일하는 VIP 룸이 따로 있는지, 단순히 근무시간이 바뀌었는지 알 수 없었다. 신재호 치안협력관이 음료를 파는 직원에게 한국말이 되는 사람은 없느냐고 물었다. 직원은 남자 경비를 불러와 어설픈 통역을 맡겼다. 여섯 시간이 지나도 서빈은 나타나지 않았다. 다음 날은 조를 나눠 가게의 아침 시간대와 저녁 시간대를 감시했다. 딜러들은 제각기 다른 곳에서 자유롭게 출퇴근하고 있었다. 제작비를 도박으로 탕진할 위기에 처할 때쯤 강 형사가 새로운 의견을 내놨다.

"양서빈 씨도 민현진 씨와 함께 단지 내에 억류된 것 같네요. 거기에 스튜디오를 만들어놓고 이곳 딜러들이 입는 것과 똑같은 옷을 입힌 거예요. 이곳 클럽의 IP를 공유했든가 BGP 하이재킹을 했겠죠. 헛물을 켠 수사관이 이곳을 수색하면 그쪽은 도망칠 시간을 벌어요."

그럼 그렇지. 두 사람이 제각기 팔린 게 아니라면 다른 업장에서 일할 까닭이 없다. 마지막 확인을 위해 신재호가 클럽 지배인을 불렀다. 국제수배 중인 범죄자들의 사진을 보여주며 혹시라도 본 적이 있냐고 압박했다. 30대 중반의 관리자는 은테 안경을 매만지며 묻는 대로 대답했다. 신재호는 이 근처에 한국인 여성이 일하는 비슷한 업장은 없는지도 물었다. 그러자 지배인은 정확한 한국어로 키득댔다.

"페이 비싸고 불평 많은 것들을 뭘 하러 써."

잠복해 있던 제작진이 모두 놀라 그를 쳐다봤다. 촬영 중인 것도 아는 눈치였다. 지배인은 촬영 감독과 PD를 똑바로 보며 돈 세는 흉내를 냈다.

"찾는 사람 있으면 말해요. 단가 맞으면 찾아줄게. 응?"

지배인과 눈이 마주치고 윤찬의 어깨가 굳었다. 정말 찾아줄 거냐. 얼마면 되느냐. 그를 붙들고 묻고 싶었다. 손 선배가 말리지 않았으면 무릎이라도 꿇었을지 모른다.

경찰들이 긴급회의를 열고 작전을 수정했다. 그동안 제작팀은 공항 근처 웬치를 촬영했다. 피해자들을 쉽게 잡아오기 위해, 또 유사시 신속한 도피를 위해 다수의 범죄 단지가 공항 근처에 자리 잡고 있었다. 수십 동의 건물이 밀집한 대규모 단지도 있었지만, 타운하우스들이 모여 이뤄진 중형 단지도 많았다. 점조직으로 운영되는 소규모 조직은 일반 가정집처럼 위장해서 제대로 통계를 내기도 어렵다. 촬영용 드론을 통해 확인한 웬치들은 꿈에서 보았던 악당들의 소굴과는 비교도 되지 않을 만큼 거대했다. 대형 웬치 50곳 중 한 번도 단속되지 않은 곳이 열여덟 군데가 넘고

단속이 이뤄졌던 곳도 다시 운영되는 경우가 많다. 돈을 사냥하기 위해 만들어진 요새들은 대도시 내 자본의 마천루처럼 서늘한 위압감을 내뿜었다. 총을 든 사설 보안업체 가드들이 보초를 서고 고성능 카메라가 사방을 감시했다. 높다란 담장 위에는 월담을 막기 위한 유리 파편과 고압 전류 철조망이 놓여 있었다. 창문마다 쇠창살이 없는 곳이 없었다. 사기 공장이자 수용소였다.

인도의 릭샤를 연상케 하는 툭툭을 타고 헬리캠 속 영상을 살피며 동네를 달리는 동안 피가 차갑게 식었다. 왜 선배가 그토록 여기에 오는 걸 말렸는지 알 것 같았다. 한편으로는 지금이라도 그 지배인을 찾아가서 사정해볼까 하는 마음도 들었다. 복잡한 속을 읽었는지 툭툭을 운전하던 장 간사가 말을 걸어왔다.

"이런 데가 수도 없이 많아요. 하는 일도, 구조도 비슷해서 아무리 이 바닥에서 잔뼈가 굵은 사람도 누가 어디에 있는지 알수가 없죠. 감옥처럼 폐쇄적으로 운영하는데 무슨 수로 다른 조직 내부 사정을 알겠어요? 담장 안에서 사람들은 이름 대신 숫자로 호칭되고 2천~3천 달러면 사고 팔려요. 찾아주겠다고 접근하는 놈들 다 사기꾼이죠. 돈만 받고 잠적하면 다행이지. 그쪽 조직이랑 짜고 피해자나 그 가족에게 보복성 소송을 걸기도 해요. 그동안 피해자들이 쓴 비용을 물어내라면서요."

어느 웬치를 지날 무렵 담장 안에서 호각 소리와 고함이 들렸다. 뒤이어 고통에 찬 비명이 들렸다. 입구의 경비들은 햇살을 즐기며 빈랑 열매를 나눠 씹고 있었다. 티셔츠 밑 복대에 찬 약과 USB가 세상 한심하게 느껴졌다. 이틀 동안 웬디에게서는 아무런 메시지도 오지 않았다. 역시 마지막 통화 때 돌이킬 수 없는 실수를 저지른 것만 같았다. 토요일이 되어 단속이 실행되어도 그녀를 구하지 못할 것 같았다. 탕탕탕. 군대에서나 듣던 총탄 소리가 그를 현실로 돌려놓았다. 공중을 날던 헬리캠이 웬치 안으로 추락하고 있었다.

"돌려. 돌려!"

드론을 조작하던 촬영 감독이 소리쳤다. 팔미라 야자 아래 숨겨져 있던 르모끄가 튀어나와 그를 태웠다. 오토바이와 연결된 마차가 전속력으로 질주해 장 간사가 운전하는 툭툭을 앞질렀다. 그녀도 따라 유턴했다. 한참을 내달리자 아스팔트 도로가 나타났다. 사원을 지나 간체자와 크메르 문자, 알파벳이 혼재된 상점 간판들이 보일 때가 되어서야 심장 박동이 안정을 찾았다. 제작팀은 가까운 스타벅스에 들어가 한숨 돌렸다. 벌써 며칠째 긴장으로 밥도 못 먹고 길에서 파는 사탕수수 즙과 코코넛으로 허기를 달래고 있다. 터질 듯한 방광을 비우고 돌아와 보니 노 PD와 촬영 감독, 양서준은 없었다.

손 선배와 정 간사를 따라 다시 툭툭에 올랐다. 시동 걸린 차머리가 숙소 쪽이 아니라 지나온 도로를 향했다.

"왜요? 선배한테 헬리캠 수거해오래요?"

자꾸 떨어지는 빗방울이 왕궁의 노란 담장을 할퀴는 모습을 보며 윤찬이 물었다. 손지욱이 상황을 설명했다.

"신 주재관님한테 연락이 왔어. 폐채석장 웅덩이에서 시체가 발견됐대."

스콜이 쏟아졌다. 도로를 지나는 오토바이들의 매연을 일시에 씻어낼 만큼 거센 빗줄기였다. 차들이 하나둘 갓길에 멈춰 서며 비가 긋길 기다렸다. 정 간사는 끝까지 운전을 멈추지 않았다. 20분도 지나지 않아 총차오 2동 크라이까옹 마을에 도착했다. 카키색 제복을 입은 경찰들이 임시 천막 아래 놓인 여자 시체를 살피고 있었다. 시신의 바지 주머니에서 현진의 여권이 나왔다고 했다. 머리와 목뼈가 골절될 정도로 처참히 손상된 시신은 부패가 진행되어 복부가 불룩했다. 어머니의 사고 소식을 듣고 영안실에 달려갔을 때처럼 다리 힘이 풀렸다. 내 잘못이야. 나 때문에 죽었어. 병원에서 보았던 환자의 팔다리처럼 시신에는 화상 자욱이 가득했다. 윤찬은 몸을 돌려 손지욱 AD를 보았다.

"아녜요. 선배. 이거 현진이 아녜요."

"상처가 심해서 식별이 어려운 건 알아. 그래도 잘 봐야 해."

"키도 다르고 발목에 거미줄 문신이 있어요. 그건….'

문신 이야기를 들은 신재호 치안협력관이 이마를 짚었다. 실종자 인상 착의를 떠올린 모양이었다.

"양서빈…."

스콜이 지나길 기다리느라 뒤늦게 도착한 르모끄에서 양서준이 내렸다. 그의 표정이 서서히 일그러졌다. 알아본 것이다. 그는 동생을 껴안았다. 부패 상태를 보면 촬영팀이 슬롯 클럽에 잠입했던 즈음 죽은 듯했다. 감정을 이기지 못하고 서준이 울부짖었다. 공항에서 들려오는 막 출발한 비행기의 이륙음이 함께 땅을 울렸다. 왜 그들은 현진의 여권을 서빈의 주머니에 넣어두었을까. 악의와 조롱이 느껴졌다. 납치된 사람들을 번호로 부른다던데 누가 누군지도 모르는 걸까. 이 근처를 뒤지면 서빈의 여권을 소지한 현진의 시신을 찾을 수 있을 것 같았다. 바삭강에 몰려나온 개구리 떼의 울음소리가 심상찮았다. 현지 경찰이 신재호에게 부검할 거냐고 물었다. 통역을 들은 양서준이 반대했다.

"싫습니다. 이걸로 끝이에요. 더 이상 동생을 이곳에 두고 싶지 않아요."

"본국에서 부검을 진행하는 방법도 있습니다. 비용은 감수하셔야 하지만요."

신재호의 말에 서준의 눈썹이 처졌다. 오늘 여러 웬치를 둘러보며 현실의 벽을 느낀 게 분명했다. 부검한다고 해도 범인을 잡기는 어려웠다. 논의 끝에 양서빈의 시신을 턱틀라 사원으로 옮겨 화장하기로 했다.

해산하기 직전, 신 주재관이 제작진에게 말했다.

"아무리 봐도 우리 계획이 노출된 것 같아요. 오늘 저녁 서울에서 파견자들 도착하면 협의해서 내일 아침 급습하겠습니다."

숙소로 돌아온 윤찬은 저녁을 먹고 밖으로 나왔다. 제작진이 머무는 톤레바삭은 각국 대사관과 고급 아파트, 고층 건물들이 늘어선 곳으로 치안이 좋았다. 불꽃나무가 우거진 강변 산책로를 따라 걸으니 관광객을 실은 호화 유람선이 둥둥 떠왔다. 선상 파티 중인지 왁자지껄했다. 낮의 일들이 꿈같았다.

살다 보면 좋은 날이 와. 반드시.

문득 어머니의 말이 생각났다. 힘겨운 일을 겪은 날이면 그는 항상 어머니의 목소리에 마음을 기댔다. 그 확신에 찬 표정과 음성을 되새기며 내일을 맞을 용기를 쥐어짜려 애썼다. 어머니의 죽음이 그저 운 없는 사고처럼 느껴질 때까지 그 말을 읊조렸다. 하지만 오늘은⋯.

"독거미 먹을래?"

뒤에서 익숙한 목소리가 들렸다. 언제 따라왔는지 손 선배가 타란툴라 튀김을 들고 있었다.

"이게 관절이랑 허리에 좋고 정력에도 그렇게 좋대."

그는 질색하는 윤찬에게 도넛 꼬치를 넘기고 우적우적 거미를 먹어치웠다. 멋진 구경을 한 값으로 맥주를 사야 했다. 금세 캔을 비운 선배는 느닷없이 미안하다며 사과했다. 술주정인가 싶었는데 이야기가 구체적이었다. 윤찬의 마지막 학기의 성적 장학금을 채갔다며 사과하고 있었다.

"그때 너랑 나랑 동점이었는데 이수 학점이 내가 많았거든. 네가 그대로 학교를 관둘 줄 알았다면⋯."

윤찬은 비로소 손 선배가 이번 일에 우격다짐으로 자신을 끼워 넣은 진짜 이유를 알아차렸다. 부채감. 한편으로는 피디에게 무슨 지시를 들은 건 아닌가 하는 생각이 삐딱하게 올라왔다. 내일 구조 작전도 실패하면 현진의 가족이나 양서준이 무리한 언론 취재를 문제 삼아 방영을 못하게 될 수도 있으니 잘 구슬려보라고. '난 네 사정을 들어주고, 여자 친구를 찾을 수 있게 정말 노력했다. 결과가 어떻게 되든 우릴 원망하지는 마.' 그런 말을 하고 싶은 걸까. 가로등 아래 보이는 눈빛이 탁했다. 대학 시절 당차고 맑았던 눈이 아니었다. 슬픔이 가득했다. 그동안 여러 에피소드를 찍으며 오늘 같은 끔찍한 꼴을 많이 본 모양이다. 그가 독거미 튀김을 권하고 보란 듯 먹어치운 의미를 알 듯했다. 그래도. 지지 말자. 감동한 윤찬은 독거미 튀김을 사서 씹었다.

만용의 대가는 다음 날 아침 그를 찾아왔다. 제작팀이 신재호의 호출을 기다리는 내내 윤찬은 화장실을 들락거렸다. 본청에서 추가 파견된 외사과와 국수본 인력은 캄보디아 군경과 협조해 이미 출발한 상태였다. 9시 반쯤 헌병단에서 보내준 트럭이 숙소 앞에 도착했다. 손 AD가 적재함 방수포 안으로 올라타며 장 간사에게 물었다.

"차가 빨리 왔네요. 두 시간은 족히 걸릴 줄 알았는데?"

그녀는 군인들이 떠드는 말을 통역해주었다. 다 튀었대요.

마침내 윈치 안으로 차가 들어섰다. 거주자들이 증발해버린 다섯 동의 빌라는 부도난 스키 리조트처럼 황량했다. 사무실 동에 있는 컴퓨터들은 고압 전류에 손상되었거나, 디가우징 작업을 당해 증거를 추출할 수 없는 것이 대부분이었다. 유압 천공기가 만든 구멍이 뻥뻥 나 있는 기기도 많았다. 작은 기기들은 모조리 파쇄되었다. 내부 CCTV와 연결되었던 메모리까지 손상되어 사용할 수 없었다고 했다.

"이틀 전 우리 과에서 여기 서버에 침투해 데이터를 옮기다가 발각됐어요. 즉시 움직여야 했는데, 여기랑 손발이 안 맞았습니다. 이 새끼들 말끔하게도 정리했네. 얼마나 시간이 남아돌았으면….

강주완 형사의 설명에는 대사관과 현지 경찰에 대한 원망이 묻어났다. 그 말을 들은 신재호 치안협력관이 국수본의 실수를 대놓고 비난했다. OTT 드라마에서 듣던 욕설들이 양편에서 난무하자 캄보디아 경찰들이 그들을 따라 한국 욕을 흉내 냈다.

"따라와. 우리는 내부를 찍자."

윤찬은 선배가 이끄는 대로 카메라를 들고 사무실을 찍었다. 강주완의 분노가 이해될 만큼 성한 기기가 없었다. 모니터와 키보드 사이에 먹다 버린 고카페인 음료수와 컵라면에 초파리들이 들끓고 있었다. 짝수 층 화장실은 감금실과 고문실로 사용된 듯했다. 쇠파이프와 전기충격기를 비롯한 흉기들은 손때가 묻은 장인의 도구들처럼 가지런히 놓였고, 타일 틈새에 적갈색 피 얼룩이 끼어 있었다. 욕조에 고인 물 위에는 수상한 분변 물이 머리카락과 엉긴 채 둥둥 떠다녔다. 방송실은 총 열 곳이고 예상대로 도박장을 모방한 스튜디오도 있었다. 서버실 근처에서 경찰들이 여권, 신분증, 통장들을 찾아 수거하는 장면이 그나마 찍을 만했다. 다음은 숙소였다. 공동생활을 한 이들이 지냈던 비좁은 방 안에는 철제 이층침대가 두 개씩 들어가 있었다. 바닥에는 쓰레기나 마약 관련 도구들이 내팽개쳐져 있었다. 체취, 땀 냄새가 공간에 온통 눌어붙어 냄새가 고약했다. 여성들이 지낸 높은 층은 그나마 사정이 나았다. 이층침대 하나에 화장대가 하나씩. 가장 윗방에는 붙박이장이 있고 양서빈이 입었던 홀터넥 드레스가 여러 벌 걸려 있었다. 바람이 불면 창문 철창이 들창처럼 살짝 들려 덜컹댔다. 최상층 방이라 보수하지 않고 그대로 둔 모양이었다. 이쪽에도 감금실과 고문실이 있었다. 윤찬은 방문을 열어 현진의 흔적을 필사적으로 찾았다. 화상 통화 때 보았던 그녀의 옷가지와 액세서리를 떠올렸다.

"다른 데로 가자."

숙소 한 동을 전부 뒤지고 난 뒤 손지욱이 말했다. 그들이 도망가면서 전기 배선을 끊어놓아 엘리베이터도, 냉방 장치도 돌아가지 않았다. 창밖에서 들리는 매미의 울음, 끝없는 계단과 복도, 악취, 짐을 그대로 남기고 사람만 사라진 방들을 계속 헤매다 보니 리미널 공포 영상 속에 갇힌 기분이 들었다. 앞으로 오랫동안 이곳에 관한 악몽을 꿀 게 분명했다. 다른 동으로 들어가려 할 때 바로 뒤의 건물에서 웅성대는 소리가 들렸다. 감식반이 바쁘게 움직이고 피디와 카메라맨이 그 영상을 찍고 있었다. 담장 근처에 작은 소각장이 있었는데 장갑을 낀 감식반이 그 안에서 꺼멓게 그을린 대퇴골과 해골을 꺼내고 있었다. 무릎에 힘이 풀렸다.

다 끝났다.

체념은 격렬한 분노를 불러왔다. 그전까지 그는 살의를 모르는 삶을 살았다. 그러나 지난 며칠 동안 이곳에서 부유하는 악의 포자를 들이마시며 영혼 어딘가가 변질된 느낌이 들었다. 당장 군경들이 든 총을 빼앗아 근처 윈치로 뛰어들어 다 쏴버리고 자신도 죽고 싶었다.

하늘이 구름 한 점 없이 파랬다. 아까 촬영하고 나온 건물 최상단 용마루가 보였다. 이곳 보레이는 새하얀 용마루와 초파 장식을 빼면 박공과 기와가 모두 붉은 색이었다. 상부의 열기를 빼내는 환기구도 마찬가지였다. 살대 사이에 주위보다 밝은 벽돌색 천이 삐져나와 있었다. 현진이 하고 있던 헤어밴드처럼.

살다 보면 좋은 날이 와.

카메라를 줌으로 당겨 밴드를 확인한 윤찬은 뛰기 시작했다. 숙소동 지붕 박공에는 귀중품을 보관하기 위해서 범죄 조직이 만들어놓은 다락방이 가벽 뒤에 숨어 있었다. 윤찬은 고문실에서 가져온 도끼로 벽을 박살냈다. 금고와 귀중품 창고가 모습을 드러냈다. 윤찬은 금고를 밟고 올라서서 이번에는 천장을 뚫었다. 그를 쫓아왔던 손지욱이 소리치며 구급 인력을 불렀다. 상황을 파악한 피디와 카메라맨도 뛰어왔다. 지붕 밑 환기구 안에는 정신을 잃은 현진이 있었다.

나중에 들은 말이지만 그녀는 윤찬과의 마지막 통화 이후 양서빈과 함께 탈출을 계획했다고 한다. 깊은 밤 헐거워진 철창 아래로 줄을 드리우고 미리 파둔 소각장 뒤 개구멍을 통해 밖으로 도망칠 생각이었다. 저들은 불리한 영상 증거를 남기지 않으려고 소각장 쪽에는 카메라를 설치하지 않았다. 잘 내려가던 서빈이 미끄러지며 추락했고, 사람들이 몰려왔다. 현진은 벽에서 오도 가도 못하는 신세가 되었다. 고문을 피하려면 다시 방으로 들어가 잠든 척해야 했다. 그러나 줄에 매달린 채 무거운 철창을 들어올리기란 쉽지 않았다. 결국 철창을 사다리처럼 밟고 지붕 위로 올랐다. 초파를 붙들고 기와를 디딤돌 삼아 이동하다 환기구가 있는 살대를 잡았다. 계속된 비와 열기에 혹사당한 플라스틱이 쉽게 뽑혔다. 살대를 하나씩 뽑아 틈을 넓히고 환기구 안으로 들어갔다. 들어간 후에는 들키지 않도록 다시 살대를 끼웠다. 정말 경찰이 오면 소리를 질러 저 위치를 알릴 생각이었다. 며칠 동안 뜨거운 지붕 아래에서 빗물만 마시며 버텼다.

윤찬은 현진과 함께 구급차를 타고 웬치를 떠났다. 입구까지 뛰어나온 선배가 팔을 흔들었다. 웃음이 가득 담긴 눈으로 방방 뛰었다.

"정말 너야?"

병원에서 응급처치를 받고도 한참이 지나서야 현진은 정신을 차렸다. 그녀가 내민 메마른 손을 잡아 윤찬은 제 볼에 댔다. 왜 그때 헤어지려고 했을까. 그녀를 찾지 못했다면 그는 죽었을 것이다. 오늘이 아니라도 조만간 기력이 다해 풍화했을 것이다. 네가 살아서 나도 살았다. 우린 이어져 있다. 그깟 형편 때문에 헤어지려 하다니. 이제는 두 번 다시 떨어지고 싶지 않았다. 네가 날 받아준다면 영원히 곁에 머무를 것이다. 말해야 하는데 혀가 움직이지 않았다. 현진은 신기하게도 다 알아들은 듯 그의 얼굴을 자꾸 어루만졌다.

구조된 바로 다음 날 두 사람은 경찰들의 보호를 받으며 한국행 비행기를 탔다. 제작팀과 대사관도 상황을 배려해주었다. 이번 일로 총 여섯 명의 한국인이 목숨을 건졌다. 양서빈의 시체가 발견된 크라이까옹 마을을 수색하다 현지 경찰이 찾은 한국 여성 한 명, 외사과 파견 경찰들이 취업 사기를 당하는 줄도 모르고 캄보디아로 입국하던 20대 학생 네 명을 공항에서 발견해 돌려보냈다.

한국에 도착한 현진은 구급차에 실려 병원으로 이송되었다. 깡마른 몸에 타박상과 화상 자국이 참혹했다. 입원해 있던 2주 동안 경찰들이 종종 병실로 찾아와 사정 청취를 했다. 현진은 범죄 조직이 자신을 찾아낼지도 모른다는 불안감에 시달려 보호를 요청했다. 모든 가족이 전화번호를 바꾸고 거처도 옮겼다. 퇴원 날이 다가오자 현진의 부모가 뜻밖의 제안을 했다.

"당분간이라도 현진이와 같이 살지 않겠나? 애가 너무 불안해서."

그도 현진과 떨어지면 안심이 되지 않았다. 병실 복도에서 윤찬의 답을 들은 그녀의 아버지는 메모를 하나 넘겨주었다.

"앞으로 여기서 살면 돼. 잘 부탁하네."

종이에는 광명시에 있는 한 아파트 주소와 로비 번호, 도어락 번호가 적혀 있었다. 동남향 34평 포베이. 경비원들이 수시로 오가며 돌보는 대단지 아파트. 두 사람은 그곳에서 새 삶을 시작했다. 현진은 살림살이를 하나씩 마련하며 현실에 적응했다. 가전과 가구를 주문하고 어울리는 소품을 장만했다. 미감이 이전과 크게 변하지 않아 동거하던 대의 집이 아늑하게 확장된 느낌이었다. 윤찬도 서서히 그 안락함에 적응해갔다. 이미 서로의 마음을 확인했기에 형식은 필요하지 않았다. 둘은 혼인 신고만으로 법적 부부가 되었다. 등본을 떼어 지갑에 넣고 매일 들여다보았다. 필생의 과업을 성취한 듯 행복했다. 정식 사위가 되자 처가에서는 차를 한 대 사주겠다고 했다. 윤찬은 소파에 누운 아내의 다리를 주무르며 제 입장을 말했다.

"자기야. 이제 나도 가족인데 은인 대접은 그만하셨으면 좋겠어. 집도 황송한데 차까지는 너무….''

현진이 웃음을 터트렸다.

"그 정도는 받아도 돼. 여기 부모님 집도 아닌데 뭐."

"아니야?"

"언니 거야. 사놓고 살지도 않고 임대 놓지도 않고 공실로 놔두던 집. 나 보고 가지라던데?"

"지금 언니는 어디 사셔?"

"작업실 겸 주택에 살지. 하안동에…."

장애가 있다고, 아프다고 하지 않았던가? 발작을 대비해 항상 돌봐주는 사람이 있어야 한다고. 그녀의 언니가 무슨 수로 돈을 벌었나 궁금했다. 현진이 몸을 일으켜 그의 어깨를 주물렀다.

"5년 전에 언니가 오픈씨에 그림을 하나 올렸어. 거긴 직업 화가가 아니더라도 작품을 거래할 수 있는 NFT 사이트거든. 왜 코로나 때 주식시장이 불장이었지? 미술계도 장난 아니었어. 언니는 그동안 작업한 그림들을 전부 세상에 내놓고 해외 커뮤니티, 트위터에서도 목소리를 냈어. 일반 취업시장에서는 장애가 문제가 되지만 예술을 하는 데는 도움이 되더라? 어떤 자산가가 자기 자식도 비슷한 처지라면서 작품을 잔뜩 구매했는데 그때부터 판이 바뀌었어. 올리는 족족 팔리고. 오픈씨는 모든 거래를 이더리움으로 해. 코인이 쌀 때였는데 대박 난 거지."

어깨를 매만지는 현진의 손에 활력이 있었다. 항상 언니 걱정을 했으니, 시름을 덜었을 것이다.

"언니가 얼마나 행복해했나 몰라. 밥값도 못 번다고 자책하던 사람이 매일 물 만난 고기처럼 신이 나서는. 나는 언니 비서 역할을 하면서 용돈도 쏠쏠히 벌었지. 언니가 영어 채팅을 잘해서 외국인 팬도 많았다? 오프라인 첫 전시도 완판되고 미처 작품을 사지 못한 외국 컬렉터가 작업실까지 와서 그림을 사가고. 한번 이름이 알려지니까 NFT 유행이 시들해져서도 살아남았어."

"그래서 연락이 없었구나. 작품 활동하느라 바빠서. 시간 나면 놀러 오겠지? 고맙다고 해야겠다."

명진을 한 번도 직접 본 적이 없었다. 그러나 그녀의 존재는 두 사람을 다시 만나게 해준 결정적 계기가 되었다. 그녀에게 장애가 없었다면, 둘은 수어를 몰랐을 테고 현진은 죽었을 것이다. 운명이란 기이했다. 현진은 지쳤는지 더 이상 말을 하지 않았다. 불현듯 명진의 건강이 악화했을지 모른다는 걱정이 들었다. 연이은 작업과 동생의 실종…. 뇌전증은 수면 부족과 정신적 스트레스에 취약한 병이라고 들었다.

윤찬은 민명진에 대해 검색해봤다. 그녀의 SNS에는 지금도 많은 팔로워가 댓글을 달고 있었다. 전시회 소식, 새로운 작품 소식, 낙서들과 일상을 공유하던 게시판은 지난봄 이후로 어떤 게시물도 올라오지 않았다. 최근 소식도 없었다.

2025년의 마지막 달, 태국이 캄보디아 내 웬치들을 포격했다. 병원에서 나온 뒤에도 한두 번씩 경찰이 찾아와 겪었던 일들을 되새겨야 했던 현진은 그런 보도를 접할 때마다 가위에 눌렸다. 윤찬은 아내를 기쁘게 해주고 싶었다. 그래서 장모에게 명진의 소식을 물었다.

"명진이 건강한데? 걔가 왜 현진이를 안 보는지 나도 모르겠어. 우애가 그렇게 좋았거든. 근데 돈이 끼니까 삽시간에 틀어지데. 명진이 말로는 현진이가 돈을 빼돌렸대. 현진이가 어디 그럴 애야? 명진이가 NFT 시작하게 된 것도 다 현진이 덕분인데. 걔가 연결해준 컬렉터도 많아. 현진이가 캄보디아까지 갔던 건 명진이 잘못도 있어. 그렇게 떠받들던 언니가 눈길도 안 주니까."

"저희한테 집을 내주신 걸 보면 처형도 화해하고 싶은 마음이 있는 거겠죠. 제가 한번 만나보겠습니다."

집에 대한 감사 인사도 전할 겸 둘의 사이를 중재해보고 싶었다. 장모는 기뻐하며 미리 연락을 해주겠다고 했다. 명진의 작업실은 지난 9월 현진의 부모를 만났던 생태공원 근처에 있었다. 골목 어귀에 들어서니 그를 맞이하러 나온 민명진이 보였다. SNS에서 보았던 사진과 다르게 볼이 움푹 패어 초췌한 인상이었다. 집 안 내부와 작업실은 휜했다. 현진이 왜 그토록 언니 그림을 좋아하는지 알 것 같았다. 오래 앓아본 이의 잔잔한 위로가 색채 속에 흘러넘쳤다.

– 정윤찬 씨죠? 현진이한테 얘기 많이 들었어요.

블랜딩 된 허브차를 내밀며 그녀는 필담을 시작했다.

– 전 걔가 안 돌아올 거로 생각했어요. 거기서 계속 살 줄 알았는데, 덕분에….

마지막 문장 끝에 은근한 가시가 있었다. 명진은 테이블을 톡톡 치더니 손가락으로 입술을 가리켰다. 입술을 읽을 줄 아니 말로 하라는 의미 같았다.

"현진이는 거기서 죽을 뻔했어요. 구조 당시 상태가 얼마나 나빴다고요. 둘 사이에 무슨 일이 있었는지는 모르지만 이제 용서해주시면 안 되겠습니까? 현진이가 처형을 정말 좋아해요."

명진은 실소했다. 그녀의 펜이 다시 한번 메모지 위를 달렸다.

- 같이 갔던 사람은 죽고 걔만 살았다죠? 조직원들에게 붙잡히지 않고 지붕 밑에 가만히 숨어 있다가요. 정말 운이 얼마나 좋으면 그럴 수 있죠?

윤찬은 처형의 얼굴을 샅샅이 살폈다. 쌀쌀한 눈빛에 민망해진 그가 주위 기물들로 시선을 돌렸다. 벽걸이 텔레비전 아래 놓여 있는 액자들이 보였다. 작업실에 와서 직접 그림을 사간 컬렉터들과 사진을 찍었던 모양이다. 은테 안경을 쓴 낯익은 남자가 자매 사이에 서서 액자를 들고 웃고 있었다. 클럽 지배인이었다.

- 난 이제 그림을 그리지 않아요. 내 작품이 범죄 자금 세탁에 쓰였다는 걸 아는데 어떻게 다시 붓을 잡겠어요? 내 경력은 그들이 만든 거나 마찬가지예요. 우리 착한 현진이는 내 돈을 빼돌리지 않았어요. 그들의 돈에서 수수료를 떼 정리해준 거죠. 걔가 날 얼마나 아끼고 사랑하는지 알아요? 같이 활동했던 작가들이 수사를 받을 때도 난 안전했어요. 얼마나 꼼꼼하게 챙겼는지. 그들의 힘을 필요할 때만 이용하면서 내 그림을 팔아주고 화제의 대상이 되게 해주고, 경력을 쌓게 해줬지요. 걔 납치당했던 거아녜요. 내가 자수하겠다고 하니까 짐 싸서 도망쳤던 거지.

윤찬은 명진이 쓴 문장들을 오래도록 들여다보았다. 그동안의 일들이 새로운 형태로 조립되었다.

두 사람이 실종된 뒤 양서빈의 지인들은 피싱 전화를 받았고 현진 쪽은 아니었다. 양서빈은 비대면 대출 피해를 보았고 현진은 피해가 없었다. 윤찬이 수어로 급습 시간을 알려준 후, 웬치 서버 데이터를 털던 경찰들은 그들의 내부 탐지에 걸렸다. 서빈의 시체가 발견되고 웬치는 말끔하게 비워졌다. 그들은 이미 경찰의 움직임을 주시하고 있었다. 현진이 피해자로 여겨진 건 드라마틱한 구출 정황과 몸에 남은 타박상, 화상 자국 때문이다. 그러나 그 상처들은 하나같이 최근의 것이라 이제는 흉터 하나 남지 않았다.

명진의 등 뒤로 LED 초인종이 번쩍였다. 베란다로 현진을 확인한 처형은 나가보란 손짓을 했다. 대문 밖에는 하얀 패딩을 입은 현진이 핸드백을 꼭 쥔 채 서 있었다.

"내가 다 설명할게. 설명할 수 있어."

그녀의 손을 잡고 저수지 산책로를 걸었다. 이전에 왔을 때와 다르게 저수지에는 얼음이 얼어 있었다. 인적이 드문 곳에 이르자 그녀는 설명했다.

"너랑 헤어진 뒤로 내 목표는 돈이었어. 난 네가 사기를 당했다는 것도 너희 집 사정이 어떤 지도 몰랐어. 얘기를 안 했잖아. 난 그냥 네가 우리 집 형편이 좋지 않아서 날 버린 줄 알았지. 어떻게든 돈을 많이 벌어서 널 후회하게 만들 생각이었어.

그러다 벌이가 괜찮은 알바를 찾았지. 전국으로 돈만 뽑으러 다니기만 하면 100만 원은 금방 벌었어. 몇 번 하고 나니까 무슨 일인지 감이 왔고. 나도 끼워달라고 그쪽에 사정했어. 난 기획만 했어. 인스타에서 예쁘고 잘사는 애들 사진 도용해서 가상 애인이 되어주는 일. 막막한 삶을 사는 가망 없는 인생들에 꿈을 팔았어. 너한테 복수하고 싶은 마음도 작용했던 거 같아. 단물 다 빨아먹고 날 버린 너. 내 환경으로 내 가치를 저울질하고, 돈으로 사랑을 살 수 있다고 믿는 놈들에게 벌을 주고 싶었어. 하다 보니 언니에게도 기회를 줄 수 있더라. 후회하지 않아. 언니도 곧 다시 그림을 그리게 될 테니.

한국을 떠났던 건 큰 몫을 잡기 위해서였어. 언니에게 들켰으니, 누구에게 신원이 드러나든 상관없다는 심정이 되었어. 그런데 네가 접속한 거야. 내가 납치된 줄 알고. 넌 내가 아니라 웬디에게 날 떠난 진짜 사정을 털어놨어.

바보야. 내가 고작 그런 이유로 널 떠날 거로 생각했어? 네가 가난해졌다고 널 버릴 줄 알았어? 나는 너만 있으면 충분했어. 날 찾지나 말든지! 이 멍청아. 거기가 어디라고 찾아와. 목숨 귀한 줄을 모르고!"

눈물이 그녀의 볼을 타고 흘렀다. 현진은 샤넬 백에서 금속제의 거미 모양 캐릭터 키링을 꺼냈다. 브로치처럼 화려한 몸체에 금사슬 같은 다리가 찰랑이는 거미였다.

"이제는 다 괜찮아. 넌 목숨을 걸고 나에게 왔고 우리는 부부가 되었어. 우리한테는 이제 내일이 있어. 이 안에 내가 믹싱해둔 코인이 있어. 이것만 있으면 우리는 헤어지지 않아도 돼. 맛있는 거 먹고, 여행 다니고, 아이들을 키우고, 아플 때 마음껏 병원 가면서 사람답게 살 수 있어."

"…사람이 죽었어."

"서빈이? 솔직히 싹수부터 글른 애였어. 데뷔도 못했으면서 자아만 비대해서 경력 없이 돈을 많이 받을 수 있을 거라고 믿다니. 그 정도 순진함이면 누구한테든 탈탈 털렸을걸. 난 개랑 도망치려고 했어. 경찰이 오기 전에 도망치려 했다고. 그런데도 개는 끝까지 날 못 믿겠다고 내 여권을 지 바지 주머니에 넣었어. 줄을 잡고 내려갈 정도의 체력도 없었으면서. 개가 갑자기 떨어지는 바람에 난 단지 밖으로 나가지도 못했구!"

"경찰은 바보가 아니야. 곧 잡힐 거야."

"자국민이 잡혀가도 찍소리 못하는 외교부 밑에서 끙끙대는 경찰? 방송국까지 동원해서 요란한 쇼를 벌이고 간신히 구해낸 단 한 사람이 사실은 조직에 속했던 기획자고, 심지어 유인책이었다고 언론에 밝힐 수 있을까? 까짓것 붙잡히면 어때? 몇 년 살다 나오면 되지. 웬치에 비하면 한국의 감옥은 천국이야.

윤찬아. 이제 우리만 생각하자. 그동안의 고생이 보답받는 날이 왔다고 생각해. 아니면 단순하게 네가 잃었던 전세금, 네 부모님이 사기당했던 돈! 전부 내가 찾아온 거로 생각하든지."

지금 이게 무슨 소리인가? 윤찬은 제 귀를 의심했다. 정말 이 여자가 5년 전 그토록 사랑했던 그 사람이 맞을까? 무슨 돈을 찾아왔다고 생각하라고? 몇 년 살다 나오면 된다니. 현진이 다정한 목소리로 어머니에게 돈을 꼬여내는 환청이 들렸다. 무당의 손에 들린 요령처럼 정신없이 키링을 흔들어대기에 뿌리친다는 것이 그녀의 손목을 치고 말았다. 키링이 저수지 빙판 위로 떨어졌다.

현진이 비명을 질렀다. 뛰어들 시늉을 하기에 얼른 붙잡아 그가 대신 난간을 넘어갔다. 가속도를 받은 키링이 빙판 위에서 계속 멀어져갔다. 스무 걸음 정도 걸었을 때 발치가 훅 꺼졌다. 재빨리 경계를 붙들었지만, 패딩 속으로 물이 스며들면서 무게가 무거워졌다. 우지끈 소리와 함께 온몸이 물속으로 떨어졌다. 냉기가 전기스파크처럼 지르르 모든 세포를 훑었다. 현진이 놀라 달려왔다. 구조 전화를 걸며 주변에 혹시 있을지 모를 구명환을 찾았다. 자맥질할 때마다 그녀가 다가오는 게 보였다. 구명환을 찾지 못한 그녀는 핸드백의 한쪽 끈을 뜯어 자신이 잡고 가방과 연결된 쪽은 그가 잡을 수 있도록 물 아래로 드리웠다. 윤찬은 가방을 잡을 수 없었다. 지금 가방을 잡으면 체중 차이 때문에 그녀도 함께 물에 빠질 것이다. 빙판 아래에서 점점 퍼져나가는 실금이 거미 키링에 가까워졌다. 조금이라도 힘을 주면 그녀와 그녀의 미래가 함께 잠길 판이었다.

헤어지지 말았어야 했다. 헤어지더라도 네 환경 때문에 널 버리는 게 아니라고 이유를 제대로 말해줄 걸. 난 정말 너만으로 괜찮은데 너도 그런지는 몰랐다고. 망설이는 사이 시야가 차츰 어두워졌다.

박하익 2008년 《계간 미스터리》에서 신인상을 받으며 등단한 이래 장편소설 《종료되었습니다》, 《선암여고 탐정단》 시리즈를 출간했다. 2018년에는 창비 '좋은 어린이책'을 수상하며 아동 문학 분야에서도 활발히 활동 중이다.

할머니 수사단

정명섭

제임스는 끝내 나타나지 않았다. 인천국제공항 제2여객터미널에서 하염없이 기다리던 일흔두 살의 박영자는 아랫입술을 질끈 깨물었다.

"진짜 안 왔네."

믿고 있던 세상이 무너져 괴로운 표정을 짓는 그녀 앞에서 가족 상봉이 이뤄졌다. 아까부터 앞에서 왔다 갔다 하던 중년 남자가 에코백을 메고 온 딸과 감격의 상봉을 한 것이다. 오랜만에 만났는지 둘은 끌어안은 채 울었다. 옆에서 그 모습을 동영상으로 찍는 아주머니도 훌쩍거렸다. 딸의 캐리어를 대신 잡은 아버지가 밥을 먹자며 앞장서서 걸어갔다. 그들이 멀어져가는 모습을 보던 박영자는 휴대전화를 들여다봤다. SNS 메시지로 이번에는 꼭 입국한다면서 델타 항공사의 항공권을 찍은 사진이 보였다. 하지만 타고 오기로 한 비행기가 도착한 지 세 시간이 지나도록 제임스의 모습은 보이지 않았다. 폐가 다 비어버릴 정도로 크게 한숨을 내쉰 박영자는 주름진 손가락으로 그동안 나눈 메시지들을 거꾸로 읽었다.

제임스와 처음 대화를 주고받는 건 작년이었다. 사위가 생일 선물로 스마트폰을 사주었는데 마침 주민센터에서 노인들에게 SNS 사용법을 무료로 가르쳐준다는 걸 알게 되었다. 술만 마시면 주먹질을 해대던 남편은

10년 전에 간경화로 죽었고, 딸들도 모두 시집을 가서 혼자 지내게 된 박영자는 그 수업을 듣기 시작했다. 그리고 사진을 찍고 글을 달아서 올리는 법을 배우면서 쏠쏠하게 써먹었다. 딸들과의 추억이 담긴 옛날 사진도 올리고, 책에서 읽은 시의 한 구절을 올리거나 뒷산에 핀 꽃을 찍어 올렸다. 그러다가 어느 날 누군가로부터 메시지를 받았다. 처음에는 메시지가 온 줄도 모르고 몇 주 만에 열어 보았다. 미국에 사는 제임스 팔레라는 사람이 보낸 것이었다. 프로필을 보니 잘생긴 백발의 백인 노인이었다. SNS에 있는 프로필은 정말 화려했다. 미국의 무슨 공과대학 교수라는 타이틀과 함께 대학 교정에서 찍은 사진들이 가득했다. 학생들에게 강의하거나 유명한 인물들과 나란히 찍은 사진이 많았다. 그런데 박영자에게 보내온 메시지는 한글이었다. 그녀가 놀라면서도 신기한 마음에 답장을 보내자 기다렸다는 듯 답이 왔다. 젊은 시절 주한미군으로 동두천에서 근무하면서 한국어를 배웠다고 했다. 인디언 얼굴이 있는 제2사단 마크가 붙은 군복을 입은 옛날 사진도 보냈다. 젊은 시절에 남편이 술만 마시고 돈을 벌어오지 않아서 동두천 양키시장에서 장사를 했던 박영자는 반가운 마음에 이것저것 얘기를 했다. 그러다 보니 말도 잘 통하는 것 같았다. 집안 형편이 어려운 데다 공부에도 별 관심이 없어서 중학교만 졸업한 그녀는 늘 남편에게 무식하다는 핀잔을 듣고 무시당하곤 했었다. 그런 자신이 미국에 있는 대학교의 교수와 친구처럼 대화하는 게 신기하기도 하고 뿌듯하기도 했다. 그동안 그와 주고받은 메시지들을 보면서 박영자는 다시 중얼거렸다.

"정말 행복했었는데."

그렇게 몇 달이 지나는 동안 제임스와의 대화는 그녀에게 가장 중요한 일상이 되었다. 아침에 일어나면 밤사이에 그가 보낸 메시지들을 읽고 답장하는 것으로 하루를 시작했다. 밥을 하거나 청소할 때도 늘 휴대전화를 가지고 다니면서 메시지가 오는지 확인했다. 제임스는 늘 친절하게 답변했고, 그녀가 올린 게시물이 멋지고 나이스하다고 칭찬을 아끼지 않았다.

평생 살아오면서 남에게 칭찬을 받아본 적이 없는 박영자로서는 꿈만 같은 순간이었다. 그리고 박영자의 생일 때 제임스로부터 사귀자는 얘기를 들었다. 가슴이 두근거린 그녀는 곧바로 승낙했고, 온라인으로만 얘기를 주고받는 연애 아닌 연애를 시작했다. 박영자는 제임스에게 보여줄 사진을 찍기 위해 파마도 새로 하고 얼굴에 화장품도 이것저것 발랐다. 달라진 그녀의 모습에 딸들은 처음에는 의아해하다가 나중에는 애인이라도 생겼냐고 물었다. 하지만 둘만의 비밀로 하자는 제임스의 말을 떠올리며 박영자는 아무 말도 하지 않았다. 어차피 지구 반대편의 백인 노인과 사귄다고 하면 믿어줄 것 같지도 않았다.

"하루하루가 정말 행복했지."

그렇게 장거리 연애를 하던 중 제임스가 갑자기 한국에서 살고 싶다고 말했다. 곧 대학을 은퇴하는데 젊은 시절 살았던 한국에서 남은 생을 보내고 싶다고 했다. 그러고는 자신과 함께 여행이나 다니며 살자고 말했다. 그의 말에 박영자는 꿈에 부풀었고, 그는 서서히 본색을 드러냈다. 처음에는 소소한 금액이었다. 은행 계좌에 문제가 생겼다면서 돈을 빌려달라고 했다. 그녀는 그가 시키는 대로 달러로 환전해서 보냈고, 보름쯤 후에 문제가 해결되었다면서 약간의 웃돈을 얹어서 돌려주었다. 그리고 얼마 후에는 급하게 수술해야 한다면서 다시 돈을 요구했다. 이후에도 이런저런 핑계를 대며 돈을 빌려달라고 하면서 한국에 들어가면 갚겠다고 말했다. 박영자는 별다른 의심 없이 돈을 보내주었다. 곧 한국에 들어오면 받을 수 있을 것으로 생각했다. 그런데 그는 차일피일 한국에 들어오는 날짜를 미뤘다. 그동안 한 번도 말한 적이 없던 가족에게 문제가 생겼다거나, 은퇴한 대학교에서 하도 부탁해서 계절학기 강의를 맡게 되었다는 식이었다. 그러면서 점점 더 많은 돈을 요구했다. 박영자는 젊은 시절부터 장사를 하면서 한푼 두푼 악착같이 모은 돈을 그에게 보냈다. 금액이 점점 커지긴 했어도 그녀는 한 번도 의심하지 않았다. 중간에 박영자의 장거리 연애를 알게 된 딸들이 로맨스 스캠이라며 펄쩍 뛰었지만 박영자는 오히려 화를 냈었다. 그때 했던 말들을 되새김질했다.

"너는 내가 연애하는 게 그렇게 싫어? 엄마도 이제 내 인생을 살면 안 돼?"

박영자는 딸들의 반대가 자기들한테 돈을 주지 않은 탓이라 여겼다. 그래서 딸들한테 아예 집에 오지 말라고 하면서 서먹한 관계가 되었다. 하지만 박영자는 괜찮았다. 그녀에게는 제임스가 있었으니까. 제임스가 한국에 오면 함께 갈 여행지를 고르고, 함께 다니면서 입을 옷을 고르면서 그의 귀국을 기다렸다. 하지만 제임스의 한국행은 계속 미뤄졌고, 이런저런 이유로 요구하는 돈은 점점 더 늘어났다. 마지막에는 항공권을 살 돈이 필요하다고 했다. 그때도 박영자는 속았다는 생각보다는 드디어 만날 수 있다는 희망에 부풀었다. 하지만 제임스는 끝내 나타나지 않았다. 시간이 흐르면서 어느 정도는 예상했으나 인정하고 싶지 않았다.

"내가 바보 같았던 걸까? 정말 제임스는 없는 거야?"

마음에 차곡차곡 쌓아둔 희망이 와르르 무너지는 느낌이었다. 머릿속은 더없이 혼란스러웠다. 그동안 이런저런 명목으로 보낸 돈이 3천만 원 정도라는 사실이 그녀의 마음을 마지막으로 무너뜨렸다. 몇 번 게이트로 나오느냐, 비행기를 탄 게 맞느냐는 메시지를 보냈지만 여전히 답장이 없었다. 한숨을 폭 쉬고 있는데 막내딸에게 전화가 왔다.

"엄마, 어디야?"

"왜 물어?"

"지금 공항이지? 제임스인지 누구인지 기다린다고?"

"알아서 뭐 하게?"

"공항이네. 엄마 사기당하는 거라고 내가 얘기했잖아."

짜증 섞인 막내딸의 목소리를 들은 박영자는 울분이 폭발했다.

"아니야, 몸이 안 좋아서 일주일 후에 온다고 했어."

"엄마, 정신 좀 차려. 나이 70에 무슨 망신이야, 이게."

"나 망신당하는 데 보태준 거 있니? 내 일은 내가 알아서 할 테니까 신경 꺼."

"엄마!"

화가 난 박영자는 휴대전화를 다른 손으로 바꿔서 귀에 갖다 댔다.

"평생토록 뼈 빠지게 남편 대신 돈 벌고, 너희들 뒷바라지하느라 세월이 어떻게 가는지도 몰랐어. 나는 내 마음대로 살면 안 되니? 나는 새로운 사랑을 꿈꾸면 안 돼?"

너무 크게 소리친 나머지 옆에서 나이키 모자를 쓰고 누군가를 기다리던 젊은이가 그녀를 쳐다봤다. 민망해진 박영자는 몸을 살짝 돌렸다.

"이제 내가 살고 싶은 대로 살게. 너는 네가 살고 싶은 대로 살면서 나는 왜 안 돼?"

"엄마, 그게 아니라 걔 사기꾼 같다고 했잖아. 엄마는 지금 로먼스 스캠에 걸린 거라고, 제발 정신 좀 차려."

막내딸이 결국 흐느껴 울었다. 거기에 대고 차마 화를 내지 못한 박영자는 이제는 아무도 나오지 않는 게이트를 보면서 화내서 미안하다고 말했다. 전화를 끊고 다시 휴대전화를 보자 제임스가 보낸 메시지가 와 있었다. 기쁜 마음으로 메시지를 확인하는데 이상한 글씨가 적혀 있었다.

rmehddkswkfthrdkwnjtjrhakdnj.

"이게 뭐지?"

오타인가 싶어서 고개를 갸웃거리는데 갑자기 제임스의 SNS 계정이 없어졌다.

"왜 이래?"

제임스와의 추억이 송두리째 사라졌다. 밤늦게까지 은밀하게 나눴던 대화부터 한국에 오면 어디로 여행 갈지 알콩달콩 주고받은 대화가 모두 사라진 것이다. 놀란 박영자는 서둘러 휴대전화를 꺼버렸다. 꺼버리면 사라지는 것이 멈출지 모른다고 생각했다. 전화기를 끌어안은 채 박영자는 속은 게 아니고 바보도 아니고, 새로운 사랑을 원했을 뿐이라고 소리 지르고 싶었다. 하지만 지나가는 사람들의 시선이 느껴져 그녀는 터져 나오는 소리를 억지로 삼켰다. 애써 진정한 박영자는 천천히 휴대전화를 다시 켰다. 제임스의 SNS 계정은 흔적도 없이 사라진 상태였다. 지난 몇 년의 삶이 몽땅 증발한 것 같은 충격 속에서 그녀는 수많은 사람들이 오가는 인천국제공항에서 길을 잃은 사람처럼 서 있었다.

　며칠 후 박영자는 한층 더 늙고 지친 몸을 이끌고 월령시의 경찰서로 향했다. 새로 지어진 거대한 경찰서 건물을 담장 밖에서 올려다보던 그녀는 마른침을 삼켰다. 남편이 술을 마시고 사고를 치면 수습하러 파출소에 몇 번 간 적이 있었지만 이렇게 큰 경찰서는 처음이었다. 이틀 정도 앓아 눕고 나서 훌훌 털어버리고 싶었지만, 막내딸이 경찰에 신고하는 바람에 어쩔 수 없이 경찰서에 와야만 했다. 정문을 지키던 경찰이 어디로 가야 하는지 친절하게 알려주었다. 건물 안으로 들어가서 엘리베이터를 타고 4층에서 내린 그녀는 복도를 두리번거렸다. 방마다 팻말이 걸려 있었는데 하나씩 읽으면서 걷던 그녀는 끝방에서 멈춰 섰다.

"보이스피싱 특별조사반."

　목소리가 컸는지 복도의 긴 의자에 나란히 앉아 있던 또래의 세 여성이 마치 로봇처럼 동시에 고개를 돌렸다. 모두 백발에 파마머리였고, 생김새와 차림새는 제각각이었지만 지치고 상처 입은 표정을 짓고 있었다. 약속 시간보다 조금 이르게 도착해서 서성거리는 박영자에게 그중 한 명이 손으로 빈자리를 툭툭 쳤다. 검정 뿔테 안경에 흐트러짐 없는 머리칼을 망으로 묶었고, 손에는 장갑까지 끼고 있어서 깔끔한 성격의 소유자 같았다. 가볍게 고개를 숙인 그녀는 빈자리에 앉아서 굳게 닫힌 문을 바라봤다. 갑갑함에 못 이겨 한숨을 쉬었는데 마치 전염된 것처럼 다른 사람들도 순서대로 한숨을 쉬었다. 음정 박자까지 얼추 맞춘 것 같은 기묘한 한숨 소리에 박영자는 잠깐 이곳에 온 처지를 잊고 피식 웃음이 나왔다. 슬쩍 옆을 보니까 다들 조금씩 흐트러져서 웃는 중이었다. 박영자가 용기를 내서 물었다.

"어쩐 일로?"

다들 우물쭈물하는데 갑자기 문이 벌컥 열렸다. 그리고 역시 백발의 여성이 얼굴을 찌푸리며 나와서는 빠른 속도로 복도로 걸어갔다. 아마 눈물을 보이지 않으려고 하는 것 같았다. 닫히려는 문을 안쪽에서 나온 손이 붙잡았다. 검정 셔츠 차림에 몹시 피곤해 보이는 젊은 남자가 박영자를 비롯해서 복도의 긴 의자에 쪼르르 앉은 네 명의 할머니를 바라봤다. 잠깐 고민하던 남자가 말했다.

"다 들어오세요."

보이스피싱 특별조사반 내부는 단출했다. 영화나 드라마에서 보던 것처럼 수십 명이 앉아서 바쁘게 일할 줄 알았는데 들어오라고 한 남자와 두세 명만 보였다. 가습기에서 수증기가 뿜어져 나오는 소리가 들릴 정도로 고요했다. 검정 의자에 앉은 젊은 남자가 책상에 놓인 효자손을 들어서 등 뒤로 쑤셔 넣었다. 그리고 등을 벅벅 긁고는 홀가분한 표정을 짓더니 효자손을 책상에 도로 내려놓은 뒤 입을 열었다.

"제가 전화를 드린 월령 경찰서 보이스피싱 특별수사반 강홍준 형사입니다. 네 분 모두 로맨스 스캠 피해자시네요."

"로맨스 스캠이요?"

막내딸에게 들었던 로맨스 스캠을 다시 듣게 된 박영자가 반문했다. 그러자 강홍준 형사가 헛기침을 한 뒤 대답했다.

"모르는 사람이 SNS나 채팅 앱을 통해 접근해 호감을 표시하고 재력과 외모 등을 과시하며 신뢰 관계를 형성하거나, 불우한 상황을 강조해 동정심을 유발한 뒤 금전을 요구하는 것을 로맨스 스캠이라고 합니다. 어르신들의 경우는 나이 든 백인 남성으로 위장해서 접근한 겁니다."

"제임스가 처음부터 작정하고 속였다는 건가요?"

박영자의 물음에 강홍준 형사가 고개와 손가락을 모두 저었다.

"더 조사해봐야 알겠지만 제임스는 실존 인물이 아닐 겁니다. 인터넷에 떠도는 사진으로 프로필을 만들고 가짜 경력을 내세운 거죠. 그리고 어르신들한테 접근해서 정서적 유대감을 쌓은 다음에 치료비나 이런저런 명목으로 돈을 요구하죠. 이번에는 한국에 온다고 거짓말을 한 거고요."

제임스가 한 행동 그대로였다. 박영자는 저도 모르게 한숨을 쉬었다. 그러자 아까처럼 다른 세 여성도 똑같이 한숨을 내쉬었고, 강홍준 형사는 곤란하다는 표정으로 효자손을 만지작거렸다.

"보이스피싱 중에서도 로맨스 스캠이 조사하기도 힘들고 붙잡기는 더 어려워요."

"돈을 보낸 계좌가 있잖아요."

"가상 계좌이고 해지된 상태입니다. 거기다 해외라 협조도 쉽지 않고요. 조사를 해보겠지만 일단 시간이 오래 걸릴 겁니다. 그리고⋯."

박영자에게 뒷얘기는 들리지 않았다. 제임스가 가짜라는 것, 그리고 자신에게 속삭인 사랑의 말과 온갖 약속이 모두 공허하게 사라졌다는 것만 느껴졌다. 그러다가 다른 여성들의 진술을 들으면서 그들도 자신과 비슷한 처지라는 걸 알아챘다. 멍하게 앉아 있던 그녀의 귀에 한 여성의 목소리가 송곳처럼 파고들었다.

"외국인이라고요?"

고개를 돌리자 아까 자리를 권했던 뿔테 안경을 쓴 여인이었다. 날카로운 인상과는 달리 목소리는 더없이 가라앉아 있었다. 강홍준 형사가 모니터를 들여다보면서 대답했다.

"외국인이거나 외국에 있는 한국인이겠죠. 캄보디아나 태국이요. 요즘은 필리핀에도 있고요."

키가 크고 마른 여인이 강홍준 형사를 보고 무슨 말을 하려다가 입을 다물었다. 모니터를 들여다보던 강홍준이 고개를 들어 네 명의 할머니를 바라봤다.

"한 가지 확실한 건 네 분, 아니, 아까 나가신 홍인애 씨까지 다섯 분이 모두 같은 놈한테 당한 거 같아요."

"같은 사람이요?"

그녀의 물음에 강홍준 형사가 키보드를 두드려 모니터를 보여주었다. 거기에는 rmehddkswkfthrdkwnjtjrhakdnj라고 쓰여 있었다. 그걸 본 박영자가 얼굴을 찌푸렸다.

"제임스가 마지막에 보낸 글 같아요."

"맞아요. 다섯 분에게 마지막에 똑같이 이걸 보냈어요."

"무슨 뜻인데요?"

아까 말을 하려다 만 키가 크고 마른 여인이 묻자 강홍준 형사가 다시 키보드를 두드렸다. 그러자 마법처럼 글자가 바뀌었다.

'그동안 속아줘서 고마워.'

박영자는 충격에 살짝 비명을 질렀고, 다른 여인들도 억눌린 신음을 내거나 놀라움에 가득한 비명을 내뱉었다.

다음에 연락을 주겠다는 말과 함께 조사가 마무리되었다. 밖으로 나온 박영자는 갑자기 다리에 힘이 풀려서 서 있기가 힘들었다. 그래서 아까 잠깐 앉았던 긴 의자에 의지했다. 마음이 텅 비어버려서 그런지 더 이상 남아 있는 슬픔도 없을 줄 알았는데 딸꾹질처럼 눈물이 왈칵 쏟아졌다. 그때 키 크고 마른 여인이 꽃무늬 손수건을 건넸다. 고개를 끄덕거리며 손수건을 받은 박영자는 눈가를 닦았다. 다른 여인들도 아까처럼 똑같이 의자에 앉았다. 손수건을 돌려받은 여인이 박영자에게 물었다.

"그쪽은 제임스였나요? 저는 더들리였는데."

박영자가 맞다고 고개를 끄덕이자, 그때까지 한마디도 안 하고 있던 작은 체구의 여인이 끼어들었다.

"나는 오스왈드였어요. 오스왈드 더들리."

"저는 제임스 팔레였는데…."

박영자의 얘기를 들은 뿔테 안경 여인이 불쑥 말했다.

"어, 난 마이클 팔레였어요."

그 말을 들은 박영자가 이를 갈았다.

"염병할 놈이 이름을 돌려 썼네."

그녀의 말에 다들 어처구니없다는 표정을 지으며 힘없이 웃었다. 기운을 조금 차린 박영자가 그녀들을 보면서 말했다.

"이것도 인연이니까 통성명이나 해요. 저는 박영자라고 해요. 올해 일흔둘."

그녀의 말을 이어받은 건 뿔테 안경을 쓰고 장갑을 끼고 있던 여인이었다.

"저는 남순덕이라고 해요. 은행에서 일했고 올해 일흔하나예요."

박영자와 남순덕의 시선은 키 큰 여인에게 향했다. 가볍게 헛기침을 한 키 큰 여인이 말했다.

"제 이름은 이경희예요. 초등학교 교사였죠. 저도 올해 일흔하나예요."

마지막으로 키가 작고 다부진 여인이 입을 열었다.

"제가 제일 나이가 어리네요. 일흔 살이고 장선숙이에요. 원래 간호사였어요."

각자 이름과 나이를 소개하자 친근한 마음이 든 박영자가 조심스럽게 물었다.

"피해는 얼마나 입으셨어요? 저는 3천만 원."

뿔테 안경을 올려 쓴 남순덕이 이어받았다.

"적게 잃으셨네요. 저는 5천만 원이요."

한숨을 쉰 장선숙이 입을 열었다.

"제가 제일 많을 거 같아요. 6600만 원이요. 마지막에 하도 보내달라고 해서…."

마지막까지 남은 이경희가 허탈하게 웃었다.

"제가 가장 많이 당했네요. 7천만 원 꽉 채웠어요."

세 사람이 사기당한 금액을 듣자 박영자는 자신이 당한 건 아무것도 아니라는 걸 깨달았다. 하지만 네 명이 한 명에게 동시에 농락당했다는 사실에 또 한 번 분노가 치밀었다. 숨을 고르면서 분노를 삼키는데 조금 전 이경희가 뭔가 말하려다 만 게 떠올랐다.

"아까 형사 양반한테 무슨 얘기를 하려다 만 거예요?"

박영자가 묻자 이경희는 굳게 닫힌 보이스피싱 특별조사반의 문을 바라보면서 중얼거렸다.

"우리를 속인 놈, 동남아에 있지 않아요."

그녀의 말에 장선숙이 고개를 갸웃거렸다.

"아까 형사가 거기 있다고 하지 않았어요?"

"아니요. 한국에 있는 게 확실해요."

이경희는 확신에 차서 말한 뒤 고개를 돌려 창밖을 바라봤다. 경찰서 담장 밖의 넓은 도로를 차와 오토바이들이 쉴 새 없이 지나갔고, 그 너머에는 오피스텔과 상가건물들이 줄지어 있었다. 그 너머에는 최근 재개발된 아파트 단지가 장승처럼 우뚝 솟았고, 주변에는 아파트들과 빌라들이 촘촘히 박혀 있었다. 끝없이 펼쳐진 도시를 쭉 살펴보던 그녀가 덧붙였다.

"그것도 아주 가까운 곳에 있어요. 확실해요."

무겁고 의아해하는 분위기가 이어지자, 이경희가 일어나며 말했다.

"직접 보여줄게요. 이 근처에 제 노인대학 동기가 일하는 실버카페가 있어요."

잠깐 쉬어서인지 기운을 차린 박영자는 한시라도 빨리 경찰서를 벗어나고 싶어 제일 먼저 일어나서 앞장섰다.

실버카페는 경찰서에서 도로를 건너서 골목으로 조금 들어간 다음에야 나왔다. 다세대 빌라들 사이에 월령실버카페라는 간판이 보였다.

"원래 동사무소였는데 카페로 바뀌었어요."

이경희가 짧게 설명하고는 문을 열고 들어갔다. 안에는 녹색 베레모를 쓴 노인들이 앞치마를 두른 채 커피를 마시고 있었다. 테 없는 안경을 쓴 노인과 인사를 나눈 이경희가 창가의 빈자리를 가리켰다. 세 사람이 그곳에 가서 자리에 앉자 이경희가 종이컵이 든 쟁반을 들고 왔다.

"제가 다니던 학교 교장 선생님이셨어요. 저도 여기서 바리스타 일을 배우고 일한 적이 있어요."

주변을 둘러본 박영자가 말했다.

"젊은이들이 별로 없네요. 눈치 안 봐도 돼서 좋아요."

나이가 든 게 가장 서러울 때가 괜히 젊은 사람들의 눈치를 볼 때였다. 딱히 잘못한 것도 없는데 그들 사이에 섞여 있으면 왠지 오지 말아야 할 곳에 온 것 같은 죄책감과 서러움이 들곤 했다. 다들 같은 생각이라고 맞장구를 치는 와중에 남순덕이 고개를 비스듬히 들어 창밖을 바라봤다. 블라인드가 올라간 창가 너머에는 붉은 벽돌 담장과 오래된 빌라들이 보였고, 그 너머로 교회가 보였다. 교회는 뾰족한 첨탑 대신 주황색 기와에 야트막하고 완만한 지붕을 얹고 있었다. 이경희가 흐릿하게 중얼거렸다.

"더들리가 보내준 사진에 저게 찍혀 있었어요."

"뭐라고요?"

뿔테 안경을 올려 쓴 남순덕의 물음에 이경희가 눈을 더 크게 뜨고 말했다.

"한 달 전인가 한국에 들어온다고 해놓고 차일피일 미루면서 약값을 보태달라고 했을 때 좀 의심했거든요. 그래서 진짜 이탈리아 사람 맞냐고 물어보니까 자기 동네라면서 성당 사진을 보내줬어요. 어디서 많이 봤다고 생각했는데 딱 저 성당이었어요."

그때 장선숙이 끼어들었다.

"저도 한국어가 너무 자연스러워서 의심한 적이 있었어요. 그래서 물어보니까 자기는 한국에서 꽤 오랫동안 지냈고, 한국에 관심이 많아서 말을 잘한다는 식으로 넘어갔죠. 그런데…."

"어투가 요즘 한국 청년 같았어요. 말이야 그렇다 쳐도 글까지 그렇게 쓰는 건 이상하잖아요."

장선숙이 말하자 박영자는 결심한 듯 말했다.

"우리를 속인 그 염병할 놈은 여기 있는 게 분명해요. 우리가 찾아서 혼쭐을 내줍시다."

"우리가요?"

이경희가 조심스럽게 반문하자 박영자가 고개를 끄덕거렸다.

"나 장사하던 사람인데요. 100원이라도 손해 보면 진짜 잠이 안 왔어요. 그런데 3천만 원이나 뜯겼지 뭐예요. 어떤 놈인지 낯짝을 봐야겠어요."

"어떻게 찾게요. 월령시가 얼마나 큰데요."

남순덕의 말에 박영자는 창밖의 성당을 보면서 대꾸했다.

"저 성당 주변을 찾아보면 뭔가가 나올 거예요. 난 억울해서 이대로 못 넘어가요. 그렇다고 경찰이 해결해줄 것 같지는 않고요. 게다가 다른 피해자가 또 생겨날지도 모르잖아요."

아까 만난 젊은 경찰의 무신경한 모습을 떠올리며 박영자가 말하자 다들 주저하더니 한 명씩 고개를 끄덕거렸다. 전직 학교 선생님이자 단서를 제공한 이경희가 조심스럽게 말했다.

"이름은 뭐라고 정할까요?"

무슨 이름을 말하는 거냐는 장선숙의 물음에 이경희가 우리 팀 이름이라고 대꾸했다. 그러자 남순덕이 불쑥 말했다.

"할머니 수사단 어때요?"

그 말에 나머지 세 명이 크게 웃었다. 박영자는 젊은 시절부터 장사를 하면서 온갖 사람들을 상대해본 데다 최고령이기도 해서 자연스럽게 리더가 되었다. 네 사람은 비슷한 나이에다가 로맨스 스캠 범죄에 당했다는 공통점이 있어서 그런지 금방 의기투합했다. 잠시 다른 이야기를 하다가 박영자가 할머니 수사단 동료들에게 제안했다.

"미끼를 던져볼까요?"

"무슨 미끼요?"

장선숙의 물음에 박영자는 휴대전화를 보여주었다. 거기에는 어젯밤부터 고심해서 만든 가짜 프로필이 있었다. 지금은 연락이 끊긴 학교 동창의 사진을 올렸고, 가짜 경력을 적었다. 대충 남편이랑 일찍 헤어져 혼자 지내고 있고 시간과 돈이 많다는 내용이었다. 그걸 본 남순덕이 손으로 입을 가리고 웃었다.

"아주 먹음직스럽네요."

"정말 그놈이 걸릴까요?"

"그놈 말투나 접근법은 잘 알잖아요. 아니면 거르고, 진짜면 낚아채요."

박영자가 손으로 낚싯대를 당기는 시늉을 하며 말하자 나머지 동료들이 크게 웃었다.

다음 날부터 할머니 수사단은 성당 주변을 뒤지기 시작했다. 오후가 되면 실버카페에서 만나 그동안 조사한 것에 관한 얘기를 나누면서 정보를 모았다. 처음에는 뜬구름 잡듯 하루 종일 걷거나 벤치에 앉아서 지켜보는 방식이라 아무런 단서도 찾지 못했다. 하지만 할머니 수사단은 포기하지 않고 자신을 속인 로맨스 스캠 범죄자를 찾기 위해 걷고 또 지켜봤다. 그러나 일주일이 넘도록 별다른 진척이 없었다. 다들 지칠 무렵, 카페에서 할머니 수사단 동료들과 얘기를 나누던 중 박영자의 휴대전화 알림음이 들어왔다. 전화기를 들여다본 그녀는 미소를 지었다. 커피가 든 머그컵을 들고 있던 장선숙이 물었다.

"왔어요?"

박영자는 활짝 웃으며 대답 대신 휴대전화 화면을 보여줬다. 거기에는 SNS로 온 메시지가 보였다.

"이름이 뭐래요?" 장선숙이 물었다.

"잠깐만요. 자기를 네덜란드에 사는 미술가 흐로닝헌이라고 소개했어요. 딸이 케이팝을 좋아해서 자연스럽게 한국 문화를 접하게 되었고, 지금은 아주 좋아한다고 적어놨네요."

"어쩌면 레퍼토리가 하나도 안 변했네."

이경희가 비웃자 다들 맞장구를 쳤다. 메시지를 확인하던 박영자는 상대방의 어투에서 말로 설명할 수는 없지만 익숙함을 느꼈다.

"그놈 같아요?"

장선숙이 조심스럽게 묻자 박영자는 천천히 고개를 끄덕거렸다.

"제임스가 분명해요."

할머니 수사단 사이에 무거운 침묵이 흘렀다. 침묵을 깬 것은 남순덕이었다.

"어떡할 거예요?"

"미끼를 확실히 물게 해야죠."

박영자는 천천히, 그리고 조심스럽게 답장을 달았다. 낯선 외국인에 대한 호기심과 호들갑이 담긴 메시지를 보낸 뒤 박영자는 티백이 잠겨 있는 차를 마셨다. 몇 분 후 답장이 왔다는 메시지가 울렸다. 박영자는 이번에는 바로 답장을 보내지 않았다. 그러자 이경희가 물었다.

"왜 답장 안 해요?"

"조급하게 만들려고요. 이번에는 당하지 않을 거예요."

확신에 찬 그녀의 말에 다들 말없이 고개를 끄덕거렸다.

흐로닝헌의 메시지는 다음 날까지 줄줄이 이어졌다. 한국에 관심이 많다면서 영화나 드라마를 추천해달라는 말부터 한국에 다른 볼거리가 있는지 궁금하다는 얘기, 그리고 마지막에는 한국인은 친절하다고 하는데 너는 왜 답장이 없냐는 내용이었다. 박영자는 요즘 로맨스 스캠이 많아무섭다는 내용의 메시지를 남겼다. 그러자 흐로닝헌은 어떻게 하면 자기를 믿겠느냐는 메시지를 보냈다. 박영자는 살고 있는 동네 사진을 올려달라고 부탁하면서 반드시 본인 얼굴이 나와야 한다고 덧붙였다. 그건 어렵지 않다는 답이 오자 이번에는 그가 살고 있는 위트레흐트라는 도시가 궁금하다는 메시지를 보냈다. 반나절 후에 사진들이 전송되기 시작했다. 하지만 이경희가 자기 제자 중 전문가에게 보내서 알아본 결과 AI로 만든 가짜였다. 박영자는 속은 척하며 미안하다고 사과했다. 잘 넘어갔다고 생각한 가짜 흐로닝헌은 슬슬 본색을 드러냈다. 자신은 5년 전 아내를 암으로 잃었다면서 동정심을 유발했다. 박영자는 거기에 호응해서 자신은 남편이 젊은 여자와 바람이 나서 이혼한 뒤 혼자 지내고 있다고 말했다. 위자료와 연금으로 어려움 없이 노후를 잘 보내고 있다는 얘기도 덧붙였다. 그러자 흐로닝헌은 메시지를 더 자주 보내면서 가까워지려고 했다. 얼마전 제임스에게 당했던 것과 같은 방식이라서 가슴이 떨려왔지만, 또 다른 피해자를 막아야겠다는 생각에 마음을 굳게 먹었다. 그렇게 흐로닝헌과 대화를 이어가는 동안 성당 주변 순찰도 계속했다. 서울에서 김 서방 찾는 격이라 별다른 성과가 없었지만 그녀와 동료들은 포기하지 않았다. 중간에 월령 경찰서의 강홍준 형사에게 연락을 취했지만 조사 중이라는 성의 없는 대답만 돌아왔다.

그나마 사이가 좋았던 막내딸과는 여전히 냉랭했다. 박영자는 하루에도 몇 번씩 막내딸에게 사과의 뜻이 담긴 문자를 보내려다가 전송 버튼을 누르지 못했다. 그녀는 주변 상황 때문에 지칠 때마다 흐로닝헌이 보낸 태양 사진을 바라봤다. 뭐라고 꼬집어 말할 수는 없지만 가까이서 찍은 사진이 분명했다. 혹시나 해서 체크리스트를 만들어 확인해봤는데 가짜가 분명했다. 흐로닝헌에게 위트레흐트 날씨를 물어봤을 때 화창하다고 했던 날은 비가 오고 있었다. 무엇보다 네덜란드 시각으로 한밤중일 때에도 열심히 메시지를 보내고 답장도 엄청 빨랐다. 반면 네덜란드가 낮일 때 메시지를 보내면 제때 답이 오지 않았다. 흐로닝헌과 접촉한 지 보름쯤 지났을 무렵 여느 때처럼 동네 주변을 살펴보고 실버카페에 도착한 박영자는 쓴웃음을 지으며 커피를 마셨다. 잠시 후 남순덕이 들어와서 맞은편에 앉았다. 그녀는 박영자의 얼굴에 희미하게 남아 있는 웃음기를 보고 조심스럽게 물었다.

"왜 웃었어요?"

"내가 왜 그런 바보 같은 수법에 당했나 생각 중이었어요. 도무지 이해가 안 되지 뭐예요. 진짜 귀신에 홀렸나?"

박영자는 자신은 남보다 더 눈치가 빠르고 똑똑하다고 생각했다. 공부를 잘하지는 못했지만 일찍부터 장사를 하면서 온갖 사람을 겪어봤기에 나름 사람 보는 눈이 있다고 믿었다. 하지만 이번에 로맨스 스캠에 당하면서 그런 믿음이 산산조각 나고 말았다. 박영자의 한탄을 들은 남순덕이 하염없이 웃었다.

"우리 중에 가장 피해가 적으셨잖아요."

"그래도…."

"저도 비슷한 생각을 해봤어요. 여상을 졸업하고 은행에 근무했었죠. 돈을 만지고 상담하다 보니까 똑똑하다는 칭찬을 들었고, 실제로 돈도 잘 굴려서 남들보다 일찍 아파트를 장만했어요. 그런데 시간이 지나니까 외롭더라고요."

옷자락을 만지작거리던 남순덕이 말을 이어갔다.

"젊은 시절에 선을 몇 번 봤는데 마음에 드는 남자가 없어서 다 거절하고 혼자 살았죠. 명예퇴직하고 퇴직금에 저축한 돈 모아서 상가를 샀어요. 먹고사는 데 아무런 걱정이 없었지만 왠지 인생이 비어버린 느낌이었어요."

"비었다고요?"

"네, 처음에는 혼자라서 그런가 보다 생각했는데 그게 아니라는 걸 금방 깨달았어요. 내가 무엇을 위해 살아왔고, 어떤 존재인지 까맣게 잊어버리고 산 거죠. 그러다가 누군가가 나를 좋아해주니까 넘어가고 말았어요. 생각해보면 정말 바보 같은 일이죠. 얼굴도 못 본 사람과 사랑에 빠지다니…."

말을 잇지 못하는 남순덕을 보면서 박영자는 영혼에 상처를 입은 느낌이었다. 가장 가까웠던 막내딸조차 바보 같다는 말을 서슴없이 했다. 경찰 역시 그녀를 비슷한 시선으로 바라봤다. 그나마 같은 일을 당한 할머니 수사단 동료들과 속마음을 털어놓을 수 있었다. 그래서 더욱 이번 일에 매달리고 있는지도 모른다고 생각했다. 그때 이경희와 장선숙이 돌아왔다. 웃으며 맞이하려는데 둘의 표정이 심상치 않았다. 남순덕이 먼저 물었다.

"무슨 일 있어요?"

장선숙이 자리에 앉으며 말했다.

"찾은 거 같아요."

"뭘? 설마…."

박영자의 물음에 장선숙 옆에 앉은 이경희가 입을 열었다.

"월령 4동 쪽에 갔는데 거기 교회에서 흥미로운 얘기를 들었어요."

"무슨 얘기?"

"교회 뒤에 오래된 빌라가 있는데 거기에 이상한 사람들이 산다고 했어요."

이경희의 얘기를 장선숙이 이어받았다.

"젊은 청년 몇 명이 모여 산다고 했어요. 교회에서도 그 사람들 사이비인 줄 알고 살펴봤는데 그건 아니었지만 여러모로 이상했대요. 외출도 거의 하지 않고, 밖에 나가더라도 항상 같이 다니고, 태블릿이랑 휴대전화를 꼭 갖고 다닌다고 하더라고요."

두 사람의 얘기를 들은 박영자가 곧바로 물었다.

"정확한 위치가 어디예요?"

장선숙이 휴대전화를 꺼내서 지도를 보여줬다.

"여기가 교회고 뒤쪽에 있는 오래된 빌라예요. 3층짜리고 두 동이 있어요. 그 이상한 청년들이 사는 곳은 1동 305호고요."

지도를 보던 박영자가 일어났다.

"거기 가봐요."

할머니 수사단 네 명이 그렇게 실버카페를 나섰다. 다행히 마을버스를 타고 한 번에 갈 수 있는 거리였다. 골목길 초입 정류장에서 내리자마자 교회가 보였다. 새로 지은 것 같은 교회의 십자가 너머에는 두 사람의 말대로 정말 오래된 빌라가 있었다. 보자마자 알아차린 박영자에게 이경희가 말했다.

"저기예요."

할머니 수사단 네 명은 천천히 골목길을 걸어갔다. 약간 오르막이고 길이 울퉁불퉁해서 생각보다 걷기 힘들었다. 월령대광맨션이라는 이름이 정문 기둥에 페인트로 적혀 있었는데 오랜 세월이 지나서 그런지 겨우 알아볼 정도로 흐릿했다. 담장도 붕괴할 위험이 있으니 근처에 주차하지 말라는 현수막이 보였다. 3층짜리 빌라 두 동도 오래되어 보였다. 입구에 놓인 화분에는 말라 뒤틀어진 미라 같은 꽃들이 있었다. 1동을 올려다보던 박영자의 눈에 늦은 오후의 태양이 보였다.

"여기네."

박영자가 중얼거렸다.

"뭐가요?"

장선숙의 물음에 박영자는 휴대전화를 꺼내서 빌라 위에 떠 있는 해를 찍었다. 그리고 그걸 동료들에게 보여주었다.

"지난번에 흐로닝헌이 위트레흐트에 뜬 태양이라고 한 것과 똑같아."

사진을 본 동료들이 이구동성으로 동의했다. 박영자는 다시 고개를 들어 305호를 바라봤다. 낮인데도 두꺼운 커튼이 쳐져 있어서 안이 보이지 않았다.

"커튼도 이상해. 집은 낡았는데 커튼은 과할 정도로 고급스럽고 두껍잖아."

"저기에 그 사기범이 있는 거예요? 그러면 경찰한테 얘기해서 싹 다 잡아들이면 되잖아요."

이경희의 조심스러운 물음에 박영자는 얼굴을 찌푸렸다.

"확실하지 않아. 거기다 그 형사는 못 믿겠어."

다들 같은 생각이라는 듯 고개를 끄덕거렸다. 박영자는 할머니 수사단 동료들에게 말했다.

"일단 여길 집중적으로 감시해서 정체를 확인해봐야겠어요."

"경찰이 잠복하는 것처럼요?"

장선숙이 다소 들뜬 목소리로 말하자 박영자가 고개를 끄덕거렸다.

"그러면 단서가 나올 거예요."

"어떻게 감시하죠?"

연이은 물음에 박영자는 주변을 돌아봤다. 그녀의 눈에 교회가 들어왔다. 첨탑이 있는 곳이면 별다른 어려움 없이 내려다볼 수 있을 것 같았다. 박영자의 시선을 느낀 이경희가 말했다.

"저기 담임 목사님 알아요. 제가 부탁해볼게요."

남순덕 역시 입을 열었다.

"우리 집에 손자가 쓰는 천체 관측용 망원경이 있어요. 그걸로 보면 잘 보일 거예요."

네 사람은 곧장 교회로 갔다. 이경희에게 사연을 들은 목사님은 305호가 잘 보이는 교회 도서관의 빈방을 쓸 수 있게 해주었다. 그곳에 남순덕이 가져온 천체 망원경을 설치했다. 그러자 305호가 아주 잘 보였다. 여전히 커튼이 쳐져 있고 별다른 움직임은 없었지만, 박영자는 조만간 단서를 잡을 수 있을 거라고 확신했다. 낮에 돌아가면서 감시하기로 하고, 박영자는 계속 흐로닝헌과 연락을 취했다. 그렇게 다시 열흘이 지났다. 흐로닝헌은 슬슬 본색을 드러냈지만, 박영자는 그때마다 몸이 아프다거나 여행을 간다는 핑계로 발을 슬쩍 뺐다. 이러다가 저쪽도 발을 빼는 거 아니냐고 다들 걱정했지만, 박영자는 자신만만하게 대꾸했다.

"저들도 지금까지 들인 시간이 있잖아요."

팽팽한 긴장의 시간이 이어지는 와중에 감시를 맡게 된 박영자는 준비한 말을 메시지에 남겼다.

－흐로닝헌 씨, 지난번 태양 또 보고 싶어요.

－위트레흐트의 태양에 반하셨군요. 지금은 밤이니까 내일 낮에 찍어서 보내드릴게요. 사실은 부탁할 것도 있고요.

－사진 먼저 보내주세요.

잠시 후 305호가 있는 1동의 현관으로 누군가 나왔다. 허름한 회색 트레이닝복 차림의 남자였는데 푸른색 야구 모자를 푹 눌러쓰고 있었다. 박영자는 휴대전화 카메라를 최대한 당겨서 남자를 찍었다. 잠깐 주변을 둘러보던 그는 야구 모자를 한 번 고쳐 쓰고는 하늘로 휴대전화를 들었다. 태양을 찍던 남자는 1동을 물끄러미 바라봤다. 잠시 후 현관에 다른 남자가 모습을 드러냈다. 커다란 체구에 손에 담배를 쥔 그는 방금 태양 사진을 찍은 남자를 손으로 까닥거리며 불렀다. 남자는 얼른 현관 안으로 들어갔다. 담배를 쥔 덩치 큰 남자는 안으로 들어가는 남자의 뒤통수를 때리는 시늉을 했다. 그는 담배를 몇 모금 더 피우고는 꽁초를 현관 입구에 툭 던져놓고는 돌아섰다. 남자의 모습이 담긴 사진을 확인한 박영자가 중얼거렸다.

"드디어 만났네. 제임스, 아니 흐로닝헌."

20분 후 어제 찍어둔 사진이라면서 방금 전 야구 모자를 쓴 남자가 찍은 것 같은 사진이 도착했다.

할머니 수사단은 몇 가지 사실을 더 알아냈다. 거의 외출하지 않고, 이틀이나 사흘에 한 번 슈퍼마켓에서 배달을 받는데 대부분 라면과 햇반, 김치였다. 인원은 다섯 명 정도였는데 리더는 덩치 큰 남자였다. 검정 후드를 입고 담배를 자주 피우는 골초였다. 혼자 나와서 담배를 피우곤 했는데 항상 꽁초를 함부로 버렸다. 나머지는 항상 두세 명씩 짝을 지어서 나왔다. 가끔 밖으로 나와서 마을버스 정류장에 있는 편의점에 들어가 간식을 사 먹거나 커피를 마시곤 했다. 그 와중에도 손에서 태블릿을 놓지 않았다. 계속 키보드를 두드리거나 화면을 들여다보는 모습을 먼발치서 지켜보던 박영자는 흐로닝헌의 삶이 녹록하지 않은 걸 깨달았다. 덩치 큰 남자한테 감시를 받는 것 같았고, 밖으로 잘 나오지도 못하는 듯했다. 길게 기른 머리와 제대로 면도도 못한 모습이었고, 주눅이 든 표정이었다. 박영자의 궁금증은 더욱 커졌다. 흐로닝헌과의 대화는 이어졌지만, 박영자는 서서히 돈을 요구하는 흐로닝헌에게 해외로 송금하는 법을 모른다고 하거나 한국으로 오면 주겠다는 핑계를 대면서 버텼다. 박영자는 망원경으로 305호를 감시하다가 때마침 메시지를 보낸 그에게 궁금한 점을 물었다.

  - 행복해요? 흐로닝헌 씨.

  - 남의 행복을 물어보는 사람은 대부분 불행하다고 하던데요.

  - 그렇게 느껴지시나요? 저는 불행해요.

  - 왜요? 무슨 일 있어요?

  - 최근에 믿었던 사람에게 큰 배신을 당했어요. 다들 믿지 말라고 했지만, 저는 끝까지 믿었기에 더 큰 상처를 받은 거 같아요.

  항상 빨리 답변을 달던 흐로닝헌이 이번에는 바로 대답하지 못했다. 몇 시간 같던 몇 분이 지나고 답변이 달렸다.

  - 큰일을 겪으셨군요. 저도 예전에 비슷한 일을 겪은 적이 있어요. 잘 이겨내는 수밖에는 없잖아요. 제가 도와줄게요.

  - 그렇게 말해주는 것만으로도 든든하네요. 나중에 그 사람을 다시 만나면 용서해야 할까요? 아니면….

  이번에도 답변은 빨리 오지 않았다. 박영자가 조용히 기다리는 와중에 메시지가 왔다.

  - 용서해주는 게 어때요? 어쩌면 말 못할 사연이 있을 수 있잖아요.

이번에는 박영자가 대답하지 못했다. 말 못할 사연이라는 말에 마음에 걸려서였다. 주저하던 그녀는 겨우 메시지를 남겼다.

– 직접 얘기를 들어보고 결정해야겠어요.

이후로는 일상적인 대화가 잠깐 이어지다 끝났다. 천체 망원경으로 305호를 들여다보던 박영자는 베란다의 커튼이 출렁거리는 걸 발견했다. 자세히 들여다보자, 흐로닝헌이자 제임스가 커튼을 살짝 젖히고 주변을 살펴보는 게 보였다. 아주 짧은 순간이었지만 초라하고 상처 입은 눈빛을 고스란히 느낄 수 있었다. 잠시 후 고개를 안쪽으로 돌린 그는 커튼을 닫고 안으로 사라졌다. 박영자는 깊은 생각에 잠겼다.

할머니 수사단은 활기를 띠었다. 단서를 찾았지만 어떻게 마무리를 지어야 할지 알 수가 없었다. 그들은 결론을 내리기 위해 실버카페에 모였다. 이경희가 발을 차는 시늉을 하면서 먼저 의견을 말했다.

"문을 박차고 들어가서 싹 다 잡을까요?"

박영자는 고개를 저었다.

"우리가 어떻게?"

"경찰한테 연락하는 수밖에 없을 거 같아요."

남순덕의 말에 장선숙이 바로 고개를 저었다.

"확실한 증거가 없으면 움직이지 않을 거 같던데요."

확실한 증거라는 말에 박영자는 좋은 생각이 떠올랐다.

"그 증거, 우리가 찾아요."

그녀의 말에 장선숙이 물었다.

"어떻게요? 증거를 찾으려면 305호로 들어가야 하잖아요."

듣고 있던 이경희가 불을 지르자는 과격한 의견을 제시했다. 하지만 박영자는 다른 방법이 있다고 말했다.

"반대로 해봐요."

"반대로요?"

장선숙의 반문에 박영자가 설명하기 시작했다.

"쭉 관찰하니 흐로닝헌이랑 다른 사람들은 억지로 일을 하는 거 같고, 검은 후드가 우두머리로 감시하는 거 같잖아. 그러니까 둘을 떼어놓고 흐로닝헌을 설득해서 증거를 확보하는 거죠."

박영자의 말에 이경희가 고개를 갸웃거렸다.

"그런데 둘을 어떻게 떼어놔요? 밖에도 거의 안 나오고 나올 때도 항상 붙어 다니잖아요."

"편의점에 갈 때 떼어놔야죠. 그러면 내가 흐로닝헌을 설득해볼게요."

"걔도 사기에 가담했는데 우리 부탁을 들어주겠어요?"

"잘 설득해볼게요. 왠지 먹힐 거 같아요."

박영자의 말에 다들 힘을 합쳐보기로 했다. 관찰 결과 흐로닝헌은 검정 후드와 일주일에 한 번 정도 편의점에서 음료를 마시고 담배를 피웠다. 그때 접근해보기로 하고 때를 기다렸다.

토요일 오후, 1동 현관에서 검정 후드를 입은 남자와 흐로닝헌이 나왔다. 예상대로 그들은 편의점에 가서 음료와 담배를 사서 야외 테이블에 앉았다. 그때 남순덕과 이경희, 장선숙이 그 앞을 지나갔다. 그러다 갑자기 장선숙이 쓰러졌다. 남순덕과 이경희는 당황한 척하면서 근처에 있던 검정 후드에게 다가가서 도와달라고 소리쳤다. 처음에는 모른 척하던 그는 두 사람의 채근에 못 이겨 자리에서 일어났다. 조금 떨어진 곳에서 지켜보던 박영자는 얼른 혼자 남은 흐로닝헌에게 다가갔다.

"위트레흐트 날씨는 어때요?"

놀란 흐로닝헌이 박영자를 올려다봤다. 눈가가 촉촉해진 그가 낮게 속삭였다.

"잘못했어요."

그 말을 들은 박영자는 흐로닝헌이 협박과 강요를 받고 있다는 걸 확신했다. 동료들이 검정 후드의 시선을 끄는 것을 확인한 박영자가 짧게 말했다.

"있다가 메시지 보내."

"네."

박영자는 얼른 편의점으로 들어갔다. 잠시 후 돌아온 검정 후드가 흐로닝헌을 데리고 305호로 돌아갔다. 그날 저녁 메시지가 들어왔다. 집으로 돌아와서 쉬고 있던 박영자는 휴대전화 메시지를 확인했다.

– 살려주세요.

– 이름이 뭐니?

– 박준현이요. 올해 스물여덟 살이에요.

– 너, 지금 감시당하고 있어?

– 네. 졸업하고 취직이 안 돼서 고민하는데, 태국에 좋은 일자리가 있다고 해서 갔었어요.

– 그래서?

– 보이스피싱 조직이었어요. 거기서 여권 빼앗기고 감금당한 채 시키는 대로 일하다가 운 좋게 한국으로 돌아올 수 있었어요. 그런데 거기서 같이 일하던 명식이 형이 자기 일 도와주지 않으면 그동안 저지른 짓을 폭로하겠다고 협박해서 어쩔 수 없이 이 일을 하게 되었어요.

그제야 일이 어떻게 돌아가는지 알게 된 박영자는 안타까움에 한숨을 쉬었다.

– 누구랑 있어? 지금.

– 명식이 형이랑 저, 그리고 두 명 더 있어요. 한 명은 태국에서 같이 일했던 친구고, 다른 한 명은 여기서 만났어요.

– 감시당하고 있어?

– 태국처럼 심한 건 아니지만 도망치면 가족들한테 알린다고 해서요. 연말까지만 하면 풀어준다고 해서 참고 있어요.

- 피해자가 한둘이 아니야.

- 정말 죄송하게 생각해요. 할당량을 못 채우면 명식이 형한테 혼나요.

- 경찰이 지금 조사 중이야. 붙잡히면 처벌받을 거고.

- 제가 용서받을 수 없다는 거 잘 알아요. 가끔 뉴스로 피해자 소식 들으면 잠이 안 와요.

- 내가 시키는 대로 하면 용서받을 수 있어. 경찰에 자수하자.

- 그러고 싶은데 도와주실 수 있어요?

박준현의 대답을 들은 박영자는 바로 메시지를 남겼다.

- 증거를 수집해야 해. 피해자들에 관한 정보, 송금받은 돈을 어느 계좌로 넣었는지, 그리고 명식이 형에 관한 정보 모두.

- 그다음에는요? 제가 직접 경찰에 신고하는 건 어려울 거 같아요. 외출도 그렇고 휴대전화도 명식이 형이 가지고 있거든요.

- 모은 정보들을 나한테 메시지로 보내면 경찰에 신고해줄게. 할 수 있어?

- 해볼게요. 그런데 명식이 형이 집에 있으면 정보를 빼내지 못해요. 형이 쓰는 컴퓨터에 다 들어 있거든요.

잠시 고민하던 박영자가 좋은 생각을 떠올렸다.

- 내일 명식이 형이라는 사람을 밖으로 유인할게.

- 어떻게요?

- 그 사람 차 있어?

- 파란색 승용차고 번호는 4889요.

빌라 앞에 주차된 파란색 승용차를 떠올린 박영자가 메시지를 남겼다.

- 내가 밖으로 유인할 테니까 안에서 문을 잠그고 자료를 찾는 건 어때? 다른 친구들의 도움을 받을 수 있어?

- 다들 그만두고 싶어하니까 도와줄 거예요. 여차하면 명식이 형 컴퓨터가 있는 안방을 잠가버리면 되고요.

- 내일 명식이 밖으로 나가면 바로 시작하자.

알겠다는 말과 함께 메시지는 끝났다. 박영자는 곧장 할머니 수사단 동료들에게 연락했다.

다음 날 박영자와 할머니 수사단 동료들은 교회로 향했다. 파란색 승용차에 적힌 연락처로 담장이 무너져서 차가 파손되었다는 메시지를 보냈다. 305호에서는 담장이 보이지 않아서 직접 확인하러 내려와야만 했다. 잠시 후 커튼이 살짝 들춰지는 게 보였다. 박영자는 박준현에게 준비하라는 메시지를 보냈다. 이경희가 낮게 소리쳤다.

"지금 나왔어요."

박영자는 문을 잠그라는 메시지를 보내고 곧장 강홍준 형사에게 전화를 걸었다. 전화가 연결되자 지금 당장 월령대광맨션으로 와달라고 말하고는 자초지종을 설명했다. 다행히 강홍준 형사는 바로 가겠다며 전화를 끊었다. 그사이 차가 멀쩡하다는 걸 알아챈 명식이 화를 내면서 돌아섰다. 그때 박준현에게서 문을 잠그고 컴퓨터에서 자료를 찾는 중이라는 메시지가 들어왔다. 박영자는 경찰이 오고 있으니 침착하라는 답을 보냈다. 박준현은 명식이 형이 욕하면서 문을 두드리고 있고, 다른 동료들이 현관문을 막은 채 버티고 있다고 했다. 그리고 잠시 후 찾아낸 자료들을 박영자에게 전송했다. 박영자가 그 자료를 다시 강홍준 형사에게 전송한 뒤, 박준현한테 어디냐고 묻자 5분 후라는 대답이 돌아왔다. 그때 문이 열리지 않자 당황한 명식이 현관 밖으로 나와서 305호를 올려봤다. 망원경으로 그걸 본 장선숙이 말했다.

"베란다로 올라가려나 봐요."

"잘 지켜봐주세요."

짧게 대꾸한 박영자는 박준현에게 명식이 상황을 알렸다. 그러자 박준현은 동료들을 불러들이고 안방 문을 잠그겠다고 했다. 집으로 들어가는 방법을 찾던 명식은 가스 배관을 타고 올라가려고 했다. 하지만 뚱뚱한 체구 때문에 쉽사리 성공하지 못했다. 그사이에 빌라 입구에 강홍준 형사가 탄 차량이 도착했다. 인상착의를 미리 전달받은 강홍준 형사는 차에서 내리자마자 곧장 그에게 달려갔다. 놀란 명식이 뒤쪽으로 후다닥 도망쳤다. 하지만 강홍준은 그를 쫓는 대신 305호로 올라갔다. 박영자는 박준현에게 메시지를 보냈다.

– 경찰 도착했어. 이제 가족들 만나러 가야지.

잠시 후 컴퓨터를 품에 안은 박준현과 동료들이 강홍준 형사와 함께 현관 밖으로 나왔다. 그제야 박영자는 안도의 한숨을 쉬었다.

며칠 후 박영자와 할머니 수사단은 월령 경찰서로 향했다. 참고인 조사를 받기 위해서였다. 보이스피싱 특별조사반으로 들어가자 강홍준 형사가 효자손을 든 채 반겼다.

"어르신들 덕분에 보이스피싱 조직을 하나 잡았습니다. 진짜 국내에서 이런 짓을 저지를 줄은 몰랐어요. 등잔 밑이 어두웠던 거죠. 강명식도 어제 지방에서 체포했습니다."

"박준현이랑 다른 가담자들은요?"

"자수했고 자료도 확보해줬기 때문에 가볍게 처벌받을 겁니다. 다만."

갑작스럽게 표정이 어두워진 강홍준 형사가 압수한 통장에서 상당 금액이 이미 해외 계좌로 빠져나가서 돈을 되찾는 건 어려울 것 같다고 말했다. 박영자는 어느 정도 예상했던 터라 괜찮다고 했다. 다른 동료들도 박준현과 협박을 받고 일한 가담자들의 선처를 바란다고 말했다. 조사를 마치고 일어나려는데 강홍준 형사가 뜻밖의 말을 꺼냈다.

"죄송합니다. 열심히 한다고 했는데 어르신들의 기대에는 못 미친 거 같아요. 그리고 부탁이 있는데요."

"무슨 부탁이요?"

"관내 경로당과 노인 교실에서 보이스피싱 예방 교육을 하려고 해요. 네 분에게 부탁하고 싶은데 좀 도와주십시오. 많지는 않아도 강연료와 교통비는 지급될 겁니다."

강홍준 형사의 얘기를 들은 박영자는 할머니 수사단 동료들을 바라보며 말했다.

　　"우리 같은 피해자가 또 발생하면 안 되잖아요."

　　다들 고개를 끄덕거리자, 박영자가 강홍준 형사를 바라보며 말했다.

　　"할머니 수사단이 도와드리죠."

정명섭 대기업 샐러리맨과 바리스타를 거쳐 현재 전업 작가로 활동 중이며 약 270편의 장편과 단편을 발표했다. 2013년 《기억, 직지》로 제1회 직지소설문학상 최우수상을, 2016년 《조선변호사 왕실소송사건》으로 제21회 부산국제영화제에서 NEW 크리에이터상을, 2020년 《무덤 속의 죽음》으로 한국추리문학상 대상을 받았다. 지은 책으로 《미스 손탁》 《어린 만세꾼》 《빙하 조선》 《1987 소년 야구단》 《기억을 달리는 소년》 《열세 살의 의병 민석》 등이 있으며, 함께 쓴 책으로 《하늘 바다에 뜬 배》 《세 나라의 아이들》 《종말 후 첫 수요일, 날씨 맑음》 등이 있다.

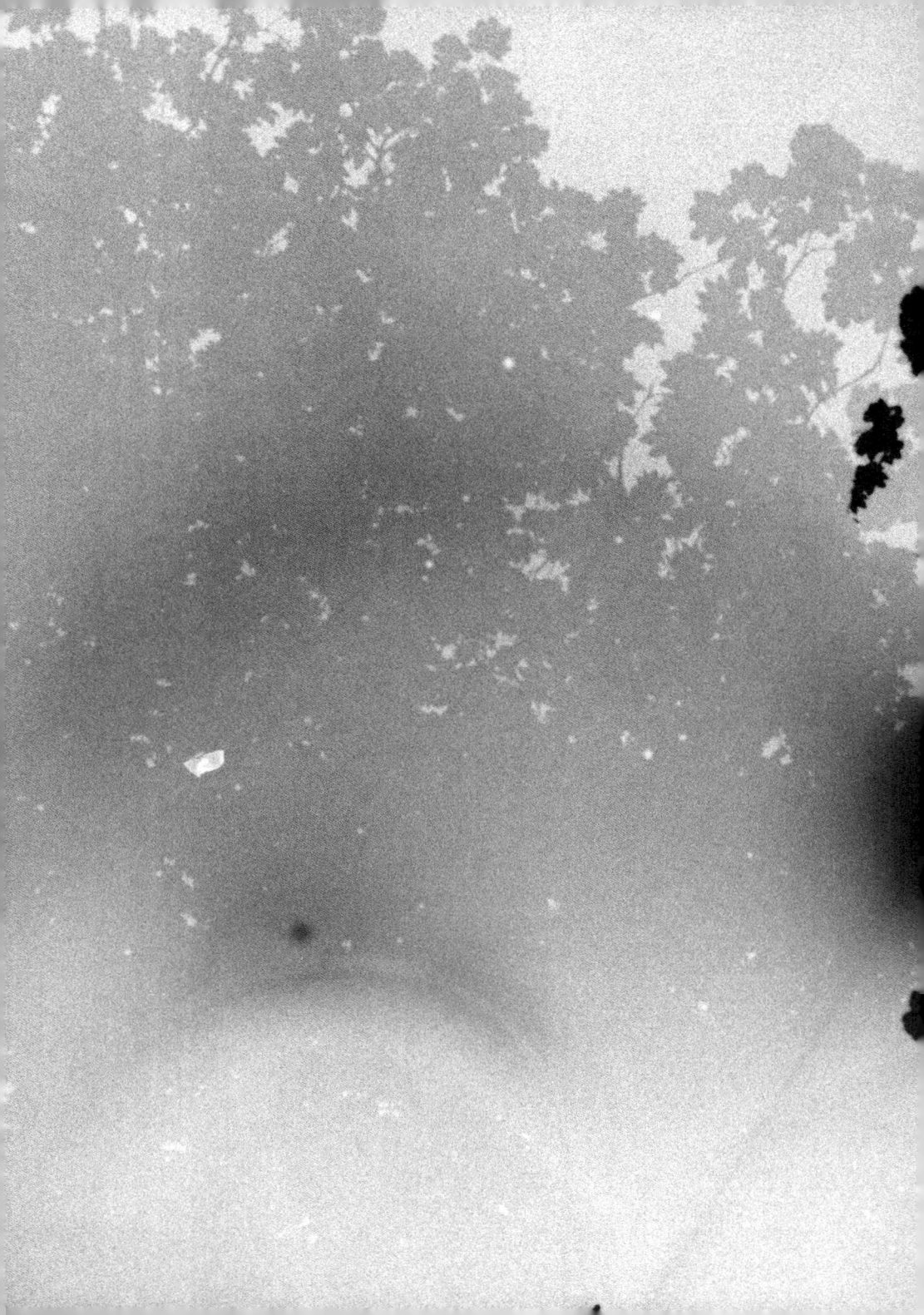

서브컬처와 밈으로 문화 읽기 ①

어떻게 서브컬처는 밈으로 공유되는가

✦ 박인성

'하위' 없는 서브컬처

서브컬처subculture는 주류 문화와 구분되는 하위문화를 의미하는 용어로, 그 역사적인 맥락 속에서 의미화되어왔다. 대표적으로 미국 사회에서 서브컬처는 계층적으로는 노동자, 인종적으로는 블랙컬처를 포함하는 소수 인종의 문화를 대변하는 말이었다. 이 용어의 학술적 기원인 버밍엄학파(CCCS)의 논의에서 '하위sub-'는 명백히 지배 문화에 대한 계급적 저항과 상징적 투쟁을 전제한 것이었다. 노동계급 청년들이 주류의 의복과 음악을 브리콜라주bricolage하여 자신들만의 정체성을 구축했을 때, 서브컬처는 체제의 틈새를 위협하는 전복적인 정치성을 띠었다.

그러나 서브컬처라는 기표는 오늘날 기묘한 형용모순에 직면해 있다. 2026년 현재, 우리가 목격하는 서브컬처의 풍경에서 '하위'라는 말이 다소 모호해졌기 때문이다. 특히 오늘날 한국의 문화 생태계의 지형과 문화 콘텐츠 향유의 맥락에서 서브컬처라는 말은 상당히 다른 의미와 용례로 사용되는 것처럼 보인다. 서브컬처는 단순히 하위문화를 가리키는 말이 아니라, 특정한 문화 분야를 가리키는 말이 되었으며, 특히 단순히 주류로부터의 거리감이 아니라 대중 감수성으로부터 아주 멀어진 개념으로 취급되고 있다. 오늘날의 서브컬처는 '오타쿠 문화', 그중에서도 일본의 만화와 애니메이션, 게임 문화, 그리고 거기에서 파생된 2차 창작 문화를 가리키는 말이라고 봐도 무방하다.

사실 한국의 문화적 지형에는 상위/하위의 이분법적 구조를 적용하기가 쉽지 않다. 서양의 계급문화가 한국에서는 적용되기 어렵고, 능력주의와 결합한 형태의 자본주의, 격렬한 계층 이동을 거쳐서 도달한 한국의 동시대적 현실은 계급보다는 문화적 평등성을 강조해왔다. 흥미롭게도 한국에서는 재벌도 중산층도 서민도 문화적 취향에서는 유사한 범주를 공유한다. 재벌가의 딸이 아이돌로 활동하듯, 계층과는 무관하게 비슷한 문화적 취향을 가지고 있어 언어와 취향만으로는 그 사람의 계급성을 식별하기 어렵다. 자본에 따라서는 문화 장벽이 존재하는 것은 사실이지만, 그렇다고 해서 처음부터 그러한 장벽을 학습해 온 것은 아니기 때문이다.

다시 말해서 한국에서 '아비투스habitus'는 그다지 강력한 개념이 아니다. 따라서 한국 사람들은 그 사람의 옷차림, 차량, 소비문화를 보고 계층을 짐작할 따름이다. 한국에 사기꾼이 많다는 것도, 그만큼 아비투스가 아니라 소비 경향만 보고 그들의 계층성을 판단하기 때문이다. 이러한 스펙터클로서의 취향은 곧 자본화된 전시 문화로 수렴되어간다. 흥미롭게도 한국의 문화적 지형에서는 '하위'는 없으나 주류는 명확한데, 주류 문화는 대중이 널리 즐기는 문화일 뿐만 아니라 대중이 선망하는 문화이기도 하다.

우선 주목해야 하는 것은 서브컬처의 의미나 영역이 바뀌었다는 사실보다는 서브컬처가 미치는 파급력이 커짐에 따라 포괄적으로 주류 문화에 순치되어가는 방식이다. 이러한 변화는 문화의 수평적 재편에서 기인한다. 대표적으로 힙합은 오늘날 블랙컬처 중에서 주류 문화로 편입한 음악 장르가 되었다. 글로벌화된 힙합 문화는 더 이상 자신의 계급이나 인종 문제를 다루지 않으며, 주류 사회에 편입한 자기 자신을 보여주는 데 집중한다. 국내에서는 〈쇼미더머니〉와 같은 서바이벌 경연 프로그램이 힙합이 더 이상 서브컬처가 아니라 주류화된 경향을 대변한다. '힙찔이'라는 조롱 섞인 이미지에는 주류화된 하위문화에 대한 비판적 시선이 들어 있다.

비단 힙합만이 아니다. 패션 영역에서 밀리터리와 워크웨어는 더 이상 군인이나 노동자의 옷이 아니며, 복각된 과거 하이엔드 패션 브랜드가 거리의 낙서나 그래피티를 디자인의 핵으로 삼는 현상도 더 이상 낯설지 않다. 여기서 서브컬처는 주류에 흡수되어 사라지는 것이 아니라, 오히려 주류 문화를 지탱하는 상징적 토대이자 마르지 않는 아이디어의 보고寶庫로 작동한다. 즉 주류와 하위라는 수직적 우계는 붕괴했고, 그 자리에는 서로의 코드를 끊임없이 참조하고 복제하는 '장르적 편재성'만이 남았다. 사라지는 원본성처럼 하위문화는 주류 문화로부터의 소환과 재구성에 의해서만 하위문화로서의 성격을 환기할 따름이다.

이처럼 문화적 전복과 침투의 과정이 보편화됨에 따라 하위문화의 지형적 위치는 모호해진다. 그렇다면 남겨진 '서브컬처'의 위치는 어디인가? 한국적 맥락에서 서브컬처는 계급성과 정치성으로부터 이탈한 '하위'의 형태로, 오히려 더 낮은 곳, 더 폐쇄적이거나 '음지'에 해당하는 곳으로 하강한다. 어디에 가서 자랑스럽게 말하기는 어려운 취향, 그러나 어쩌면 과거의 서브컬처처럼 새로운 정체성의 터전을 구성하고 참여자들에게 은밀한 만족감과 저항적 에너지를 부여한다는 점에서 음지의 서브컬처는 또 다른 하위문화로서의 자생력을 갖추어가고 있다.

달리 말하자면 오늘날 서브컬처는 저항의 정치가 거세되고 그 자리에 취향의 미학이 들어앉은 형국이다. 예전의 서브컬처가 '무엇에 반대하는가'로 자신을 정의했다면, 지금의 서브컬처는 '무엇에 몰입하는가'로 자신의 존재를 증명한다. 이제 서브컬처는 주류 문화의 하부에 있는 종속적 개념이 아니라, 장르적 문법과 탐미적 집착을 동력으로 삼는 독립적인 '취향 공동체'로 재규정되어야 한다. 남들이 즐기지 않는, 혹은 즐기기 어려운 문화적 영역에 대한 과도한 탐미주의야말로 서브컬처를 규정하는 핵심이 되어가고 있으며, 그렇게 서브컬처 향유자들은 아비투스와는 다른 형태의 구분 짓기를 수행한다. 이때의 구분 짓기는 음지의 사람들이 오히려 이 문화를 즐기지 못하는 대중에 대해 우월감을 느끼는 지적취향으로서의 정체성에 대한 강조이기도 하다.

정리하자면 2026년 한국의 서브컬처란, 사회적 소수자의 문화가 아니라 맥락을 소유한 자들의 문화다. 대중문화가 파편화된 스낵 콘텐츠로 전락할 때, 서브컬처는 방대한 세계관과 설정, 그리고 이를 해독할 수 있는 높은 문해력을 요구하며 스스로를 차별화한다. '하위'라는 접두사는 이제 계급적 열세가 아닌, 특수한 기호의 심연을 파고드는 수직적 깊이를 의미하는 것으로 치환될 필요가 있다. '하위-'가 없는 서브컬처는 스스로를 문화 생태계의 가장 깊은 음지로 끌고 간다. 그렇게 형성된 문해력의 깊이감이 그들의 커뮤니티 정체성을 구축하고 높은 울타리가 되어 다시금 주류 문화로부터의 구분 짓기와 그에 수반되는 현상들로 이어지는 것이다.

'덕후'와 '머글': 경계의 수립과 정체성 정치학

　　이러한 문화적 지형도 위에서 서브컬처 향유자들은 스스로를 '덕후'(오타쿠)로, 비향유자를 '머글'(일반인)로 명명하며 가파른 정체성 정치를 수행한다. 여기서 머글이라는 명칭은 의미심장하다. 《해리포터》 시리즈의 세계관에서 마법을 쓰지 못하는 일반인을 지칭하는 용어로 이는 서브컬처 향유자들이 특수한 지식과 문법을 소유한 마법사로서 스스로를 정체화하는 것이기 때문이다. 이때 머글은 철저하게 마법사들의 용어이며, 때로는 마법사 우월주의나 머글 차별주의를 포괄한다는 점도 중요하다. 오타쿠의 시선에서 머글이란 대단히 양가적인 존재인 동시에, 오타쿠 자신의 거울이기도 하다.

　　정작 머글의 입장에서는 마법사가 자신을 어떻게 바라보든 알 수가 없으며 애초에 마법사의 존재 자체를 의식하지 않듯이, 일반인 역시 오타쿠들이 자신을 어떻게 바라보든 신경 쓰지 않는다. 그렇다면 질문을 바꿔보자. 《해리포터》 세계관에는 왜 굳이 머글이 필요할까? 이 이야기는 해리포터와 볼드모트로 대변되는 마법사들 사이의 선과 악의 대결일 뿐 머글의 존재는 아무런 구실을 하지 못하며, 마법사들로만

이루어진 동종화된 세계관도 충분히 가능할 텐데 말이다. 그러나 마법사의 특수성과 그에 따른 선과 악의 멜로드라마는 머글이라고 하는 갈등의 촉매 없이는 불가능하다. 즉《해리포터》세계관에서 머글은 마법사의 정체성을 구분하고 중립화하기 위한 일종의 리트머스 시험지다.

마법사들은 머글들과는 구별되는 독자적인 세계를 구축하고 있지만, 그것은 머글 세계로부터 자신의 세계를 격리하는 비밀주의 속에서 성립한다. 이 과잉된 자기방어 기제는 역설적으로 자유보다는 억압을 환기하는 방식이다. 그것이 일부 마법사들에게는 왜 우월한 자신들이 머글 세계에 영향을 가하지 않기 위해 스스로 억압된 삶을 살아가야 하는지에 대한 심각한 회의로 나타나게 된다. 이러한 회의가 마법사와 머글의 혼혈들을 매개로 폭발하는 것이 해리포터 세계관에서 나타나는 중요한 갈등의 축이며, 결과적으로 마법사 우월주의자들의 머글에 대한 혐오로 이어진다.

《해리포터》시리즈의 전체 서사는 마법사 우월주의와 머글 차별주의를 지향하는 볼드모트 및 '죽음을 먹는 자들' 집단과 기존 마법사 집단 사이의 대결로 요약할 수 있다. 이때 볼드모트는 과잉된 자기 인식 속에서 순혈주의를 강조하지만, 사실 볼드모트의 유년기로부터 비롯된 공포는 선명하다. 그것은 자신이야말로 '잡종'인 정체성의 경계에서 마법사 사회에 적응하기 위해 강렬한 순혈주의를 표방한 것에 불과하다는 사실이다. 이러한 태도는 머글과 섞이지 않기 위해 스스로를 더욱 강력한 동종사회성homosocialiry에 가두어두는 것으로, 머글에 대한 과도한 의식과 자기방어 기제를 통해서 '심연'으로 변해가는 과정이다.

〈이누야샤〉식으로 말하자면 요괴와 인간의 혼혈인 '반요' 이누야샤는 양쪽으로부터 모두 차별을 당한다. 오늘날 서브컬처의 리트머스지는 끊임없이 오타쿠의 모순된 자기 정체성의 분열성을 환기한다. 오타쿠는 순수한 오타쿠가 되는 것을 공포스러워한다. 따라서 오타쿠는 끊임없이 자기 자신을 분열하고 머글을 의식함으로써, 잡스러운 것이 되기를 희망한다. 그렇게 경계에 선 오타쿠만이 순화된 오타쿠, 서브컬처 문화의 심연이 되지 않고 그나마 부분적으로 친사회성을 유지할 수 있기 때문이다. 이제 머글, 즉 일반인은 오타쿠의 자기 구제를 위해 만들어진 내재적 환상일 뿐, 결코 실재하는 사람들을 가리키는 것이 아님이 분명해진다.

이것이 오늘날 서브컬처 문화의 핵심적인 특징이다. '머글', '갓반인, 킹반인'의 존재는 오타쿠의 세계관에는 하등의 영향을 미치지 않는다. 하지만 머글의 존재는 오타쿠 자신의 과잉된 자기 인식이자, 반사된 정체성을 구성하기 위한 거울이며 리트머스지다. 이처럼 오늘날의 서브컬처 문화에는 오타쿠 정체성의 과잉된 자기 인식이 내포되어 있다. 서브컬처 텍스트는 철저하게 서브컬처 향유자들의 자기 정체성에 오염된 방식으로, 맥락화된 텍스트로 존재하기 때문이다. 그러나 그러한 자기 정체성의 문제가 담겨 있지 않다면, 스스로를 경계하는 의식이 없다면 서브컬처는 그 자체로 외부적 확장력을 잃어버린다. 서브컬처는 오타쿠의 정체성을 경계로 활용하여 스스로를 더 넓은 대중문화로 열어놓는 '백도어'를 항상 구성하기 마련이다.

마법사가 마법을 쓴다면, 오타쿠에게는 '덕력'이 있다. 그리고 그 대부분은 오타쿠의 백과사전적 지식, 즉 나무위키처럼 데이터베이스화된 나열식 지식이다. 오타쿠들은 걸어 다니는 나무위키다. 하지만 마법사에게 지식은 마력에 불과하다. 진짜 마법은 오타쿠들에게 있어서 데이터베이스화된 지식으로부터 뻗어나가는 맥락적 독해 능력이자 향유의 감수성에 있기 때문이다. 이를 대변하는 것이 바로 밈meme에 대한 이해력과 그 활용 능력이다. 절륜한 덕력을 갖춘 오타쿠가 될수록 그들은 적재적소에 밈을 활용하고, 더 나아가 자신만의 텍스트를 만들어낸다. 바로 2차 창작의 영역에 이르는 것이다.

서브컬처 커뮤니티와 X와 같은 소셜미디어는 높은 울타리 안에서 '밈이라는 시민권'을 통해 동종의 서브컬처 향유자들을 대상으로 출입국 심사를 시행한다. 서브컬처 문화의 언어와 감수성, 그리고 고高맥락 사회에서의 문해력이야말로 서브컬처 세계에 진입하기 위한 시민의 자질이기 때문이다. 문제는 오타쿠들이 자신과 비슷한 존재들로 구성된 친밀한 세계에 진입한 이후에는 이 폐쇄적인 세계 내부에서 그저 편안하기만 할 수 없다는 사실이다. 오타쿠 문화는 언제나 내부에서 다시 분열되고 차별화된다. 오타쿠가 머글을 상대로 구분 짓기를 수행하듯, 오타쿠 내부에서도 다시금 구분 짓기가 이루어진다.

대표적으로 2차 창작의 영역은 단순한 오타쿠의 영역이 아니라 더 폐쇄적이고 경계 없는 취향의 세계다. 2차 창작의 핵심은 19금으로 표현되는 섹슈얼리티의 표현은 물론이고 일반적인 서브컬처 오타쿠 문화에서도 드러나지 않는 억압된 콘텐츠에 대한 자유로운 소재화를 무기로 한다. 따라서 수위는 위험할 정도로 높아지며, 급진적이고 과격한 사유가 직접적으로 다루어진다. 기본적으로 이 영역을 '음지'라고 부른다면, 음지보다도 더 급진적이고 비인간적이며 반사회적인 상상력의 영역에 진입하게 되면 '심연'이라 부르는 영역에 이른다.

이러한 음지와 심연이 또 다른 구분 짓기 대상으로 떠오르면서 오타쿠의 자기 부정은 흥미로운 현상이 된다. 어디까지 알고 있어야 오타쿠인가에 대한 자기 검증이란 그 자체로 자기 자신에 대한 메타적 인식을 강조하는 것처럼 보인다. 하지만 실제로는 끊임없이 자신보다 더 심각한 오타쿠를 소환하고 환기한다. 머글과의 구별 짓기에 있어서 진짜 핵심은 심연이 되어버린 오타쿠와의 구분이다. 정리하자면 오타쿠들은 스스로 심연이 되지 않기 위해서, 자신들이 혐오하는 부정적인 오타쿠로부터 자기 자신을 분리하기 위해 머글이라는 중립적 거울상이 필요한 것이다. 볼드모트가 되지 않기 위해서 해리포터는 머글과 적극적으로 관여하고 그들의 삶을 이해할 수 있는 마법사로서 자신을 구분할 수 있어야 한다.

그런 의미에서 오타쿠는 동족 혐오를 극복하기 위해 끊임없이 스스로의 생태계를 열어두고 유입을 받아들여야 한다. 따라서 역설적이지만 머글은 유입 가능한 존재이며, 잠재적인 오타쿠로서의 너그러움과 관용의 대상이 되어야 한다. 대표적으로 게임 유저들의 커뮤니티에서는 그러한 '뉴비newbie 존중'과 '뉴비 배척'이 격렬하게 대립한다. '토끼공듀'라는 밈으로 통용되는 '고인물' 유저들은 게임의 엔드 콘텐츠를 지나치게 빠르게 소비해버림으로써 더 이상 즐겨야 할 것이 사라진 하드코어 게이머를 의미한다. 이는 오타쿠 커뮤니티에서도 크게 다르지 않은데, 고인물들은 뉴비들을 '쩔(온라인 게임에서 고인물 유저가, 초보 유저와 함께 파티 사냥을 뛰어줌으로써 성장을 촉진해주는 행위)'해주고, 그들의 정착을 돕는다.

오타쿠계의 고인물들은 자신이 계도해야할 잠재력 있는 뉴비를 발견하면 속된 말로 군침을 흘린다. 하지만 뉴비를 쩔해주면서도, 동시에 배척하는 것이 오타쿠 커뮤니티의 양가성이기도 하다. 오타쿠 커뮤니티로 뉴비들이 유입되는 것은 생태계의 지속 가능성을 위해서 중요하다. 하지만 때때로 뉴비들이 너무 쉽게 오타쿠가 가진 덕력의 권위를 침해해서는 안 된다. 대표적으로 뉴비나 오타쿠와 머글 사이의 경계에 있는 '반요'들이 너무 쉽게 오타쿠로서의 정체성을 발휘해서는 안 된다. 특히 그들 사이에 정전으로 자리 잡은 서브컬처 문화에서 작품에 관한 몰이해, 그리고 요즘 유행하는 작품을 통해서 과거의 작품들을 비교하거나 폄하하는 방식의 논평은 오타쿠 서브컬처에서는 '금기'에 가까운 것이다. 오타쿠들의 정전으로 자리 잡은 최애작을 그에 걸맞은 덕력이나 서브컬처 경력이 없는 '반요' 주제에 '밝는' 행위는 금기에 해당한다.

예를 들어 서브컬처 팬덤은 원본성에 의거한 정통성을 금과옥조로 여긴다. 물론 시대를 풍미한 서브컬처 텍스트가 가진 시대적 맥락을 전제로 그에 대한 근본주의가 형성되고, 그러한 근본주의에 대한 새로운 세대의 수정주의가 등장하는 것이 오타쿠 서브컬처 팬덤 내부의 치열한 세대 경쟁이다. 이러한 세대 경쟁 역시 서브컬처 내부에서는 오타쿠들이 배워야 하는 고맥락의 영역이다. 따라서 그러한 맥락을 갖추지 못한 뉴비나 반요들은 의도하지 않아도 오타쿠를 '읽게' 된다. 로버트 A. 하인라인의 원작 소설 《스타십 트루퍼스》와 영화 〈스타쉽 트루퍼스〉(1997)에 등장하는 벌레 형태의 괴수 아라크니드Arachnids를 보고 스타크래프트의 '저그' 종족을 먼저 떠올리거나 지칭하게 되는 것이 그런 상황이다.

서브컬처 텍스트는 그 자체로 어마어마하게 많은 맥락을 공유하는 '거대한 텍스트'다. 서브컬처 오타쿠들은 하나의 작품을 읽고 깊이 있게 그것을 해석하는 존재가 아니라 수많은 텍스트를 병렬적으로 읽거나 데이터베이스화해 거대한 텍스트의 사슬을 구성할 수 있어야 한다. 따라서 이러한 오타쿠들에게는 수많은 맥락 자체가 실시간으로 확장되는 서브컬처 텍스트다. 이를 읽어내기 위해서는 마치 히말라야 등반을 이끄는 셰르파처럼 서브컬처 지형을 잘 아는 오타쿠 길라잡이가 필요하다.

그러나 누가 봐도 '인싸'인 사람들의 '오타쿠 코스프레'를 경계하며, '인싸픽'의 서브컬처 텍스트가 거론되는 것을 불쾌해하는 것 역시 오타쿠들이다. 오타쿠들의 양면성은 오타쿠라는 정체성의 순혈주의보다는 지속적으로 자신들의 거대한 텍스트를 지켜나가는 근본주의자로서의 모습으로 강조된다. 핵심은 오타쿠라는 원본 정체성을 보전하는 것이라기보다는, 서브컬처의 '거대한 텍스트' 속에서 정통한 문해력을 구성하는 문화적 유전자로서의 밈을 전승하고 진화시켜나가는 목표다. 이를 위해서 오타쿠 정체성 자체는 끊임없이 머글과 심연 사이에서 가상의 투쟁을 수행한다. 정체성의 차원에서는 오타쿠 커뮤니티의 폐쇄성을 극복하고 서브컬처 커뮤니티를 개방함과 동시에, 밈을 확장하고 공유함으로써 오직 서브컬처 문해력으로서만 수행적인perfomative 정체성을 구성하는 것이다. 따라서 오타쿠란 서브컬처의 거대한 텍스트를 끊임없이 좇아 읽어나갈 수 있는 자를 말한다.

음지와 심연, 2차 창작과 하드코어 서브컬처

요즘 한국의 MZ세대는 일본 문화를 선망하고, 일본의 청년세대는 K컬처를 선망한다. 이러한 상호 문화 향유 효과는 젊은 세대를 중심으로 서브컬처의 위상을 재구성하게 하는 효과로 이어지고 있다 서브컬처는 오타쿠 문화인 동시에 MZ세대가 부분적인 경우로 향유하는 대중적 코드로 기능하기 시작했다. 실제로 최근 〈귀멸의 칼날: 무한성〉(2025)과 〈체인소맨: 레제편〉(2025)은 불황인 한국 극장가에서 엄청난 흥행 성적을 거두었다. 이는 이러한 애니메이션들이 단순한 서브컬처의 일부가 아니라 대중문화 코드로서 한국의 로컬리티에도 효과적으로 뿌리를 내렸음을 의미한다.

이 관객들은 어디에서 온 것일까? 실제로 이러한 현상이 가능했던 이유는 서브컬처 문해력 자체가, 오타쿠의 수행적 정체성이 피상적이나마 온라인 밈의 형태로 넓게 수출되었기 때문이다. 스스로를 오타쿠라고 정의하지 않음에도 불구하고, 서브컬처 문화의 '거대한 텍스트'의 단말을 밈의 형태로 공유하는 대중이 저변에서부터 늘어난 것이다. 유튜브와 릴스, 틱톡 등 숏폼 콘텐츠를 유통하는 소셜미디어를 중심으로, 밈의 대중화는 가속화된다. 물론 밈의 대중화는 밈의 원본성이 가지는 거대한 맥락을 소거하는 방식으로, 원천적인 서브컬처 오타쿠와 문화와 단절함으로써 가능해진다. 따라서 대중화된 밈은 밈 자체의 생명력의 소진이면서, 서브컬처로부터의 이탈인 셈이다.

이처럼 밈의 대중화를 이끌었던 서브컬처의 대명사는 적어도 대중적으로 소비할 수 있는 형태의 서브컬처 텍스트들이다. 예를 들어 2010년대에는 '원나블' 중에서도 〈나루토〉가 밈을 형성하는 대표작의 역할을 했으며, 2020년대에는 소위 '귀주톱'으로 불리는 작품 중에서도 〈주술회전〉 같은 텍스트가 밈 생산의 화수분 역할을 했다. 나루토의 '뇌절'이나 주술회전의 '영역전개'를 포함해 많은 대사가 텍스트 내부

주술회전 呪術廻戦

30
앞으로

Gege Akutami
정식 한

의 맥락을 벗어나 새로운 맥락으로 재구성되면서 광범위하게 활용되었으며, 그에 따른 문해력 또한 적극적으로 대중화되었다.

　　이러한 밈의 대중화 현상 속에서 오타쿠와 머글의 경계는 고정되어 있지 않다. 알고리즘에 의해 서브컬처의 파편들이 밈의 형태로 머글들의 타임라인에 침투할 때, 정체성의 경계는 일시적으로 허물어지며 MZ세대 특유의 '힙한 취향'이라는 이름의 기표로 재소비된다. 일본 서브컬처에 대한 소비는 오늘날 서브컬처 문화를 취향의 액세서리로 삼거나, B급 취향에 대한 적극적인 전시로서 기능하게 되었다.

　　그러나 이처럼 서브컬처 텍스트의 일부가 대중화되어갈수록, 아이러니하게도 수행적 정체성을 확보하고자 하는 기존의 오타쿠 문화는 더욱 음지화되는 경향을 보인다. 서브컬처가 주류 문화에서 전유될수록, 서브컬처의 거대한 텍스트를 구성하는 맥락은 그러한 대중문화의 전유가 닿을 수 없는 하부구조로 더욱 깊게 하강하기 때문이다. 대중문화가 서브컬처를 전유하고 포괄할수록 거기에 포획되지 않는 원초적인 서브컬처 경향이 '음지화'를 가속하는 것이다.

　　오늘날의 서브컬처는 주류 문화에서 승인할 수 있는 밈으로서 살아남거나, 완전히 음지로 침잠해 그 영역 자체가 대중에게는 금기시되는 극단적 표현 양식으로서 발전한다. 서브컬처의 일부가 양지로 '수출'되어 밈으로서의 상징 자본을 획득하는 동안, 다른 한편에서는 도저히 주류로 편입될 수 없는 '음지'의 영역이 더욱 견고해진다. 흔히 달하는 19금 콘텐츠의 영역만이 아니라, 다양한 급진적 소재주의가 발생하는데 온갖 장르적 상상력 가운데 엽기적-변태적-비인간주의가 대두된다.

　　대표적으로 '털로 덮인' 존재를 의미하는 '퍼리Furry'를 포함하는 수인물獸人物의 경우는 동물의 의인화를 통해서 일반적인 인간주의 서사를 변형하여 새로운 방향으로 전개한다. 물론 동물의 의인화는《이솝 우화》와 같은 오래된 우화의 형태에서 빈번하게 이루어져왔으며, 〈톰과 제리〉, 〈주토피아〉 등 아동 만화나 애니메이션에서는 흔한 선택지 중 하나였다. 하지만 수인물은 '짐승'과 '가축'으로 분열된 동물 존재의 양면성을 다룰 뿐 아니라, 그들에게 투사되는 인간주의의 시선을 의문시한다. 길들여지지 않는 동물적 본능과 인간화된 동물성이라는 양면적 모습 자체가 다분히 인간의 관점에서 구성된 이해이기 때문이다. 이러한 수인물의 의인화는 우화로 대표되는 아동물에 대한 급진적 전복의 한 양상이면서, 반려 종으로서의 동물에 대한 급진적 상상력의 발현이다.

수인은 단순한 동물의 의인화가 아니라, 사회화된 인간과 짐승의 경계를 묻는다. 본질적으로 수인물은 불가피하게 인간주의에 대한 근본적인 의문으로 발전한다. 자연 생태계의 동물이 지닌 본능을 온전히 억압할 수 없으면서도, 인간의 모습으로 살아가는 아이러니는 필연적으로 인간 문명과 사회가 억압한 포괄적인 본능과 욕망의 경계를 가로지르기 때문이다. 따라서 불가피하게 수인물은 동물적 본능이 요구하는 다른 동물에 대한 사냥과 식육, 도착적 성행위를 포함하는 각종 이질적 섹슈얼리티의 문제를 노골적으로 다루게 된다.

특히 퍼리에 대한 팬덤 문화는 흥미롭다. '퍼슈트'라는 실제 동물의 탈과 옷을 입고 스스로 퍼리화하는 방식의 자발적 참여는 수인물의 급진성과는 다른 방식으로 현실 세계에서의 자기 정체성 표현이 하나의 수행적 행위로 발전했기 때문이다. 한국에서도 〈퍼리조아〉와 같은 퍼리 팬덤의 대규모 행사가 2020년부터 지속되고 있으며, 매년 그 열기가 커지고 있다. 이러한 퍼리 팬덤은 명백하게 서브컬처의 수행적 정체성을 강조하는 현실 참여의 방식이지만, 결코 대중화되거나 양지화될 수 없는 형태의 오타쿠 성격을 분명하게 강조한다. 이는 대중문화가 서브컬처를 전유하는 것과는 반대 방향에서 서브컬처가 대중문화의 참여 방식을 전유하는 형태가 된다.

다른 한편으로 '해병문학'으로 대표되는 하드코어 서브컬처는 집단 창작의 형식을 빌려 인육, 오물, 성적 기행 등 금기시된 소재를 거

침없이 전유한다. 이는 단순한 일탈이라기보다, 주류 사회의 도덕적 검열과 정치적 올바름이 강요하는 시대의 '매끈한 서사'에 대한 기괴하고도 강력한 응전이자 기호적 폭주라 할 수 있다. 마치 1930년대 일본 '에로그로난센스エログロナンセンス'로부터 시작되어 전후 일본 만화에서 발전했던 일련의 서브컬처 계보를 잇는 것처럼 보인다. 이 세계관은 사회적 금기와 고어한 폭력, 이상성욕과 신체 훼손 등 인간성 상실에 대한 노골적인 묘사들로 점철되어 있다. 핵심은 의도적인 불쾌감을 일으키면서도, 기이한 형태의 도착적 쾌감과 인간성 상실 속에서 이루어지는 해방감을 강조하지만, 그 와중에 절대로 변하지 않는 사회의 부조리 자체를 비틀린 허구 세계로 보여준다는 점이다.

해병문학은 실제 해병대의 각종 부조리를 희화화하는 것으로 시작되었지만, 하나의 거대한 n차 창작으로 이루어진 유니버스로까지 발전했으며 일반인은 도저히 이해할 수 없는 방언을 통해서 음지화된 밈을 양산했다. 이러한 밈의 핵심은 폭력과 과격성이 부조리를 극대화하면서 이내 웃음으로 전도되는 데 있다. 해병문학은 한국에서는 그다지 두각을 드러내지 못했던 에로그로난센스의 양식을 철저하게 인터넷 커뮤니티 향유자들의 n차 창작을 통해 구성했다는 점, 그리고 인터넷에 밈으로 유포된 음지화된 부정적 감수성으로 발전했다는 점에서 분명히 역겹지만 흥미로운 현상이다.

물론 해병문학에 포함된 근본적인 부조리와 전체주의적인 세계관, 그 안에서 증발하는 인간성의 문제는 바라보는 관점에 따라 정치적 해석이 분분할 수 있다. 무엇보다도 이러한 세계관이 구성하는 조롱과 희화화, 폭력에 대한 편의적인 효능감과 타자에게 난무하는 혐오감과 정치적 극단주의가 결합하기 쉽다. 특히 서양 온라인 커뮤니티의 대안우파 역시 다양한 방식으로 서브컬처 밈을 통해서 자신들의 정치적 정체성을 대변하는 아이콘을 발견하거나 그러한 밈의 활용을 확장하려 한다. 대표적으로 〈워해머 40K〉라는 미니어처 게임의 암울한 세계관

속에서, 제노포비아를 적극적으로 활용하는 전체주의 체제로서의 인류 제국이 등장한다. 서양의 대안 우파가 이러한 세계관을 밈으로 만들어 활용하듯, 해병문학의 세계관은 〈워해머 40K〉속 인류 제국과의 유사성이 강조되기도 한다. 문제는 그러한 밈에 포함된 혐오와 차별의 언어, 정상성에 대한 희화화가 서브컬처 문화를 소위 심연으로 이끌어간다는 점이다.

오늘날의 파편화된 주류 문화는 서브컬처의 온갖 맥락을 손쉽게 전유하여 대중에게 편의적인 방식으로 활용한다. 여기서 벗어날 수 있는 순수한 서브컬처의 영역은 없는 것처럼 보인다. 하지만 그렇기에 더욱 서브컬처의 본령이 음지를 넘어 심연의 영역으로 향해가는 것처럼 보이는 것도 사실이다. 문제는 심연의 극단주의와 공고한 폐쇄성이 현실 세계에서 벗어난 대안적 세계의 편의성에 머물러서는 안 된다는 점이다. 오타쿠 문화는 언제나 머글의 존재를 리트머스지처럼 환기하여 개입시킬 수 있어야 한다. 그것이 심연의 상상력이라 할지라도, 현실과의 접점에서 극단주의를 반성적으로 사유할 수 있는 방식이다.

밈의 장벽과 부정적 숭고: 그로테스크한 연대의 미학

앞서 살펴본 것처럼 음지화된 서브컬처는 주류 문화가 재현할 수 없는 것들을 향하고 있으며, 극단적인 소재주의와 그것에서 뻗어나가는 금기에 대한 욕망, 배덕감, 비틀린 해방감으로 이어져 있다. 음지화된 서브컬처는 주류 문화로부터의 강력한 탈주를 통해서 자신만의 영역을 구성하고, 그 안에서만 소통하는 폐쇄적 커뮤니티를 통해서 더욱 강력한 동종의 상상력을 발전시킨다. 머글과 심연 사이에서 양쪽으로 전유되는 서브컬처 문화의 가능성이 과도하게 한쪽으로 치우칠 때,

서브컬처는 말 그대로 오타쿠만을 위한 밀실이 되어버린다.

음지 문화의 표현 양식이 과격해지는 이유는 그것이 외부의 침입을 막는 '밈의 장벽'으로 기능하기 때문이다. 가장 노골적이고 불쾌한 표현을 문법화함으로써, 머글들이 스스로 눈을 돌리게 만드는 동시에 내부자들끼리의 배타적 결속을 다진다. 바흐친이 명명한 '그로테스크 리얼리즘'의 현대적 변용이라 할 수 있는 이 현상은, 도저히 수용할 수 없는 극단적인 불쾌함에서 기묘한 카타르시스를 느끼는 '부정적 숭고negative sublime'를 지향한다. 결국 서브컬처의 밈화는 공유를 통한 확산이라는 원심력과, 금기를 통한 고립이라는 구심력 사이의 위태로운 균형 잡기인 셈이다.

이 연재는 이러한 서브컬처의 양면성과 균형 잡기의 문제를 하나의 축으로 삼아서 오늘날의 서브컬처 상상력이 발휘되는 양상들을 구체화하려고 한다. 대중문화는 이제 더 이상 균질적이고 포괄적인 형태의 경험을 제공할 수 없게 되었다. 이러한 대중문화의 파편화로 인해 서브컬처는 온갖 영역의 문화적 콘텐츠와 결합하고 또 전유될 수 있게 되었다. 이는 '아는 사람들은 알아보는' 기호학적인 연대의 징표가 되기도 한다. 오타쿠 문화와 서브컬처는 서로 다른 개념임에도 불구하고, 오타쿠 문화가 서브컬처를 대변하는 중요한 기준이 되었음은 분명하다. 이 연재에서는 여러 서브컬처 콘텐츠의 연쇄로 이루어진 거대한 텍스트의 맥락을 들여다봄으로써, 그 내부에 존재하는 그로테스크한 연대의 미학을 살펴볼 것이다. 그러나 당연하게도 우리가 심연을 들여다볼 때는 심연 또한 우리를 들여다보는 법이다. 부디 주의를 요한다.

박인성 문학평론가. 2011년 〈경향신문〉 신춘문예로 등단하여 활동 중. 현재 부산가톨릭대학교 인성교양학부 조교수 및 교보문고 문학팀 기획위원으로 재직 중이다. 2025년 본격 국내 미스터리 비평서인 《이것은 유해한 장르다 - 미스터리는 어떻게 힙한 장르가 되었나》를 펴냈으며, 이야기주의자로 다양한 장르를 섭렵한 결과물인 《마스터플롯》의 출간을 앞두고 있다.

비범과 평범을 둘러싼 투쟁

- 한국에서 명탐정은 부활할 수 있을까?

✦ 무경

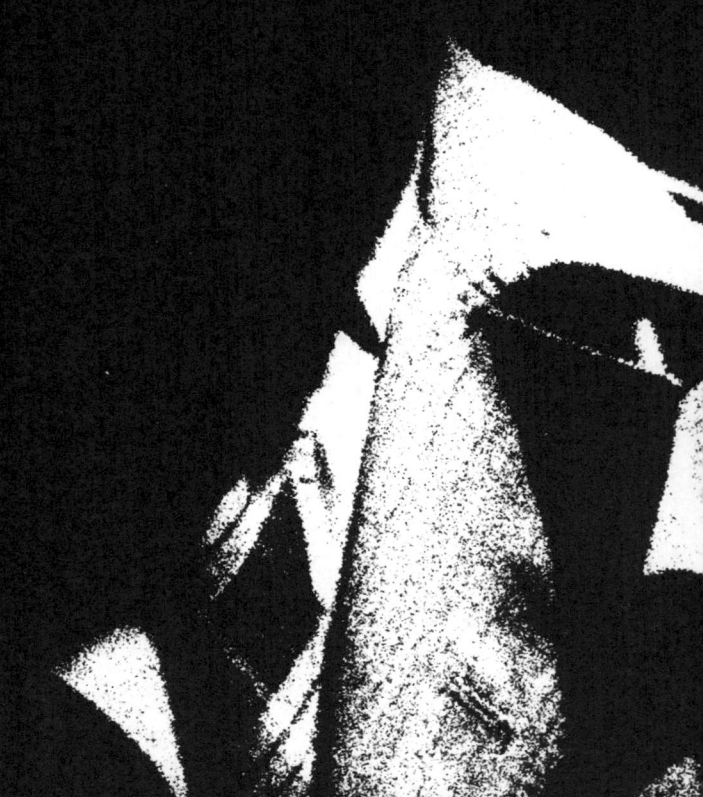

1

추리소설 작가는 '훌륭한 추리소설 쓰기'를 간절히 바란다. 작가는 놀라운 트릭을 구상하고 독특한 배경을 궁리하며 매력적인 인물을 떠올린다. 작가는 특히 탐정에 큰 힘을 쏟는다. 탐정은 추리소설 안에서 미궁에 빠진 사건의 진면모를 밝혀낼 자격을 획득한 유일한 인물이기 때문이다.

유명한 추리소설은 작가의 이름 못지않게 탐정의 이름으로 기억된다. '셜록 홈스 시리즈', '에르퀼 푸아로 시리즈', '엘러리 퀸 시리즈' 등의 고전부터 '갈릴레오 시리즈', '가가 형사 시리즈', '해리 보슈 시리즈' 등 현재 독자들의 눈길을 사로잡는 작품들까지, 탐정의 이름이나 별명을 시리즈 제목으로 부르는 경우가 많다. 이는 창작자에게도 반가운 일이다. 탐정의 캐릭터성은 작가가 드러내고자 하는 주제 의식과 맞닿아 있기도 하며, 훌륭한 탐정 캐릭터가 만들어지면 이후 작품에서도 계속 활용 가능한 실용적 측면이 있기 때문이다.

그렇기에 추리소설 작가들은 자신만의 비범한 탐정을 만들어내려고 애쓴다. 문무를 겸비했는지 혹은 극도의 두뇌파인지, 남다른 성실함을 갖추었는지 혹은 무작정 덤벼들고 보는지, 탐정이 사건을 다루는 방식부터 고민한다. 외모와 습관, 가령 특이한 말버릇이나 기벽 등을 붙이는 등 탐정의 디자인도 진지한 고민의 대상이다. 탐정의 이름을 지으려 작명소를 찾아가기도 한다는 '카더라'가 그저 농담으로만 들리지 않는 건 그만큼 탐정이 중요한 존재이기 때문이다.

작가들은 자신의 작품을 자기가 만들어낸 탐정의 이름을 붙여 'ㅇㅇㅇ 시리즈'로 칭하곤 한다. 하지만 독자가 기억하는 탐정이 그리 많지 않은 것 또한 사실이다. 독자가 탐정의 이름을 듣고 개성을 곧바로 떠올리거나 탐정을 창조한 작가를 이어 떠올리는 경우는 드물다. 이는 작가가 탐정을 인상적으로 그려내지 못한 탓일까? 그렇다면 탐정을 어떻게 만들어야 인상적으로 느껴질까? 나아가 탐정이란 어떤 존재인가?

탐정은 추리소설에서 무척 중요한 존재이기에, 심지어 탐정이 부재하거나 너무 많은 것조차 해당 작품의 개성이 된다. 하지만 '탐정이란 어떤 존재인가?'를 묻는다면 뭐라고 답해야 할지 알 수 없다. '문제를 해결하는 사람'이라는 단순한 대답으로 넘기기엔 추리소설 속 탐정의 함의는 작지 않다.

탐정이 어떻게 탄생하고 발전해왔는지를 살펴보면 탐정의 본질을 이해할 수 있을까? 탐정이 변화하는 과정은 추리소설의 변화 과정이기도 하고, 나아가 추리소설을 보는 세간의 인식이 변하는 과정이기도 하다. 또한 과거의 명탐정들을 살피면 매력적인 탐정을 그리는 단서가 숨어 있을지도 모른다.

②

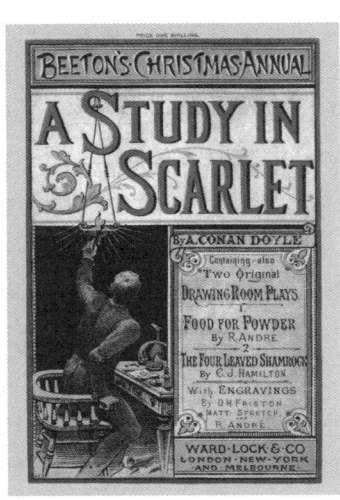

최초의 추리소설로 에드거 앨런 포의 〈모르그가의 살인〉을 꼽는다. 이 작품은 추리소설의 기본 구조를 처음 제시했으며 동시에 최초의 명탐정 캐릭터를 선보였다. 포가 쓴 세 편의 단편소설에서 탐정으로 등장하는 오귀스트 뒤팽은 은둔자이자 괴짜이며, 철학자이자 관찰자다. 〈모르그가의 살인〉이라는 짧은 작품에서 뒤팽이 가진 탐정으로서의 기본적인 면모, 가령 사건에서 모순되어 보이는 점을 주목하거나 현장을 탐문해 명확한 단서를 수집하는 등의 기본적인 자세가 제시된다. 이후 뒤팽에게는 〈도둑맞은 편지〉에서 개인적인 선악관을 따르는 기이한 정의의 집행자라는 면모 또한 추가된다.

그러나 세 편의 단편만으로 탐정으로서 뒤팽의 모습이 명확하게 그려진 건 아니었다. 뒤팽은 특이한 개성의 탐정이 엄청난 매력을 지녔으며 서사의 중심에서 주도적으로 끌어나갈 수 있음을 선보였다. 하지만 탐정의 면모를 확실하게 정의하지는 못했기에, 아직은 맹아로 갓 드러났을 뿐인 탐정으로 보아야 할 것이다.

이후 많은 작가가 추리소설을 창작했고 탐정 또한 여럿 등장했다. 대중에게 널리 알려진 탐정의 면모를 성공적으로 만들어낸 것은 아서 코난 도일이었다.

셜록 홈스는 첫 작품 《주홍색 연구》에서부터 이미 명확한 개성을 보인다. 홈스는 특이한 외모와 남다른 기벽을 지닌 괴짜이며, 이지적이며 활동적인 면모를 두루 갖추었고, 그러면서도 투철한 신념을 바탕으로 선과 악을 명확히 구분하고 정의를 실현하는 비범한 인물이다. 이런 개인의 특이한 면모가 기이한 범죄와 만나 폭발적인 화학 반응을 만들어낸다.

작품 전반에 발휘되는 압도적인 개성 때문에 홈스는 최초로 '인물=탐정'이 되었다. 현대의 우리는 아직 '명탐정'의 전형으로 '셜록 홈스'를 떠올린다. 아서 코난 도일의 가장 큰 업적은 셜록 홈스를 창조한 것이라고 해도 틀린 말은 아닐 것이다.

평범한 인물과 명확히 구분되는 홈스의 특성은 비단 개성적인 외모뿐만이 아니다. 홈스의 내면세계를 보면 그 누구보다도 이지적이지만 때로는 충동적으로 행동하며, 반사회적으로까지 보이는 이기적인 개인주의자 같지만, 세상에 대한 투철한 정의감 또한 보인다. 서로 모순되어 보이는 강렬한 성향이 셜록 홈스라는 개인 안에서 들끓는데, 이는 전형적인 '슈퍼히어로'의 형상이다(실제로 작가 랜섬 릭스Ransom Riggs는 셜록 홈스를 "런던에 나타난 최초의 슈퍼히어로"라고 평했다).

슈퍼맨과 배트맨, 스파이더맨과 아이언맨 등의 슈퍼히어로가 인기 있는 이유는 그들이 가진 비범한 능력뿐만이 아니라 그들의 약점과 한계, 그리고 그들의 약하고 어두운 면을 조망하는 빌런의 존재 때문이다. 평범한 우리는 약하고 어두운 내면과 외부의 압력에 쉽게 굴복하고 타협한다. 하지만 셜록 홈스는 거기 맞서 자신의 정의를 지켜낸다. 대중이 셜록 홈스를 추앙하는 이유는, 그가 평범한 사람들이 쉽게 따라 할 수 없지만 따라 하고 싶은 매력을 지니고 있기 때문이다.

'괴짜'와 '초인'이 뒤섞인 셜록 홈스의 모습은 이후 흥미롭게 변용된다. 이 중 주목할 사례로 G. K. 체스터턴이 창조한 브라운 신부와 애거사 크리스티가 창조한 에르퀼 푸아로와 미스 마플이 있다.

셜록 홈스는 스스로 '자문 탐정'이라고 칭하며 일반인과 경찰의 경계 사이에 섰다. 하지만 이후 창조된 탐정들은 특수한 직업을 가진 경우도 많다. 의사, 서부의 보안관, 심지어 (이를 직업이라고 볼 수 있다면) 도둑도 탐정으로 활약한다! 직업적으로 가장 독특한 사례가 바로 가톨릭 성직자인 브라운 신부다. 브라운 신부의 직업적 정체성은 탐정 활동에서도 적극적으로 발휘되어, 인간이 품은 선과 악의 다층적인 면모를 직시하는 통찰력을 범죄 해결에 유감없이 활용한다. 하지만 브라운 신부는 육체적으로는 전혀 특출 나지 않은 인물로, 키가 작고 둥근 얼굴과 몸을 가진 채 언제나 무언가를 잃어버려 허둥지둥하는 순박하고 평범해 보이는 사람이다. 하지만 그런 어리숙한 모습 뒤에 숨은 지적이고 영적인 깊이가 드러나는 순간 독자들은 깊은 인상을 받는다. 탐정이 가진 '문무겸비'의 특성은 이렇게 '무력은 없지만 두뇌는 명석한 인물'의 가능성으로 발전한다.

두뇌만으로 탐정이 될 수 있다는 발상의 전환은 애거사 크리스티가 창조한 두 탐정으로 더욱 명료해진다. 에르퀼 푸아로는 늘 콧수염과 옷차림에 집착하는, 펭귄을 연상케 하는 오만하고 이상한 신사의 외형을 가지고 있다. 그를 처음 본 이들은 괴상한 외국인이라고 여기며 비웃는다. 하지만 영국 첩보부의 수장 레이스 대령의 평가에 따르면 푸아로는 "블랙 맘바보다 위험한 자"다. '회색 뇌세포'의 힘은 그의 육체적 무력함을 상쇄하고도 남을 위력이 있기 때문이다.

미스 마플 또한 세인트메리미드라는 시골 마을에 사는 평범한 할머니이지만 스코틀랜드 야드의 전 국장이던 헨리 클리서링이 인정하는 통찰력과 두뇌를 가진 인물이다. 작은 마을에서 벌어진 사건들을 기억하며 그 뒤에 숨은 인간성의 어두운 모습을 떠올려내는 것이 마플이 가진 능력이다. 기이한 사건의 진면모를 통찰해내는 것은 연륜으로 쌓은 인간적인 경험이다.

이러한 사례를 통해 탐정이 특정한 개성 하나만으로 충분하다는 고찰이 힘을 얻는다. 탐정에게 중요한 것은 오직 하나, 두뇌뿐이라는 주장은 이후 '안락의자 탐정'이라는 캐릭터성을 확립시킨다.

사실 안락의자 탐정은 추리소설의 초기 형태에서도 모습을 보인다. 하지만 이때 안락의자 탐정은 미궁에 빠져 혼란스레 전개된 사건의 마지막에 등장해 진상을 밝히는 역할만 맡는 구조적인 존재였다. 하지만 구조에서 벗어나 고유한 특성이 발전해나가면서 결국 캐릭터성까지 갖게 된 것이다. 가령 안락의자 탐정을 대표하는 인물인 네로 울프는 직접 사건 현장에 가서 조사와 탐문을 수행하지 않고, 육체적인 번거로운 일은 조수 아치 굿윈에게 넘긴다.[1] 안락의자 탐정은 사건의 본질을 밝히는 해설자이자 죄의 유무와 범죄의 책임이 누구에게 있는지를 판정하는 심판으로서 역할을 맡을 뿐이며, 현장 조사와 탐문 같은 육체적인 움직임을 극단적으로 배제하고도 오로지 두뇌만으로 탐정이 존재할 수 있음을 훌륭하게 입증해 보인다.

❸

하드보일드가 등장하면서 '비범한 인물'이라는 탐정의 형상에 변화가 생겼다.

대실 해밋과 레이먼드 챈들러가 창조한 탐정들, 콘티넨털 옵과 샘 스페이드, 필립 말로와 같은 인물들은 기존 추리물에 익숙한 이들에게는 낯설고 기이한 존재였다. 우선 이 탐정들은 일인칭 주인공 시점으로 직접 말하고 생각을 드러낸다. 그전까지 추리물에서 탐정은 철저한 타자로, 남다른 비범함은 의뢰인이나 조수의 시선에

서만 한정적으로 드러내는 인물이었다. 하지만 일인칭의 주인공으로 자리 잡으면서 더는 비범하지 않게 되었다. 특정한 행동을 하는 이유와 속에 품은 생각이 어떠한지를 스스로 털어놓는 인물에서 신비함을 느끼기는 어렵다.

---

1   탐정의 역할이 변화하면서 조수의 역할 또한 변한다는 점도 주목할 필요가 있다. 셜록 홈스의 조수인 존 H. 왓슨은 독자의 시선을 대변하는 캐릭터로 기능했다면, 아치 굿윈은 탐정 대신 여러 '허드렛일'을 해나가는 유능한 면모를 보인다. 후대의 추리소설에서 탐정의 조수 역할이 사라진 것은 탐정의 성격이 변하면서 조수가 해야 할 일 또한 변했기 때문이-. 한편, 탐정과 조수의 관계성에 주목한 작가는 이 또한 독자와의 대결을 위해 활용했는데, 애거사 크리스티의 《애크로이드 살인사건》은 가장 대표적인 사례일 것이다. 이 작품의 등장으로 탐정의 조수조차 사건에서 완전한 결백함을 입증하지 못하게 되면서 조수가 사라지는 데 큰 역할을 했을 것으로 보인다.

탐정의 행적 또한 평범함이 덧씌워졌다. 그전까지의 추리소설에서는 탐정 다수가 아마추어였다. 셜록 홈스는 스스로 자문 탐정이라고 칭하지만, 아마추어와 직업적 프로의 경계에 있었다. 에르퀼 푸아로 또한 탐정이라는 호칭이 유명인으로서의 정체성에 가깝게 비추어진다. 그러나 하드보일드의 탐정은 아마추어가 아니다. 그들은 탐정 활동을 수행하는 조건으로 매일 일정 금액을 청구하는 직업인이며, 현실적인 생활고에 시달리는 박봉의 근로자다. 또한 그들의 두뇌는 범죄자나 팜파탈보다 특출 나게 뛰어나지도 않고, 육체적으로도 적을 철저히 압도할 만큼의 초인은 아니다. 평범함의 범주에서 조금 더 위에 있는 정도일 뿐이다.

그렇지만 하드보일드 탐정이 평범하기만 한 존재는 아니다. 그들은 뛰어난 능력을 드러내어 타인을 압도하는 대신, 세상의 모든 일을 무감하게 대하는 철저한 냉소주의자다. 끔찍한 살인도, 악당의 거친 폭력도, 뇌쇄적이고 육감적인 유혹도 탐정에게 놀라움을 불러일으키지 않는다. 탐정은 그저 자신에게 닥쳐오는 일을 관망하고 대응하며 차갑게 빈정거릴 뿐이다. 탐정의 냉소적인 태도는 세상을 보는 관점과 정의와 불의를 평가하는 방식에서도 명확히 드러난다. 하드보일드 탐정은 정의의 편에 서서 가치를 수호하는 존재가 아니라, 사건을 해결하는 과정에서 선과 악의 경계를 오가며 외로이 버티고 생존하는 자다.

하드보일드 탐정의 면모는 평범함에 희석된 건 아니다. 그들의 행태는 '안티히어로'라고 볼 수도 있을, 또 다른 범상하지 않은 모습이다. 영웅처럼 행동하는 것을 거부하며 자신의 신념대로 움직일 뿐이지만, 그러한 강단 또한 비열한 세상 속에서 고고한 가치를 지니는 존재이기 때문이다. 매사에 일희일비하는 일반인의 눈에 하드보일드의 냉소적이고 거칠고 외로운 탐정은 그렇게 또 다른 비범한 영웅이 되었다.

하드보일드는 새로운 탐정의 형상을 제시하며 새로운 신화를, 혹은 새로운 영웅의 모습을 보였다고 할 수도 있다. 하지만 하드보일드의 등장으로 탐정에 평범함이라는 요소가 깃들었다. 탐정은 그들의 비범함을 알아보지 못하는 일반인들과 당당히 악함을 뽐내는 악당들 사이에 끼인 채 아등바등 버텨내고 살아가는, 일견 평범해 보이는 존재가 된 것이다.

4

이후 탐정이 설 자리는 줄어들었다.

탐정의 입지를 줄인 사건 중 하나로 첩보물의 발전을 꼽을 수 있다. 셜록 홈스 시대의 탐정은 국가와 협조해 국제적 음모를 추적하고 진상을 밝히는 역할을 기꺼이 수행했다. 하지만 이언 플레밍과 존 르 카레의 작품에서는 국제적 음모를 두고 국가 조직에 속한 특수 요원들이 활약하거나, 그저 평범한 인물이 휘말린다. 탐정이 개입할 부분은 무척 좁아졌다. 탐정은 아마추어와 프로 사이에 애매하게 위치하기 때문이다. 커다란 어둠을 다루려면 그 존재를 전혀 모르던 자가 어둠에 잡아먹히거나, 어둠 속에서 은밀히 활약하는 게 익숙한 자가 주역이 되어야 더 극적이다.

명탐정 또한 어느 순간 사라졌다. 명탐정은 이제 현실에 실저하는 구체적인 인물이 아니라 특정한 몇 가지 키워드로 구성된 추상적인 기호로서만 기능하게 되었다. 추리물에 익숙한 독자는 인물을 수식하는 설정 중 특정한 몇 가지 요소에서 곧바로 '명탐정'이라는 답을 찾아낸다. 명탐정이라는 기능이 훼손되는 게 아니라면 거기에 어떤 우스꽝스럽거나 비현실적인 요소가 덧붙는다 해도 상관없다. 명탐정은 더는 현실에 존재하지 않는다. 그들은 기호도만 소비될 뿐, 독자에게 인상 깊으면서도 현실적인 인물로 다가오지 못한다.

직업적 탐정 또한 더는 필연적이지 않게 되었다. 범죄에 휘말려 사건을 추적하며 진실을 찾으려 애쓰는 인물은 탐정 흉내를 내려 애쓰거나 어쩌다 탐정이 되어야만 하는 가련한 애송이면 충분해졌다. 애송이의 낭패감 가득한 분투만으로도 이야기는 훌륭히 진행되며, 오히려 실수와 실패가 가득한 악전고투는 독자에게 공감을 끌어낸다. 작법으로도 애송이의 탐정 흉내는 꽤 좋은 장치다. 애송이가 작품에서 보이는 시선이 독자의 시선과 크게 다르지 않기 때문이다.

추리물이 일상에 근접할수록 탐정의 비범함은 평범함에 희석되고 만다. 이 점에서 코지 미스터리와 일상 미스터리의 등장은 주목할 현상이다.

서양의 코지 미스터리는 애거사 크리스티가 영국의 시골을 범죄의 무대로 조망한 것이 계기가 돼 본격적으로 창작되었다. 평화롭고 따뜻한 시골에서 살인과 같은 전혀 예상치 못한 끔찍한 사건이 벌어지고, 그곳에서 따분한 삶을 살고 있는 평범한 누군가 혹은 우연히 사건에 말려든 외부인이 탐정으로 변한다. 그들의 좌충우돌은 시골의 평화로워 보이는 겉모습에 감춰진 인간과 사회의 어둠을 드러낸다. 하지만 사건이 끝나면 탐정 역할을 맡은 이는 다시 평범한 삶으로 돌아간다. 평온한 일상이 다시 어둠을 덮는 것이다.

일본의 일상 미스터리에서는 범죄조차 약해진다. 일상 미스터리에서는 중대한 범죄보다는 평범한 삶 속에서 마주한 사소한 수수께끼를 푸는 내용이 주를 이룬다. 때로는 작은 수수께끼에서 시작된 사건이 꽤 심각한 범죄로까지 접근하기도 하지만, 그때의 범죄 또한 살인과 같은 극단적인 사건이 아닌 경우가 많다. 게다가 일상 미스터리의 탐정 역할을 맡은 인물은 범죄와 적극적으로 맞서 싸우려 드는 경우가 드물다. 수수께끼를 파헤치는 것으로 만족할 뿐, 범죄의 해결은 공권력에 맡기는 것으로 그들의 일은 끝난다. 평범한 일반인일 뿐이기 때문이다. 사건이 사소해졌기에 탐정도 평범해진 걸까? 혹은 그 반대인 걸까? 이는 명확히 말하기 어렵다.

고전적인 탐정 기법과 서사 또한 어느 순간 모순에 봉착한다. 가령 훗날 '후기 퀸 문제'라고 알려진, 일본의 추리소설 작가 노리즈키 린타로가 제시한 문제는 추리소설 속 탐정의 신뢰성에 대한 근본적인 의문을 제기했다. 고전 미스터리에서는 작품 안에서 탐정이 모은 정보와 증거는 절대적으로 신뢰할 수 있는 것이며, 탐정이 이를 토대로 세운 추리 또한 절대적인 신뢰성을 갖추었다. 하지만 엘러리 퀸의 몇몇 작품에서는 범인이 탐정의 개입을 전제로 하여 범행 계획을 세우고 증거를 조작하여 탐정의 추리를 의도적으로 진실이 아닌 방향으로 유도하는 이야기가 나온다. 이 경우 탐정이 수집한 정보와 증거, 그리고 이를 토대로 세운 추리는 신뢰할 수 없게 된다. 하지만 증거와 추리의 정합성을 검증할 방법이 작품의 세계관 안에서는 존재할 수 없다. 이러한 근본적인 문제는 결국 시스템 안에서 온전하고 완결적으로 증명할 수 없는 명제가 있다는 결론으로 이어진다. 이는 쿠르트 괴델의 불완전성 정리와도 맞닿아 있는, 탐정의 세계관 자체를 불완전하게 만드는 요소가 된다.

결국 탐정은 정의를 대변하는 자리에서도 내려왔으며, 진실을 외로이 찾아내고 지켜내는 수호자의 자리에서도 끌어내려졌다. 탐정은 그저 평범한 사람이다. 혹은 평범한 이가 우연히 잠깐 탐정 흉내를 내고 난 뒤, 다시 원래 있던 자리로 돌아가는 것이다. 초능력을 잃고 만 슈퍼히어로는 오히려 일반인만도 못하다. 그들의 비범함이 사라진 자리를 채울 것은 불안정한 현실과 미덥지 못한 능력뿐이다.

이제 명탐정의 시대는 끝났다. 평범해진 탐정, '평탐정'의 시대에 탐정은 어디로 가야 할까?

5

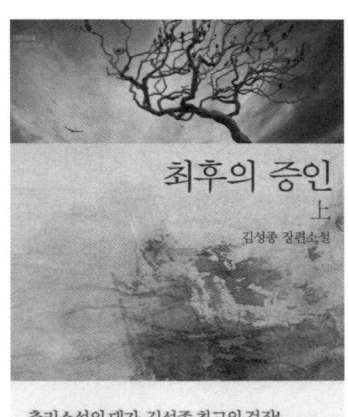

여기서 질문을 던져보자. 우리에게는 왜 위대한 탐정이 없는가?

한국에서 추리소설을 사랑하는 사람이라면 이러한 의문을 품은 적이 있을 것이다. 당연히 한국 추리소설에도 탐정이 존재하며 많은 작가가 저마다 탐정을 만들어 선보인다. 하지만 독자에게 깊은 인상을 주는 탐정이 있는가?

이런 질문을 염두에 두고 한국 추리소설의 계보 속에 등장한 탐정의 모습을 돌이켜보자.

한국 추리소설 가운데 이해조의 《쌍옥적》을 최초의 탐정이 등장한 작품으로 꼽는다. 이 작품의 정 순검과 고 소사를 탐정으로 분류해도 좋을 것이다. 하지만 1930년대에 김내성이 창조한 유불란에 이르러서야 비로소 명탐정이 등장했다고 봐야 한다. 유불란은 종로 H식당 지하에서 마카로니와 오믈렛을 즐겨 먹는,

"탐정은 모름지기 리얼리스트여야 한다. 로맨티스트여서는 아니 된다"라고 말하는 근대적인 인물이다. 다재다능하면서도 교양 있는 명사로 등장하는 유불란 캐릭터는 당대 추리소설에서 등장하는 명탐정들을 떠올리게 한다.

유불란은 일제강점기라는 시대적 배경에 발을 딛고 탐정으로 활동한다. 하지만 정작 그는 당대의 기준에서 무척 비현실적인 인물이다. 김내성의 대표작인 《마인》은 경성을 배경으로 종로나 반도호텔 등의 여러 현실 속 장소가 등장한다. 하지만 중요한 사건이 벌어지는 무대는 화려함으로 가득한 허구적인 공간인 데다, 작품 안에는 일본인이 보이지 않는다. 이로 미루어 《마인》의 경성은 가상의 공간으로 보아야 마땅하다. 유불란 또한 셜록 홈스와 같은 현실에 가까운 탐정이라기보다는 아르센 뤼팽을 연상시키는 비현실적 과장에 뒤덮인 탐정이다. 사실 그의 이름부터가 뤼팽을 창조한 작가 모리스 르블랑에서 따온 것이다.

해방 이후 방인근의 장비호와 같은 탐정이 등장했지만, 한국 추리소설은 간신히 명맥을 유지하는 데 급급할 뿐이었다. 그러다 김성종이 등장하면서 한국 추리소설은 다시 중흥을 맞이한다. 김성종은 수많은 작품을 썼는데, 그중 등장하는 형사 오병호는 인상적인 캐릭터다. 대표작으로 꼽히는 《최후의 증인》에서 오병호는 미궁에 빠진 시골 양조장 주인 양달수 살인사건을 조사한다. 하지만 오병호의 수사는 경찰 조직의 적극적인 지원 없이 혼자 이루어진다. 그것이 가능한 이유는 오병호가 여러 이유로 은둔을 택하려는 인물이기 때문이다. 오병호의 정체성은 형사이지만 탐정이기도 한, 조직에 속해 있지만 외로운 경계인으로 그려진다.

주의할 점이 있다. 김성종의 여러 작품에서 오병호라는 이름을 가진 인물이 형사의 역할을 맡기에, 독자는 김성종의 세계관 속 오병호의 서사를 이어 보려고 시도할 것이다. 하지만 오병호는 작품마다 캐릭터성이 다르기에 동일한 인물로서 연속적인 서사를 가진 것으로 보기 어렵다. 이는 독자가 오병호라는 캐릭터에 몰입하는 데 방해가 되는 요소다. 우리는 마음에 드는 탐정 캐릭터를 발견하면 그가 다음 사건에서 어떻게 활약할지, 그때 과거 사건에서 겪은 일들을 어떻게 기억하고 있을지를 보려 한다. 하지만 오병호는 불연속적인 탐정이며, 심지어 탐정인지 형사인지 정체성조차도 애매하다.

유불란과 오병호의 특성은, 어쩌면 당대의 현실 때문에 택한 어쩔 수 없는 타협이었을지도 모른다. 역사적으로 강압적인 통치가 긴 시간 이어져왔기에, 국가

권력에 마냥 순응하지만은 않고 독립적이며 개성적인 탐정 캐릭터를 그리는 건 쉽지 않았을 것이다. 탐정이 21세기에 들어와서야 정식 직업이 된 현실적인 점 또한 이유로 들 수 있다. 한국에서 탐정을 그리려면 유불란처럼 비현실적 인물이 활동할 수 있는 시공간을 창작하거나, 오병호처럼 현실에 발 담근 지위를 주되 요구되는 역할에서 어쩔 수 없이 외도하는 상황을 연출해야 했을 것이다.

이는 한국에서 명탐정 캐릭터가 인상적으로 자리 잡지 못하는 결과를 불러왔다. 한국 추리소설에서는 여러 탐정이 고개를 잠시 내밀었을 뿐이며, 그마저도 '형사'라는 정체성을 함께 단 이들이 상당수였다. 평론가 백휴의 탄식처럼, 한국에서는 형사와 탐정이 구분되지 않는다. 그 원인을 한국 추리소설이 밟아온 역사에서 찾아볼 수 있지 않을까? 혹여나 김내성이 해방 이후에도 유불란이 등장하는 탐정 소설을 꾸준히 썼다면, 혹은 김성종이 오병호의 연속적인 일대기를 작품들 속에서 적극적으로 제시하려 했다면 상황은 달라졌을까?

6

이 시대 한국에서 추리소설을 쓰는 작가는 어떻게 탐정을 만들어야 하는가? 경찰이 탐정이 되는 건 어떨까? 앞서 '탐정과 경찰이 구분되지 않는다'고 말했지만, 추리물의 전통에 경찰 소설의 맥 또한 짙게 깔려 있으며, 메그레 경감, 모스 경감, 마르틴 베크와 같은 인상적인 경찰 캐릭터도 여럿 존재한다. 한국에도 김성종이 창조한 오병호나 이상우의 《악녀 두 번 살다》 같은 작품에서 활약하는 추병태 경감이라는 훌륭한 선례가 있다. 최근 한국 추리소설에서 형사가 주인공인 사례로는 송시우의 〈알렉산드리아의 겨울〉에 나오는 이규영, 홍정기의 《살의의 형태》에 나오는 오영섭, 김세화의 《타오》에 나오는 오지영 등이 떠오른다.

하지만 경찰은 탐정과 다르다. 경찰의 체계적이고 현실적인 수사 기법은 명탐정의 우연적이며 직관적인 통찰에 기반한 추리와 차이가 있기에 이를 전문적으로 조망하는 소설은 '경찰 수사절차 소설'이라고 분류할 정도다. 또한 경찰을 다룬 작품은 사건 뒤에 도사린 사회의 어둠을 다루게 되는 경우가 많은데, 이는 탐정에 집중하여 캐릭터의 매력을 비출 여력을 줄인다. 탐정의 매력과 사회의 어둠을 동시에 그럴듯하게 제시해야 한다는 난제는 하드보일드나 사회파의 과제이기도 하다.

탐정이 활약할 별개의 배경을 제시하는 것 또한 방법일 수 있다. 탐정의 직관이 빛을 발하는 게 이상하지 않을 시공간, 가령 역사적으로 공권력보다 탐정이 더 매력적이고 믿음직한 시대를 선택하거나, 특수한 규칙이 있어 그에 따라 새로운 논리로 움직이는 장소에서 활약하는 탐정을 제시하는 것도 좋다. 이는 고전 추리소설과 본격 추리소설의 탐정이 현재 새로이 설 방법이기도 하며, 이미 김내성이 일제강점기라는 특수한 시공간에서 유불란을 선보인 형식이기도 하다. 최근의 한국 작품 중에는 김재희의 《경성 탐정 이상》의 주인공 시인 이상, 김영민의 《수상탑의 살인》 속 대학원생 한규현, 고태라의 《무녀촌》에서 활약하는 민속학자 민도치, 무경의 《마담 흑조는 곤란한 이야기를 청한다》에 나오는 부호의 딸 천연주, 홍정기의 《초소년》에 등장하는 초등학생 홍은기 등이 있다.

하지만 이는 마치 링 위의 격투기처럼 철저한 비현실성의 전제를 뛰어넘을 용기가 필요하다. 격투기를 관전하는 순간은 흥분에 휩싸이지만, 경기가 끝나면 다시 일상으로 돌아가는 급격한 전환을 감당해야 한다. 심지어 탐정과 추리소설의 전개를 위해 만든 과도한 설정은 자칫 프로레슬링과 같은, 이미 승패가 결정된 '쇼'를 보는 기분마저 느끼게 할 수 있다.

제3의 길이 존재할까? 현실과 비현실을 모두 만족시키고 비범함과 평범함, 모두를 충족시키는 그런 탐정이 지금의 추리소설 속에서 존재할 수 있을까? 그렇게 만들어진 명탐정을 한국 추리소설 독자들은 순순히 받아들일 수 있을까?

작가들은 자기만의 명탐정을 꿈꾼다. 하지만 명탐정은 이제 기호로 변했다. 현재의 추리소설 안에서 명탐정은 더더욱 철저한 허구적 존재로만 작동한다. 명탐정이 아닌 탐정은 이제 신비함과 위엄을 잃었다. 평범한 우리가 매일매일을 전전긍긍하며 살아내려는 것과 마찬가지로, 그들은 제 설 자리를 찾으려 분투한다. 그들 주변에 범죄와 위험이 도사리고 있다지만, 우리의 일상 또한 위태롭고 아슬아슬하긴 매한가지 아닌가?

작가들은 이제 어떤 탐정을 만들어내야 할까? 아직도 세상은 명탐정을 바랄까? 우리는 어떻게 명탐정을 창조해낼 수 있을까?

참으로 어려운 질문이다. 하지만 작가들은 저마다의 해답을 제시해야 한다. 자신이 품은 해답에 걸맞게 저마다의 탐정을 선보인다면, 수많은 '해답'들은 점차 특정한 지점으로 수렴하게 될 것이다. 그 지점은 '정답'일 수도 있지만 또 다른 '난점'일 수도 있다. 그렇게 고통스러운 방황을 거치다 보면 결국, 한국 추리소설이 자랑스레 제시할 명탐정이 불현듯 등장할 것이다. 비범함을 원하는 평범한 우리는 그렇게 믿을 수밖에 없다.

무경 무경 부산에서 태어나 부산에서 살고 있다. 좋은 이야기는 세상을 좋은 방향으로 움직이고, 이야기 한 줄에 무한한 가능성이 담겨 있다고 믿는다. 《1929년 은일당 사건 기록》 시리즈를 썼으며, 연작 단편집 《마담 흑조는 곤란한 이야기를 청한다》를 펴냈다. 2024년 단편 〈낭패불감(狼狽不堪), 이러지도 저러지도 못하고〉로 제18회 한국추리문학상 황금펜상을 받았다. 2025년 악마 연작 단편집 《부디 당신이 무사히 타락하기를》을, 2026년 한국형 역사 미스터리 《1939년 명성아파트》를 출간했다.

작가란 작가다

《어스탐 경의 임사천언》의 이영도

인터뷰 진행 ✦ 김소망

이영도 1972년생. 경남대학교 국어국문학과 졸업. 1998년 여름, 컴퓨터 통신 게시판에 연재했던 첫 장편 《드래곤 라자》가 출간되어 100만 부를 돌파함으로써 한국 판타지 문학의 붐을 일으켰다. 이후 《퓨처워커》, 《폴라리스 랩소디》, 《눈물을 마시는 새》, 《피를 마시는 새》, 《그림자 자국》, 《오버 더 초이스》 등의 장편소설을 연이어 발표했다. 《드래곤 라자》는 여러 차례 게임 및 만화와 라디오 드라마로도 제작되었으며, 일본과 중화권에 수출되어 100만 부 이상의 판매고를 올렸다. 2004년에는 판타지 소설 최초로 고등학교 문학 교과서에 수록되기도 했다. 2022년에는 《눈물을 마시는 새》가 한국 단행본 역사상 최고 선인세로 영어, 독일어, 프랑스어, 일본어, 스페인어, 이탈리아어, 아랍어를 비롯한 전 세계 17개 언어권에 수출되며 화제를 모았다. 그가 발표한 작품은 대부분 드라마형 오디오북으로 제작되었는데, 이중 《눈물을 마시는 새》가 한국 전자출판 우수상을 수상했다. 그외에 중단편집 《오버 더 호라이즌》, 《별뜨기에 관하여》, 중편소설 《시하와 칸타의 장 ─ 마트 이야기》가 있다.

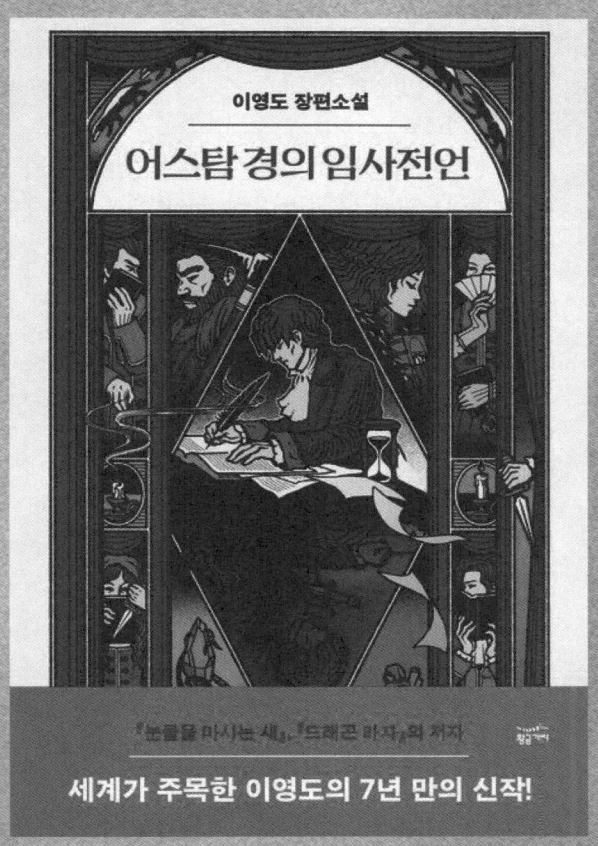

"누군가가 어떤 작가를 옹호한다고 말할 때 그자는 십중팔구 어떤 글을 옹호하는 겁니다. 작가의 방을 나와 세상을 누비며 자기편을 만들거나 자기 적을 만들어내는 건 글입니다. 작가는 방에 남겠다고, 고독하겠다고 결정한 사람입니다."

작가와 글의 관계는 무엇에 비유할 수 있을까. 독자의 인생에 화기를 남기는 것은 글인가, 그 글을 쓴 작가인가. 이영도 작가가 7년 만에 발표한 신작 장편소설 《어스탐 경의 임사전언》의 주인공은 유명 작가 어스탐 로우이자, 현재 그가 집필 중인 바로 그 글이다. 작가는 4년 전 심장에 단도가 꽂혀 사망했지만 죽지도 살지도 않은 채 매일 임사전언을 쓴다. 필경사는 날마다 작가의 글을 필사해 수사관에게 전한다. 수사관은 이 기이한 임사전언이 결국 살인범의 정체를 밝히는 장면으로 끝나리라 예상하며 매일 새 원고를 기다린다. 말하자면 어스탐 경은 인기 연재 작가이고, 수사관은 열렬한 독자이며, 필경사는 과로하는 편집자다. 글을 쓸 힘이 남아 있다면 살인을 저지른 자의 실명만 빠르게 적는 것이 이치에 맞겠지만, 작가(이영도)는 작가(어스탐 경)를 통해 '작가'라는 존재 자체를 말한다.

"나는 글을 세상에서 말살할 수 있다. 글쓴이는 그걸 태울 수 있다. 작가가 글의 주인이다. 아니요. 작가는 글의 주인이 아니에요. 외로운 것이 싫었으면 다른 방식을 찾아야 했죠. (…) 다른 사람들이 다 그러는 것처럼. 그게 싫다고 해서 방 안에 혼자 앉아 글을 쓰지 말고. 재주가 있다고 해서 그러지 말고. 그렇게 성공하지도 말고."

메타픽션이기도 한 이 책에서 어스탐 경과 이영도 작가를 겹쳐 보지 않을 방법이 과연 있을까. 《어스탐 경의 임사전언》은 '더스번 칼파랑과 사란더테' 시리즈에 속하는 책으로, 유일한 장편소설이다. 다른 시리즈물은 모두 단편으로 구성된 판타지 소설로, 더스번 칼파랑과 사란더테의 모험담을 중심으로 전개된다. 이번 신작은 훨씬 더 복잡한 세계를 다루며 그만큼 복잡한 구성을 취한다. 판타지 세계관에 미스터리 요소와 밀실 살인 등의 추리 장치를 결합하고 각 장의 사이사이에 희곡 형식을 끌어와 이야기를 진행한다. 작가의 인장이라 할 수 있는 언어유희와 유머, 만담의 밀도 또한 이전 작품들보다 한층 강해져, 팬들 사이에서도 호불호가 갈린다.
어떤 작가는 자신을 기다리는 – 작가가 지은 글을 기다리는 – 사람들이 합리적이라고 느낄 만한 글만을 쓰지 않는다. 그래야 할 때조차 그렇다. 예를 들어 죽는 순간, 빈 종이와 펜을 손에 쥔 상황에서조차. 대체 작가란 어떤 존재인가. 작가다. 이영도 작가 입문용으로는 이 책이 적절하지 않을 수 있다는 말이 팬들 사이에서 오가지만, 오히려 《어스탐 경의 임사전언》을 추천하고 싶어진다. 웰컴 이영도 월드다.

《계간 미스터리》독자들에게 인사를 부탁드립니다.

여러분의 매일이라는 페이지에 좋은 글과의 만남에 쓸 수 있는 근사한 여백이 가득하길 바랍니다.

이번 작품은 '더스번 칼파랑과 사란더테' 시리즈 중 추리 요소가 가장 강한 판타지 소설입니다. 시리즈물의 다른 작품들보다 독자로서 할 일이 많아서 즐거운 독서였는데요. 판타지의 초자연적 요소가 추리의 긴장을 쉽게 해소해버릴 위험도 있었을 텐데, 그런 장치들을 어디까지 허용할지 기준으로 삼으셨던 것이 있다면 무엇이었나요.

음… 글쎄요. 제가 추리 장르의 긴장감 조성을 바랐다면 가장 권위 있는 탐정을 내세우지는 않았을 겁니다. 피살자 말입니다. (이런 언급이 제 졸문에도 있었지만) 이 피살자라는 탐정은 어찌나 권위가 대단한지 용의자들이나 조수를 대상으로 자신의 추리 과정을 설명하는 저 유명한, 추리 장르라면 거의 필수 불가결로 느껴지는 '그' 장면조차 가질 필요가 없습니다. 그냥 아무런 설명 없이 '쟤가 범인'이라고 말해도 그자가 범인인 거죠. 피살자가 지목했으니. 그리고 다른 똑똑한 탐정이 등장해 놀라운 관찰력과 기막힌 논리로 범인을 지목한다 해도 피살자가 '응, 아니야'라고 말해버리면 그자는 범인이 아닌 거죠. 피살자가 부정했으니. 이런 식으로 보면 제 졸문의 설정은 추리 장르라기보다 오히려 안티 추리에 가까워 보이지 않을까요? 물론 저로선 그런 의도는 없었습니다만. 질문에 답하자면, 애초에 그런 종류의 긴장을 추구하지 않았으므로 그걸 보호할 다른 장치들을 고민하지도 않았다는 것이 정확한 대답이 될 것 같습니다.

어스탐 경의 집필 의도가 인물들에게 비교적 명확히 전해지는 장면을 주요하게 다루셨다는 점이 인상적이었습니다. 탐정 역할인 사란더테가 독자에게 책에 담긴 진실을 전달함으로써, 독자가 작가의 글을 스스로 해석하기보다는 진실을 '전해 듣는' 위치에 놓인다는 느낌도 들었는데요. 이 지점에서 '그럼에도 어스탐 경의 임사전언은 독자의 것인가, 아니면 작가의 것인가'라는 질문이 생겼습니다. 작가님은 이에 대해 어떻게 생각하시는지 궁금합니다.

굳이 저작권이 어쩌니 하는 말을 할 필요도 없이 글은 작가의 것이 맞습니다. 하지만 작가는 집필이라는 행위를 통해 글을 소유하는 거지요. 그런데 독자가 하는 건 집필이 아닙니다. 독서지요. 그리고 독서로 얻은 글은, 당연히 그 노동을 수행한 독자의 것입니다. 제 생각은 대강 이런 것 같군요.

어스람 경은 4년에 걸쳐 글을 연재하지만, 독자와 실시간으로 소통하며
자신의 글을 조율하는 작가는 아닙니다. 작가님께서도 연재 시절 독자의
반응을 실시간으로 마주한 경험이 있는 만큼, 작가님이 느끼시는 창작자
와 독자 사이의 적절한 거리는 어느 정도인가요.

> 독자라는 건 어차피 일반화할 수 없는 대상이므로 일반적인 '적절한 거리'
> 라는 건 말하기 어렵지 않을까요. 독자의 반응에 따라 글이 바뀌기도 하느
> 냐고 물으시는 거라면 앞에서 했던 말이 대답이 될 것 같습니다. 모든 사람
> 이 다른 반응을 보이는데 그 모두를 만족시킬 능력이 저한테는 없습니다.
> 그런 능력이 있다면 참 좋았을 테지만….

이번 작품을 비롯해, 독자로서 읽을 땐 좋아하지만 작가로서는 쓰기 싫
거나 어려운 장면이 있다면 주로 어떤 것일까요.

> 그런 장면이 있나 한참 생각해봤는데 딱히 떠오르는 것이 없군요. 읽을 때
> 재미있는 장면은 대개 쓸 때도 재미있지 않을까요? 제 손이 키보드를 두드
> 릴 때 제 눈은 모니터를 보고 있지요. 예, 저는 쓰면서 동시에 읽습니다. 그
> 래서 간혹 내가 나의 첫 번째 독자라고 말하기도 합니다만, 어쨌든 그 과정
> 을 생각해보면 내가 즐겁게 읽고 있다면 그건 내가 즐겁게 두드리고 있는
> 것 아닐까 생각합니다.

1990년대가 아니라 2020년대의 환경에서 데뷔하기 위해 글을 쓰는 자
신을 상상해보신 적이 있는지요. 무엇이 같고 무엇이 달랐을까요.

> 그런 상상은 해본 적이 없는데 한번 고민해보겠습니다. 음…. 죄송합니다
> 만 전제를 어느 쪽으로 해석해도 상상할 수가 없다고 해야겠군요. 내가 30
> 여 년 늦게 글을 쓰기 시작한 거라면, 그 경우엔 내가 30여 년 동안 다른 삶
> 을 살았다는 말이 되는데 그게 어떤 과정일지 조금도 알 수 없군요. 30여
> 년 동안 다른 삶을 산 나는 내가 아니고 따라서 내가 아닌 그자가 어떤 말을
> 할지도 알 수 없군요. 만약 제가 30여 년 늦게 태어난 경우라면, 이번엔 내
> 유년기와 성장기가 완전히 달라지는 것이니 그자 역시 내가 아닙니다.
> 어느 쪽으로 가정해도 내가 아닌 자들의 이야기이므로 제가 말하기 어렵
> 군요.

만약 지금의 작가님이 과거의 본인에게 한 가지만 이야기할 수 있다면,
글쓰기와 무관한 말이어도 좋으니 무얼 말해주고 싶으신가요.

> 아무것도 말해주고 싶지 않고, 그전에 적극적으로 접촉을 피할 거로 생각
> 합니다. 지금 내 앞에 미래의 내가 나타나서 무슨 소리를 하려고 하면 '어
> 허! 스포일러 금지! 당장 돌아가!'라고 할 것 같고, 그러니 나 또한 과거의
> 나에게 그런 대접을 받고 싶지는 않군요.

최근 가장 진심으로 웃으셨던 순간이 있다면?

> 예. 그걸 알려주고 싶은 대상이 나타나면 알려주겠습니다.

최근에 글을 쓰지 않는 시간에 가장 자주 하는 생각이 있다면, 무엇인지
들려주실 수 있을까요.

> 최근이라면 붕어빵을 따스하게 운반하는 방법에 관한 생각을 좀 많이 했
> 던 것 같군요. 붕어빵을 좋아하는 가족이 있어서 길을 걷다가 붕어빵 수레
> 가 눈에 들어오면 사곤 하는데 집까지 그걸 따스하게 가져가려면 어떻게
> 하는 것이 가장 좋을까 하는 궁리를 좀 합니다. 그러니까 계절적인 이슈지
> 요. 뭐 거의 항상 '외투 주머니에 집어넣고 최대한 빨리 집에 간다'로 끝나
> 지만.

어스탐 경은 이제 막 초고를 다 쓴 것 같은데요. 그는 퇴고하고 싶어하지
는 않았을까요?

> 글이 그걸 허락할지 모르겠군요. 음. 그럴 것 같지 않습니다.

김소망 평생 영화와 책 사이를 오가고 있다. 대학에서 영화 연출을 전공했고 현재 직업
은 출판 마케터. 마케터란 한 우물을 깊게 파는 것보다 100개의 물웅덩이를 돌아다니며
노는 사람과 비슷하다고 생각한다. 운 좋게 코로나 전에 다녀온 세계 여행 그 후의 삶을
기록한 여행 에세이 외전, 《세계 여행은 끝났다》를 썼다.

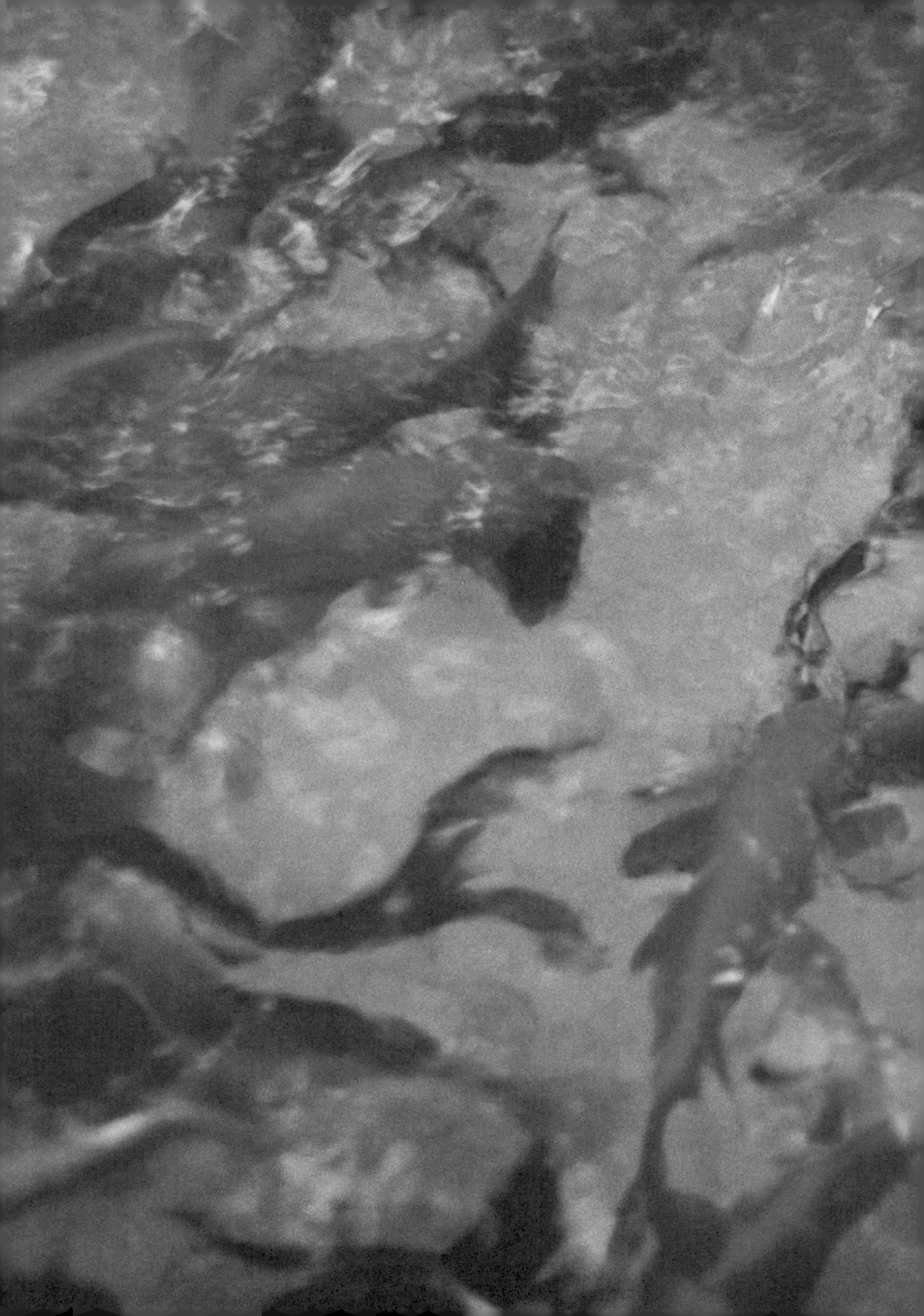

그리고 아무도 잊지 않았다

– 애거사 크리스티 서거 50주기를 맞이하며

✦ 조동신

황금가지 제공

1차 세계대전 당시인 1915년, 영국으로 가던 배 루시타니아호는 독일군 잠수함이 쏜 어뢰에 맞아 침몰하고 만다. 배가 침몰하기 전, 위급 시에는 여자와 어린아이부터 구한다는 전통에 따라 구명보트에 타는 어느 여자에게 한 남자가 비밀문서를 맡긴다.

어릴 적부터 추리소설을 유난히 좋아했던 나는 어느 날 《고험가 클럽》이라는 책을 읽게 되었다. 해문출판사에서 나온 총 50권의 '팬더 추리 걸작 시리즈' 중 하나였다. 이 작품의 도입부는 실제 사건인 루시타니아호 침몰에서 시작한다. 물론 비밀문서 이야기는 꾸며낸 것이지만.

전쟁이 끝난 후, 참전 군인이었던 토미와 종군 간호사였던 터펜스는 우연히 다시 만나 탐정사무소를 같이 열기로 한다. 그러다 앞의 문서를 둘러싼 사건에 휘말리고, 토미의 상사를 만나 영국 정보부로부터 일을 의뢰받게 된다. 과연 문서의 내용은 무엇이며, 그것을 찾고자 하는 사람들의 정체는 무엇인가.

이 작품의 원래 제목은 《비밀결사The Secret Adversary》(1922)로, '추리소설의 여왕'이라 불리는 애거사 크리스티의 두 번째 장편이다. 애거사 크리스티와의 첫 만남이 바로 이 작품이었다. 크리스티의 책을 읽으며 정말 어떻게 이렇게 재미있을 수 있을까, 하는 생각이 들었다. 주인공들은 어떻게 위기에서 벗어날까, 문서를 찾으려는 비밀조직의 우두머리는 누구일까, 여러 가지를 생각하며 읽었다.

서점의 추리소설 코너에는 애거사 크리스티라는 이름이 유난히 눈에 띄었지만, 무심히 지나치곤 했다. 그런데 이 책을 읽은 다음부터는 달라졌다. 그냥 지나치지 못하고 크리스티 전집 뒷면의 작품 소개글을 읽으면서 나중에라도 꼭 읽어야겠다고 결심했다.

올해는 추리소설에 관심이 없는 사람도 한 번쯤 이름은 들어봤을 애거사 크리스티(1890~1976)의 사망 50주기가 되는 해이다.

1841년, 미국의 작가 에드거 앨런 포가 〈모르그가의 살인사건〉을 발표한 후, 수많은 작가가 수수께끼 가득한 범죄가 발생하고 머리 좋은 탐정이 최소한의 단서만으로 사건을 해결해나가는 이야기, 즉 추리소설을 써냈다. 그중 가장 위대한 작가는 누구일까? 사람마다 의견은 다르겠지만, 후보에서 절대로 빠질 수 없는 작가가 바로 애거사 크리스티다.

크리스티는 장편 추리소설 84편, 단편 136편, 로맨스 소설 6편, 희곡 18편을 쓴 다작 작가다. 전 세계에서 20억 부 이상 판매되어 역사상 가장 많은 작품이 팔린 작가로 기네스북에 올랐으며, 출간된 후 한 번도 절판된 적이 없다. 추리소설 역사에서 빼놓을 수 없는 두 명의 탐정 캐릭터를 창조했고, 영화와 드라마, 연극 등으로 만들어진 예가 헤아릴 수 없다.

대표적인 예는 〈쥐덫The Mousetrap〉이다. 영국의 모후였던 메어리 여왕의 80회 생일 선물로 유명한 이 작품은 1952년 연극으로 초연된 이후 지금까지 하루도 빼놓지 않고 공연된 역대 최장기 공연이다. 그뿐 아니라 1974년에 영화로 제작된 〈오리엔트 특급살인〉은 탐정 푸아로 역을 맡은 앨버트 피니를 비롯해 작은 역할에도 잉그리드 버그만, 숀 코널리, 앤서니 홉킨스 같은 톱스타를 동원한 것으로 유명하다. 1978년 영화 〈나일 살인사건〉 역시 푸아로 역에는 〈쿼바디스〉에서 네로 황제 역을 맡았던 피터 유스티노프가 캐스팅되었고, 데이비드 니븐, 미아 패로, 올리비아 허시, 제인 버킨, 안젤라 랜스베리 등이 출연한 바 있다. 그 영향인지 최근 케네스 브래너가 감독겸 주연을 맡은 푸아로 시리즈 또한 초호화 캐스팅으로 사람들의 눈길을 끌고 있다.

국내에서 영상화된 작품도 꽤 된다. 1987년 KBS에서 방영한 드라마 〈제웅도〉는 《그리고 아무도 없었다And Then There Were None》(1939)를 원작으로 만든 작품이다. 1995년 SBS에서는 김희선 주연의 드라마 〈李가사 크리스티〉를 방영했는데, 애거사 크리스티의 작품에 매료되어 추리소설가 지망생이 된 여대생이 추리동아리를 만들어 여러 사건을 해결해나가는 이야기다. 또한 2018년 SBS 드라마 〈미스 마: 복수의 여신〉은 미스 마플 시리즈를 한국 배경으로 개작한 작품이다. 〈쥐덫〉과 〈그리고 아무도 없었다〉 등은 연극으로 공연되기도 했다.

일본도 비슷하다. 2004년 NHK에서 〈애거사 크리스티의 명탐정 푸아로와 마플〉이라는 애니메이션을 방영했다. 제목 그대로 푸아로와 마플이 등장하는 장·단편을 만화로 제작한 것인데, 레이먼드 웨스트(마플의 조카)의 딸이라는 설정의 메이블이 푸아로의 조수로 취직하고, 가끔 마플의 집에도 가면서 두 탐정의 연결점이 된다(두 사람이 실제로 만나지는 않는다). 그외에도 크리스티의 작품을 현지 배경으로 바꾼 드라마가 지금까지도 종종 방영된다.

크리스티의 특징 중 하나는 다양한 탐정 캐릭터의 창조다. 추리소설 작가가 탐정 캐릭터를 여러 명 만드는 일은 드물지 않지만, 크리스티만큼 '어벤저스'를 연상케 할 만한 탐정 캐릭터를 창조하고, 각 시리즈와 컬래버레이션을 이룬 작가도 드물다.

가장 대표적인 탐정은 에르퀼 푸아로다. '회색 뇌세포'라는 말로 유명한데, 회색 뇌세포는 악을 느낄 때 더욱 활성화되므로 이를 이용해 사건을 해결한다는 뜻이다. 푸아로는 셜록 홈스의 영향이 짙은 캐릭터다. 퇴역 군인이 친구이며 조수이자 화자라는 점, 그리고 괴짜라는 점 등이 유사하다. 푸아로와 관련된 키워드 중 빼놓을 수 없는 것이 특유의 카이저수염(양쪽 끝이 위로 올라간 코밑수염)이다. 이 때문에 다른 사람들의 놀림감이 되기도 하지만, 어느 영화에서 푸아로 역을 맡은 배우가 말끔하게 면도하고 나오자 크리스티가 강력하게 항의했을 정도로 작가의 애착이 담긴 특징이다.

푸아로 못지않게 유명한 캐릭터는 가장 성공한 여성 탐정이라고 해도 과언이 아닌 제인 마플이다. 이전에도 여성 탐정 캐릭터가 없지는 않았지만, 마플처럼 주체적으로 활동하는 탐정은 드물었다. 시리즈 첫 장편인 《목사관의 살인 The Murder at the Vicarage》은 1930년에 나왔으나, 단편집 《열세 가지 수수께끼 The Thirteen Problems》(1932)에 수록된 단편은 1927년에 처음 나왔다. 이 작품에서 마플은 '화요일 클럽' 사람들이 돌아가면서 이야기하는 의문의 사건을 듣기만 하고 진상을 알아차리는 안락의자형 탐정 역할을 한다. 물론 시리즈 중에는 그녀가 부지런히 움직이며 조사하는 이야기도 있다. 마플은 독신 여성이고 평생 세인트메리미드 마을에서만 살아왔다. 늘 뜨개질만 하는 보통 시골 할머니처럼 보여도, 범죄가 발생하면 누구보다도 깊은 통찰력으로 사건을 해결해내는 캐릭터다.

푸아로와 마플뿐 아니라 사건 현장에 갑자기 나타나 힌트를 던지고 사라지는 신비한 남자 할리 퀸, 불행한 사람들에게 행복을 찾아주는 게 특기인 통계청 출신 탐정 파커 파인, 노련한 형사인 배틀 총경 등도 있다. 서두에 언급했던 토미와 터펜스 역시 시리즈로 출간됐는데, 푸아로나 마플이 수십 년이 지나도 나이를 먹지 않는 데 반해 이들은 《비밀결사》 직후에 결혼하고 나중에는 손주까지 두는 모습이 그려진다.

그외에도 푸아로의 친구이자 조수이며 화자인 아서 헤이스팅스 대위가 있다. 셜록 홈스 시리즈는 거의 모든 이야기에 왓슨이 등장하거나 언급되지만, 헤이스팅스가 등장하지 않는 이야기도 많다. 또한 영국 정보부의 레이스 대령, 추리소설가 애리어든 올리버 부인, 노신사 새터드웨이트 등 다양한 조역들이 있는데, 이들은 가끔 다른 탐정이 나오는 이야기에 등장하기도 한다. 대표적인 작품은 《테이블 위의 카드Cards on the Table》(1936)로, 푸아로와 올리버 부인, 배틀 총경과 레이스 대령이 모두 등장한다.

개인적인 의견이지만, 크리스티가 위대한 이유는 다양한 시도에 있다. 그녀가 개척한 분야를 간단히 소개하면 첫 번째로 클로즈드 서클Closed circle을 들 수 있다. 앞서 언급한 연극 〈쥐덫〉이 전형적이다. 아무도 드나들 수 없는 상황에서 사건이 일어나고 서로를 의심하는 이야기는 추리소설 팬들의 흥미를 자극한다.

또한 이 분야뿐 아니라 추리소설 사상 최고의 작품이라고 해도 과언이 아닌 《그리고 아무도 없었다》가 있다. '인디언섬'에 여덟 명이 초대되고, 그곳에서 일하는 두 명의 하인 역시 섬 주인이 누구인지 모른다. 섬의 별장에는 인디언 인형이 열 개 있고, 벽에는 '열 명의 인디언 소년'이라는 제목의 동요 가사가 걸려 있다. 그리고 모인 사람이 한 명씩 살해되고, 그때마다 인형도 하나씩 사라진다. 누가 왜 이런 일을 저지르는 것일까. 이들 모두 살해당할 만한 동기가 있다. 여기까지만 봐도 추리소설 독자라면 아주 익숙하다는 느낌을 받을 것이다. 이 작품이 이런 구성의 원조이기 때문이다. 탐정 캐릭터가 부재하며 누구든 용의자가 될 수 있다는 점이 이 방식의 특징이기도 하다(물론 탐정 캐릭터가 등장하기도 한다).

두 번째는 코지 미스터리다. 코지cozy는 편안함을 뜻하는데, 이 장르의 특징은 대개 잔인하지 않고 극악한 악당도 등장하지 않는다는 것이다. 배경도 도시보다는 시골 마을인 경우가 많으며, 주인공은 전문 경찰이 아니라 우리 주변에서 흔히 볼 수 있는 사람, 혹은 전문직(가게 주인인 경우도 잦다)이고 트릭보다는 인간관계를 바탕으로 사건을 해결한다는 특징이 있다.

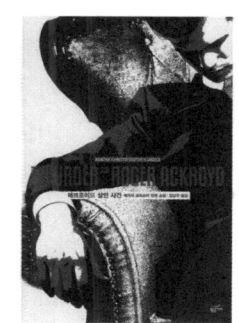

《애크로이드 살인사건The Murder of Roger Ackroyd》(1926)에서는 푸아로가 시골 마을에 호박을 재배하러 갔다가 살인사건을 만나게 된다. 이 작품은 범인의 정체가 워낙 뜻밖의 인물이라, 독자들로부터 페어플레이가 아니라는 비난이 쏟아진 것으로 유명하지만, 후대에 미친 영향도 크다. 이 작품의 화자인 셰퍼드 의사에게는 독신인 노부인 누나가 한 명 있는데, 마을의 모든 사람을 잘 알고 있는 소식통이다. 그녀를 발전시켜 만든 캐릭터가 마플이라고 한다.

크리스티 이후 대표적인 작품으로는 루이즈 페니의 '아르망 가마슈 경감 시리즈', M. C. 비턴의 '해미시 맥베스 시리즈', 조앤 플루크의 '한나 스웬슨 시리즈' 등이 있다. 이는 일본에서 더욱 계승되고 발전되어 일상 미스터리, 즉 아예 범죄가 일어나지 않고 일상의 소소한 사건을 추리해내는 장르로 자리 잡기도 했다.

세 번째, 여행 미스터리다. 사람의 발길이 뜸한 시골 마을과 번화한 도시, 또 이국적인 장소까지 그녀의 배경에는 제한이 없다. 《오리엔트 특급 살인Murder on the Orient Express》(1934), 《구름 속의 죽음Death in the Clouds》(1935), 《나일강의 죽음Death on the Nile》(1937) 등은 각각 기차, 비행기, 배 등 교통수단을 배경으로 한다. 특히 크리스티는 기차를 좋아해서 여러 작품의 배경으로 삼았다.

여행 미스터리는 문자 그대로 보통 사람에게는 비일상적인 곳, 외국이거나 호텔, 섬, 기차, 크루즈 등을 배경으로 한 미스터리다. 이방인과 현지인의 만남으로 인한 갈등이나 문제점 등이 소재가 되고, 서로에 대한 정보가 부족하다는 점 때문에 수수께끼가 깊어진다는 특징이 있다.

크리스티는 초기 작품인 《갈색 양복의 사나이The Man in the Brown Suit》

(1924)에서 주인공이 따분함을 이기지 못하고 남아프리카로 여행 갔다가 보석과 관련된 사건에 휘말리는 이야기로 이 분야를 시작했다. 그 후 남편의 외도로 인해 이혼했는데 당시에는 이혼 소송 절차가 매우 복잡했기 때문에 몇 년을 끌다가 1928년에야 겨우 마무리되었다. 그녀는 기분도 전환할 겸 서인도제도로 여행 가려고 했다가 지인의 권유로 오리엔트 특급열차를 타고 중동으로 갔으며, 그곳에서 만난 고고학자와 재혼해 이라크의 우르 유적 발굴 현장을 직접 보기도 했다.

앞서 언급한 《오리엔트 특급 살인》과 《나일강의 죽음》은 물론, 《메소포타미아의 살인Murder in Mesopotamia》(1936), 《죽음과의 약속Appointment with Death》(1938), 《마지막으로 죽음이 오다Death Comes as the End》(1945), 《그들은 바그다드로 갔다They Came to Baghdad》(1951) 등은 이때의 경험을 바탕으로 쓴 것이다. 더욱이 새 남편인 맥스 맬로원은 고고학자였으므로 이 작품들을 쓰는 데 많은 도움을 받았을 것이다. 만약 그녀가 서인도제도로 여행을 갔다면 위 작품들은 나오지 않았을지도 모른다. 물론 서인도제도를 배경으로 한 다른 멋진 작품이 쓰였을 것이다.

미스 마플도 평생 세인트메리미드 마을을 떠나본 적이 없다고 하지만 《카리브해의 미스터리A Caribbean Mystery》(1964)에서는 대서양을 건너 카리브해의 한 호텔로 간다. 당시에는 동서 냉전이 한창이었기 때문에 동방보다는 아메리카대륙 쪽을 택했던 것 같다. 마플은 《버트럼 호텔에서At Bertram's Hotel》(1965)와 《복수의 여신Nemesis》(1971)에서 런던 소재 호텔에 묵거나 교외 버스 투어에 참가한다. 《복수의 여신》은 《카리브해의 미스터리》 속편으로, 크리스티가 《여인의 왕국》이라고 제목까지 정한 속편을 넣어서 미스 마플 3부작을 만들려 했지만(그 작품도 여행 미스터리인지 아닌지는 모른다) 안타깝게도 그전에 사망했다.

단편에서도 여행 미스터리 작품이 종종 보인다. 《파커 파인 사건집Parker Pyne Investigates》(1934)에서 파커 파인은 전반 여섯 편에서는 의뢰인들의 문제를 해결하며 행복을 찾아주는 일을 하는데, 후반 여섯 편에서는 무슨 바람이 불었는지 중동을 여행하며 일어나는 사건을 해결한다.

네 번째로 '동요 살인'인데, 크리스티가 개척했다고 보기는 어렵지만 빼어난 작품이 많아 빼놓을 수 없다. 이는 '비유 살인'이라고도 부르는 방식으로서 특정한 동요나 시의 내용을 그대로 연출해 사건을 일으킨다. 흔히 사용된 것이 '머더 구스의 노래'다.

크리스티의 가장 대표적인 작품은 앞서 언급한 《그리고 아무도 없었다》이다. 이 작품의 원제는 동요 제목과 같은 '열 명의 검둥이 소년Ten Little Niggers'이지만, 미국에서 출간하면서 인종차별 논란을 피해 《열 개의 인디언 인형》으로 바꿨다가, 이 작품의 광고 문구였던 《그리고 아무도 없었다》라는 제목이 붙었다. '동요 살인'에 해당하는 작품이 여럿 있지만, 대표적인 장편만 간단히 소개하면 다음과 같다.

작품	머더구스 동요 제목
《그리고 아무도 없었다》	열 명의 검둥이 소년
《하나, 둘, 내 구두에 버클을 달아라 One, Two, Buckle My Shoe》(1940)	하나, 둘, 내 구두에 버클을 달아라
《다섯 마리 아기 돼지Five Little Pigs》(1943)	다섯 마리 아기 돼지
《비뚤어진 집Crooked House》(1948)	비뚤어진 사람
《쥐덫Three Blind Mice and Other Stories》(1925)	세 마리 눈먼 쥐
《주머니 속의 호밀A Pocket Full of Rye》(1953)	6펜스의 노래를 부르자
《히코리 디코리 독Hickory Dickory Dock》(1955)	히코리 디코리 독

크리스티가 개척한 분야는 그외에도 많이 있다. 《ABC 살인사건ABC Murders》(1936)은 영미 스릴러에서 많이 쓰이는, 사건 현장에 독특한 흔적을 남기는 연쇄 살인 이야기에 많은 영향을 주었다. 앤도버에서 애셔, 버밍엄에서 버나드, 처스턴Churston에서 클라크Clarke, 즉 지명과 사람 이름의 첫 글자가 똑같은 살인사건이 일어나고 현장에는 ABC 철도 안내서가 떨어져 있다. 거기다 피해자들 간의 연결점도 찾을 수 없다.

오래되어 이젠 잊히다시피 한 사건을 현재 시점에서 수사하는 내용의 이야기 역시 크리스티가 시도했다. 대표작은 《다섯 마리 아기 돼지》로, 의뢰인이 푸아로를 찾아와서 16년 전에 일어난 사건을 조사해달라고 의뢰하면서 시작된다. 크리스티는 《누명Ordeal by Innocence》(1958), 《코끼리는 기억한다Elephants Can Remember》(1972), 《잠자는 살인Sleeping Murder》(1976)에서도 이러한 사건을 다루고 있다.

현대 독자들에게는 크게 와닿지 않겠지만, 크리스티의 작품은 당시 영국의 사회 문제였던 10대 청소년 범죄 증가, 2차 세계대전 이후 상류층의 몰락, 냉전

시기 등을 작품 안에 노골적이지 않게 잘 녹여내고 있다. 본격 미스터리이면서도 사회파로서의 성격도 띠고 있다는 뜻이다. 특히 《오리엔트 특급 살인》의 경우 뜻밖의 범인이나 퍼즐 미스터리로서의 요소도 훌륭하지만, 실제 사건인 린드버그 아들 납치 사건에서 모티프를 따와 범인의 행동과 그 영향으로 삶이 망가진 사람들의 이야기를 고찰해보는 작품이기도 하다.

1975년에 푸아로 시리즈의 마지막 작품인 《커튼Curtain》, 이듬해에는 마플 시리즈를 마무리하는 《잠자는 살인》이 나왔다. 둘 다 2차 세계대전 시기에 미리 써둔 작품으로, 전쟁 때문에 언제 죽을지 모르는 상황에서 사후에 출간하도록 조치해두었다. 다른 사람이 시리즈를 이어가기를 원치 않았기 때문에 직접 마무리한 것이다. 왜 생존해 있던 1975년에 《커튼》을 출간했는지 모르지만, 《뉴욕 타임스》 1면에는 "벨기에인 탐정 에르퀼 푸아로 사망"이라는 기사가 실렸다. 허구 인물의 사망 소식이 신문 1면에 실린 유일무이한 사례이기도 하다. 미스 마플은 마지막 작품에서도 죽지 않지만, 지금부터 50년 전인 1976년에 애거사 크리스티는 영원히 독자들 곁을 떠났다.

애거사 크리스티의 고향인 영국 토키시에서는 매해 9월이면 2주 동안 애거사 크리스티 축제를 연다. 축제 프로그램은 매년 상반기에 홈페이지에서 확인할 수 있으며 추리소설 공모나 워크숍 등은 늘 지원자가 꽉 차곤 한다. 크리스티와 관련된 투어 프로그램 등도 상시 운영하고 있다. 토키 자연사 박물관에 마련된 크리스티 기념 전시실 또한 팬들이 꾸준히 찾는 곳이다.

미국의 비영리 재단 맬리스 도메스틱Malice Domestic에서 매년 애거사상을 수여한다. 수상 대상이 되는 작품의 조건은 정통 미스터리여야 하고, 과도한 폭력과 잔인함, 선정성이 없어야 한다. 간단히 말해 애거사 크리스티의 특징을 충실히 따른 작품에 주는 상이다. 현대 미스터리, 역사 미스터리, 아동/청소년용 미스터리, 단편, 첫 장편, 논픽션 등 총 여섯 개 부문에 상을 수여한다. 미스터리 황금기에 비하면 인기가 줄어들긴 했지만, 여전히 크리스티의 정신을 잇는 이들이 있다.

50주기이지만, 추모보다는 경의를 표하고 싶다. "책 읽기는 빚을 지는 일이고, 창작은 빚을 갚는 일이다"라는 말이 있다. 전 세계 추리소설가 중 크리스티의 영향을 받지 않은 이는 없으므로, 모두 그녀에게 빚진 셈이다. 추리소설이라는 장르가 존재하는 한 애거사 크리스티의 이름은 영원히 여왕으로 기억될 것이다. 그러니 할 말은 이제 하나뿐이다.

"그리고 아무도 잊지 않았다."

조동신 2010년 단편 〈칼송곳〉으로 여수 해양문학상 소설 부문에서 대상을 수상하며 데뷔, 2012년 아라홍련 단편소설 공모, 2018년 사하구 모래톱 문학상, 2019년 제주 신화콘텐츠 공모 등에서 수상하고, 2019년에는 한국추리문학상 황금펜상을 수상했다. 다수의 단편을 발표하고, 장편소설 《내시귀》, 《금화도감》, 《아귀도》, 《수사반장》, 《칼송곳》, 《백수의 크리스마스》, 《문관, 갑옷을 입다》 등을 집필했다.

잔학한 천재, 비인간성의 끝
- 다큐멘터리
〈이블 지니어스 : 누가 피자맨을 죽였나?〉

✦ 쥬한량

태생부터 저는 허구적 상상력과 서사적 쾌감을 중시하는 미스터리 애호가이기 때문에 '사실을 전달하는 장르'인 다큐멘터리는 볼 생각도, 보고 싶어한 적도 없습니다. 그럼에도 유일하게 좋아했던 작품이 있습니다. 2012년에 제작된 〈슈가맨을 찾아서Searching for Sugar Man〉라는 영화로, 미국에서는 무명이었으나 남아공에서는 전설이 된 '로드리게스Rodriguez'의 미스터리한(!) 삶과 음악을 추적하는 감동 실화입니다. 제목에서 눈치채셨듯이 모 방송국 예능 프로그램의 모티프가 되기도 했죠. 하지만 이 영화도 제목만 보고 탐정물(행방불명자 찾기?)이거나 코미디물(호빵맨?) 혹은 히어로물(슈퍼맨? 왓치맨?)로 오해해 우연히 보게 되었을 뿐입니다.

이후에도 다큐멘터리는 저와 친해지지 못할 장르라는 생각에서 벗어나지 못했습니다. 저에게 재미있는 이야기란 정확하게 짜인 구조(기승전결)와 매력적인 캐릭터(영웅이든 빌런이든)가 기본이라고 판단했기 때문에, 현실에서 실제 일어나는 일을 인위적으로 구성하는 다큐멘터리는 극적이기 어렵다고 생각했습니다. 그런 심심한(?) 이야기를 굳이 보여주는 장르가 왜 필요한지 이해하지 못했죠.

그랬던 제가 예고편에 끌려 45분 전후의 총 네 개 에피소드를 단숨에 봤을 만큼 〈이블 지니어스: 누가 피자맨을 죽였나?Evil Genius: The True Story of America's Most Diabolical Bank Heist〉(2018)는 충격적이고 강렬했습니다. 현실의 사건이야말로 허구를 압도하는

서사적 힘을 지닐 수 있다는 사실을 비로소 깨달았다고나 할까요. 인간의 악의와 우연, 그리고 어긋난 선택들이 맞물릴 때 만들어진 결과는, 작가가 설계한 어떤 반전보다도 기괴하고 잔혹했습니다.

《계간 미스터리》 독자라면 대부분 픽션을 더 선호하실 걸로 예상하지만, 이 다큐멘터리만큼은 꼭 보시길 추천합니다. 다음의 상황과 의문에 호기심이 동하신다면 더더욱 반드시!

'목에 폭탄을 달고 은행 강도를 한 남자가 경찰이 지켜보는 가운데 폭탄이 터져 사망했다. 그는 정말 은행 강도가 맞을까, 아니면 강요받은 인질이었을까.'

시작은 비슷했다. 그 끝이 달랐을 뿐

사건은 2003년 8월 28일 오후 2시 28분, 미국 펜실베이니아주의 작은 도시에서 시작됩니다. 한 남자가 'GUESS'(추측해봐)라는 손 글씨가 적힌 흰 티셔츠를 입고 손에는 지팡이를 든 채 은행으로 들어섭니다. 그는 지나치다 싶을 만큼 침착했고 소란스럽지도 않았습니다. 긴장한 기색도 없이 일반 은행 이용자처럼 줄을 서서 기다리다 서비스 사탕까지 집어 먹는 느긋한 모습마저 보입니다. 그러나 막상 자기 차례가 되자, 지팡이로 위장했던 총으로 은행원을 위협해 돈을 챙기곤 은행을 떠납니다.

은행을 나온 남자는 그곳을 벗어나기 전에 경찰에게 제압됩니다. 그런데 남자는 자기가 지금 목에 폭탄을 차고 있으며, 그건 남자에게

은행을 털도록 협박한 일당이 채운 것이라고
설명합니다. 그러면서 자신이 그들의 지시에
따라 움직이지 않으면 폭발할 것이라고
주장하죠.
그러나 경찰은 남자가 협박받았다는 말을
믿지 않습니다. 자작극일 가능성, 설령 그게
아니더라도 남자가 최소한 공범일 수 있다고
판단해 수갑을 채운 채 도로에 앉혀둡니다.
그러고는 멀찌감치 떨어져 감시하며
폭발물 처리반이 오길 기다리죠. 하지만
교통체증으로 인해 폭발물 처리반이 늦게
도착하고, 결국 그 시간은 돌이킬 수 없는
결과로 이어지고 맙니다.
남자의 목에 걸린 폭탄이 경찰과 언론,
시민들이 지켜보는 가운데 폭발하고, 남자는
현장에서 즉사합니다.
이렇게 끝나는 거냐고요? 그럴 리가요. 이
충격적인 죽음으로부터 본격적인 미스터리의
서막이 열립니다.

피자맨의 죽음이 다른 죽음을 부른다

이 사건은 미국에서 '피자 바머Pizza Bomber'
또는 '칼라 바머Collar Bomber'로 불리는
폭탄 은행 강도 사건으로, 죽은 남자의
이름은 브라이언 더글러스 웰스Brian Douglas
Wells입니다.
'그는 정말 은행 강도였을까, 아니면 그의
주장대로 범죄의 희생양이었을까.'
제작진은 이 질문을 축으로 사건에 연루된
인물들을 하나하나 추적해갑니다.
브라이언은 지역 피자 가게에서 배달원으로
일하던 평범한 남자였습니다. 그런 그가 어느
날 갑자기 은행 강도로 변모한 거죠. 처음에
수사관들은 은행 CCTV에 찍힌 브라이언의
행동이나 태도를 근거로 그를 공범으로
판단했습니다. 긴장하거나 초조한 기색이
전혀 없었기에 인질일 리 없다고 봤습니다.
그렇지만 그게 더 이상하지 않나요? 아무리

2:28 pm. August 28, 2003. A man walks into a bank with a bomb locked around his neck. This is a true story.

A NETFLIX ORIGINAL DOCUMENTARY SERIES

Evil Genius

The True Story of America's Most Diabolical Bank Heist

NETFLIX | MAY 11

주도적으로 범죄행위를 하는 사람이라고
할지라도 그렇게 대범하게 행동하기는
힘드니까요.
추후 조사에서 역시나 브라이언은 지적 능력이
살짝 떨어지고 사회적 판단력이 취약한
인물이었다는 게 밝혀집니다. 주변인들에게
쉽게 휘둘리는 성향을 지녔기에 범죄에
이용되기도 쉬웠던 거죠.
그런데 또 다른 죽음이 발생합니다.
브라이언과 같은 피자 가게에서 일하던 동료가
약물 과다 복용으로 사망한 것이죠. 주변
사람들은 그가 브라이언의 사건 후 불안에
시달리다가 약물에 의존했다고 증언합니다.
그렇다면 그가 브라이언을 협박했던 진짜
범인일까요?

범죄의 실체, 잔학한 비인간성의 끝

어느 날 앞의 사건들과 전혀 관련 없어 보이는
신고 하나가 경찰로 접수됩니다. 신고한
남자는 자신이 오래 알고 지낸 여성 마조리
딜-암스트롱Marjorie Diehl-Armstrong이 남자
친구를 살해하고선 그 시신 처리에 자신을
끌어들였다고 진술합니다. 경찰은 이 사건을
조사하던 중에 은행 강도 사건과 맞물리는
지점을 발견합니다. 이제 사건의 실체는 전혀
다른 차원으로 확장됩니다.
이 다큐멘터리가 특별한 것은 범죄의 퍼즐을
맞추고 재현하는 데에 그치지 않고 집요하게
사건과 얽힌 인간 관계망을 파고든다는
점입니다. 누가 누구를 이용했는지, 누가 어떤
욕망을 품었는지, 그것들이 어떻게 한 인간을
죽음에 이르게 했는지를 한 단계 한 단계

밟아가며 차분히 진실에 접근합니다.
그 과정에서 여러 범죄의 실체가 드러나는데,
그것들은 더 이상 특이한 사건의 수준이
아니라, 지능 높은 인간의 악의와 경찰의 무능,
대중의 방관 등이 결합한 구조적 비극으로
밝혀집니다.
실제 시청하실 독자를 위해 상세한 전말은 더
이상 풀지 않겠습니다.

가장 잔혹한 미스터리는 현실

이 다큐멘터리가 남긴 인상은 자못
분명합니다. 머리는 좋지만 사람답지 못한
인간이 얼마나 잔학한 범죄자가 될 수 있는지,
동시에 누군가의 삶이 그런 이들에 의해
얼마나 손쉽게 범죄의 도구로 전락할 수

있는지 보여준 것이죠. 돼 저런 범죄자에게
그토록 집요한 지능과 상상력이 주어졌을까
하는 분노와 안타까움은, 결국 인간에 대한
씁쓸한 성찰로 이어집니다.
소설이 아닌 실제 현실이 어떻게 가장 잔혹한
미스터리를 만들어내는지 마지막까지
증명해 보이기 때문에, '미스터리 장르를
사랑하는 독자들이 만족할 만한 최고의
다큐멘터리'라고 감히 추천해봅니다.

*실제 폭발 장면이 반복적으로 등장하므로
시청에 주의가 필요합니다.

-911, what's your emergency?
-We have been robbed.

✦ **쥬한량**(https://in.naver.com/netflix)

네이버 영화 인플루언서. 장르를 가리지 않고 영화/드라마를 리뷰하지만 범죄, 미스터리, 스릴러를 특히 좋아합니다. 2022년 버프툰 '선을 넘는 공모전'에 〈9번째 환생〉으로 당선되었으며, 카카오페이지와 리디에 회빙환 미스터리 웹소설 《얼굴 천재 조상님으로 살아남기》를 완결했습니다.

처음에는 도박 빚을, 코인 빚을 갚을 생각뿐이었다
내 인생이 이렇게까지 추락할 줄은 몰랐다

범죄 사냥꾼, 강력계의 전설
★ 이대우 형사 추천! ★

아이스크림방에 알람이 울리면

박지숙 장편소설 | 224쪽 | 16,800원

탕후루, 솜사탕, 아이스크림…… 처참하고 적나라한 세계의 맛

게임처럼 도박을 하다 도박 중독과 빚더미라는 늪에 빠진 선우.
코인으로 날려버린 투자금을 메꾸기 위해 마약 밀매에 손을 대는 준.
학교에서 사채놀이를 하다 더 큰 돈을 원해 준과 손을 잡고 마약을 판매하는 지석.
셋 중 길가에서 칼부림하던 중 갑자기 쓰러져 죽은 고교생은 과연 누구인가?

네오
픽션

방주

황세연

인류는 늘 소망해왔다.

"커다란 금덩어리 하나만 우리 집 마당에 툭 떨어지면 얼마나 좋을까."

수천 년 전부터 수많은 사람이 소망하던 그 일이 드디어 현실이 되었다.

한 달 뒤, 성분의 90퍼센트가 황금인 히말라야산맥 크기의 소행성 하나가 지구와 충돌할 예정이었다. 모양도 금괴와 비슷했다.

이 거대한 소행성이 늦게 관측된 이유는, 지구와 충돌 가능성이 전혀 없던 소행성이 화성 궤도에서 다른 소행성과 부딪히며 갑자기 방향을 틀었기 때문이다.

황금 소행성 '골드스타'가 지구에 충돌하면 미생물을 제외한 지구상의 모든 생명체가 멸종할 확률이 99퍼센트였다. 인간도 예외가 아니었다.

그나마 다행인 점은, 인간은 다른 생물들과 달리 금을 무척 좋아한다는 점이었다. 죽는 순간만큼이나마 금가루에 뒤덮여 부자로, 황금가면을 쓴 투탕카멘처럼 화려한 모습으로 땅속 깊이 묻히게 될 테니 흙수저들한테는 그 어떤 죽음보다 '품위 있는 죽음'이라 할 수 있었다.

그런데 이런 품위 있는 죽음을 악착같이 거부하는 이들도 있었다. 대부분은 이미 막대한 황금을 소유한 금수저였다. 그들은 오래전부터 핵폭탄

이 터져도 1년 이상 버틸 수 있는 지하 요새를 구축해놓았다.

피지컬 AI 대중화로 억만장자가 된 멜론 머스크도 그중 한 명이었다. 그는 핵전쟁이나 소행성 충돌에 대비해 지구 곳곳의 땅속과 바닷속에 요새를 마련했고, 심지어 우주탐사 기업 스페이스 Z를 통해 달에도 도피처를 건설해두었다.

시간이 흐르며 골드스타가 지구의 어느 지점을 강타할지 정밀하게 분석한 결과가 나왔다. 예상 충돌 지점은 이집트의 쿠푸 왕 대피라미드였다.

오래전부터 마련해둔 소행성 방어 계획대로 인류는 핵폭탄을 실은 스페이스 Z를 우주로 발사했다. 소행성에 핵폭탄을 터트리고 우주선을 충돌시켜 진로를 바꾸려 했지만, 결과는 달걀로 바위 치기였다. 그 바람에 소행성 충돌 예상 지점이 이집트에서 미국 워싱턴의 백악관으로 아주 조금 바뀌었을 뿐이다. 게다가 핵폭발 시 일부 금이 녹으며 넓게 퍼져서 지구에 더 큰 피해를 줄 것이라는 분석 결과가 나왔다.

미국을 비롯한 아메리카 대륙 사람들은 대피 행렬을 이루었다. 그러나 대부분의 나라가 미국 난민의 입국을 거부했다. 한국에도 보트피플이 수없이 도착했다. 미국은 자국 난민을 받아들이지 않는 나라에는 늘 하던 버릇처럼 관세 폭탄을 안겨주겠다고 협박했지만 아무도 말을 듣지 않자 핵무기를 들이대며 추가 협박을 이어갔다.

오랜 시간 수많은 은신처를 마련해온 멜론 머스크는 달이 가장 안전하다고 판단하고 가족들과 함께 우주선을 타고 달의 은신처로 대피했다. 그러면서 지구상에 마련해놓은 수많은 대피처를 무상으로 양도했는데, 그 대상은 권력자나 부자가 아닌, 앞으로 아이를 많이 낳을 가능성이 있는 여성들과 인류 재건에 필요한 기술과 지식을 가진 사람들이었다.

그가 10년 전 한국 지리산 땅속 100미터 깊이에 건설한 100평 규모의 'K3 벙커'는 성인 다섯 명이 1년 동안 생활할 수 있는 시설이었다. 소행성 충돌 지점과 멀리 떨어져 있어 안전도 1등급에 속했고, 1년 생존 확률은 약 82퍼센트였다.

한국인 다섯 명이 비밀리에 K3 벙커 입주 초대장을 받았다. 한 명은 벙커 관리인이었고, 나머지 네 명은 과학자 또는 기술자였다.

* * *

나는 그동안 여러 가지 일을 해왔다. 군대 부사관, 막노동판 잡부, 보일러 수리 기사, 전기 기사, 배관공, 용접공, 중국집 요리사, 요양보호사, 농부, 아파트 관리인, 삽화가 등등.

멜론 머스크가 나를 K3 벙커의 관리인으로 지목한 이유는 두 가지였다. 첫째, 내가 가제트나 맥가이버처럼 어떤 상황에서도 문제를 척척 해결하는 능력이 있었기 때문이고, 둘째는 내가 이미 아이를 두 명 낳았고 앞으로도 더 출산할 수 있는 나이에 건강한 신체를 가진 여자이기 때문이었다.

우리 아이들이 살아 있었다면 나는 혼자 살려고 벙커를 택하지는 않았을 것이다. 1년 전 나는 두 아이를 모두 교통사고로 잃었다.

내가 K3 벙커 관리인 직을 수락한 가장 큰 이유는 호기심이었다. 세상이 멸망한 뒤의 세계가 궁금했다. 또 나는 인류 문명이 다시 시작될 가능성이 조금이라도 있다면 살아남은 소수를 올바른 방향으로 이끌어 현재보다 더 나은 문명을 만들고 싶었다.

나는 커다란 소행성이 지구로 다가오고 있다는 언론 보도가 나오기 일주일 전, 비밀리에 K3 벙커 관리인으로 선발되었다. 수락 직후 K3 벙커에 들어와 필요한 물품을 사들이고 시설을 점검했다.

벙커의 가장 안쪽 벽은 두께 30센티미터 철판, 그 바깥은 방사능을 차단하는 두꺼운 납, 이어서 10미터 두께의 콘크리트 벽, 마지막은 수천 도의 열을 견딜 수 있는 특수 타일로 구성되어 있었다.

지진 대응 시스템도 갖추어져 있어 아무리 강한 진동도 내부에서는 찻잔 속의 태풍일 뿐이었다. 1킬로미터 떨어진 곳에서 핵폭탄이 터져도 열기와 방사능을 완벽히 차단할 수 있었고, 바닷물이 밀려와 장기간 물속에 잠겨 있어도 성능 좋은 잠수함처럼 문제없었다. 우주선처럼 공기와 물을 정화해 재사용할 수 있는 시스템도 갖추고 있었다. 음식은 1년 치가 준비되어 있었고, 식물을 키울 수 있는 시설도 있었다. 비상 발전기와 배터리, 인공위성을 통한 관측 장비, 생존자 간 통신장비도 갖추어져 있었다.

첫 번째 입주자는 소행성 충돌 일주일 전에 도착했다.

비상벨이 울리자 나는 지휘실로 가서 모니터로 바위 절벽 앞에 서 있는 여자를 관찰했다. 작은 배낭을 멘 그녀는 꽤 오래 가만히 서 있다가 "열려라, 참깨!"라고 외쳤다. 그러자 홀로그램 키패드가 나타났고, 그녀가 암호를 입력하자 바위가 갈라지며 엘리베이터 문이 열렸다.

여자는 2분쯤 뒤 벙커 안에 모습을 드러냈다.

"반갑습니다. 저는 의사이자 약사, 서른한 살 한파랑입니다."

다음 날 두 번째 입주자가 도착했다.

"저는 화학자이자 생물학자, 이름은 이보라입니다."

그다음 날 또 한 명이 들어왔다.

"제 이름은 석초록이고, 언어학자이자 역사학자입니다."

곧 마지막 입주자가 도착했다.

"사노랑입니다. 선박 설계 기술자이자 항해 전문가입니다."

네 사람 모두 성격이 온순한 편이었고 내 지시에 잘 따랐다.

우리는 지하 100미터 벙커 안에서 인터넷과 텔레비전을 통해 바깥세상을 살피며 각자 맡은 일을 했다.

소행성 충돌 시간이 가까워지자, 세상은 무법천지가 되었다. 한국은 그나마 나았지만, 미국을 비롯한 대부분의 나라가 약탈, 방화, 살인, 강간으로 생지옥이 되었다.

나의 임무는 벙커 관리뿐 아니라 요리를 해서 사람들에게 세 끼 음식을 제공하는 것이었다. 나머지 시간은 자유였다.

나는 자유시간에 태블릿으로 삽화를 그리며 시간을 보냈다. 바깥세상에 있을 때 삽화는 나의 부업이자 취미였다. 한 달 전쯤 몇 건의 추리 퀴즈 삽화를 의뢰받았는데 소행성이 지구로 다가오자 모두 의미 없는 일이 되었다. 그럼에도 나는 벙커 안에서 틈틈이 의뢰받은 삽화를 그렸다.

"무슨 그림을 그렇게 열심히 그리고 있습니까?"

내가 삽화를 그리는 것을 본 사노랑이 다가와 물었다.

"추리 퀴즈 삽화입니다. 아, 선박 설계 기술자라고 하셨죠. 제가 문제를 낼 테니 한번 맞혀보시겠습니까?"

"좋습니다."

"그림 속 네 척의 배는 생김새와 성능이 같고, 같은 바다에 떠 있습니다. 그런데 그중 한 척에는 해양경찰에 쫓기는 도둑이 타고 있습니다. 도둑은 훔친 배를 직접 몰아 급히 달아나는 중입니다. 도둑이 탄 배는 어느 것일까요?"

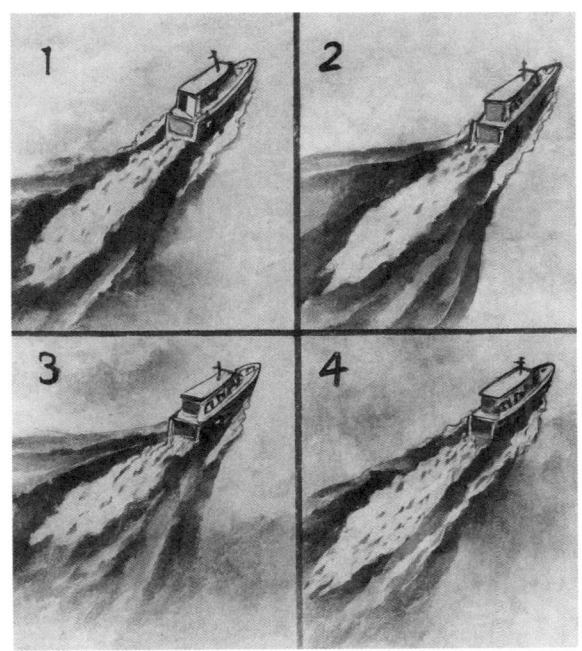

"음, 단순한 문제 같지만, 생각할 게 많군요. 아! 1번 배는 다른 배들과 달리 출입문이 열려 있군요. 도둑이 급히 올라타 배를 몰고 도망가느라 출입문을 닫지 못한 게 아닐까요?"

"아닙니다. 이 문제는 논리적 추리가 아니라 과학적 추리 문제입니다."

"그렇다면 가장 빨리 달리는 배를 찾으면 되겠군요. 배 뒤의 물결을 보면 가장 느린 배는 2번, 아니면 3번입니다. 물결이 옆으로 넓게 퍼져 있으니까요. 가장 빠른 배는 4번입니다. 배가 빨라서, 물결이 옆으로 퍼지는 사이 배가 앞으로 많이 전진해, 폭이 좁은 물결이 배 뒤로 길게 뻗은 것처럼 보이잖아요."

"맞습니다! 퀴즈를 낸 분이 답을 적어 보내진 않았지만, 제 생각에도 그게 정답 같습니다."

그때 요란하게 비상벨이 울렸다.

"취사실 비상사태 발생! 취사실 비상사태 발생…!"

나는 급히 취사실로 뛰어갔지만, 문이 단단히 잠겨 열리지 않았다. 수동으로 열어보려 했지만 역시 열 수 없었다. 경보는 가스 누출을 알리고 있었다. 취사실 안에서 비상용 프로판 가스가 새고 있었는데, 환기팬을 수동으로 작동하는 것은 취사실 내부에서만 가능했다. 취사실 문을 부수는 것도 불가능했다. 핵폭발이나 소행성 충돌에도 견딜 수 있게 설계된 시설이었다.

사람들이 몰려들자 나는 상황을 설명했다.

"큰일입니다! 취사실 안에서 비상용 프로판 가스가 누출되고 있어요. 10분 뒤 밥솥 등 취사도구들이 일제히 작동하도록 제가 타이머를 설정해두었습니다. 그때 폭발이 일어날 겁니다. 가스를 빨리 빼내지 못하면 폭발로 벙커에 화재가 발생할 수도 있습니다."

"전기를 차단하면 되지 않나요?"

화학자 이보라가 급히 말했다.

"소용없습니다. 이 벙커는 외부 전기가 차단되어도 비상 전원으로 대체되어 모든 장치가 정상 작동합니다. 취사실 안으로 들어가야만 타이머를 멈출 수 있는데, 가스가 누출되자 AI 시스템이 출입문을 밀폐해 공간을 격리한 것 같습니다."

"누가 비상 시스템을 이따위로 설계한 거야! 그럼 어쩌죠?"

"환기구를 통해 수동으로 가스를 빼내는 방법밖에 없는데, 10분 안에 모든 가스를 제거하는 건 불가능합니다."

"좀 위험하지만, 다른 방법이 있습니다."

이보라가 급히 말했다.

"가스를 빼내는 대신 환기구로 가스를 더 집어넣어 농도를 높이면 폭발을 막을 수 있습니다. 프로판 가스의 폭발 하한값(LEL)은 2.1퍼센트, 상한값(UEL)은 9.5퍼센트입니다. 창고에 용접용 프로판 가스 있죠? 모두 가져다가 공기 중 농도를 9.5퍼센트 이상으로 높이면 조리 도구에서 점화가 되어도 폭발은 일어나지 않을 겁니다."

　나는 이보라의 말대로 했다가 더 큰 폭발이 일어나지 않을까 걱정했지만, 전문가의 말이니 따를 수밖에 없었다. 사람들이 창고로 달려가 가스통을 가져왔다.

　하지만 다행히 이보라의 말대로 할 필요가 없었다. 우리가 자리를 비운 사이 AI 시스템이 가스 누출을 차단하고 환기팬을 최대로 가동해 가스를 외부로 배출하고 있었다.

　저녁 식사 후 나는 모니터에 유명 화가의 수묵화를 띄워놓고 태블릿에 그 그림을 베껴 그렸다.

　이보라가 다가와 물었다.

　"무슨 그림을 그리시는 건가요?"

"마음을 진정시키려고 수묵화를 그리고 있습니다."

"이 새는 뭡니까?"

"학입니다. 학은 한자이고 우리말로는 두루미입니다. 학과 두루미는 같은 새죠. 아, 화학자이자 생물학자이시니 저보다 잘 아시겠군요."

"이게 두루미고 학이면, 그림이 잘못되었습니다."

"예? 뭐가 잘못됐다는 건가요?"

"두루미는 나뭇가지에 앉지 않습니다. 발 구조가 땅에서 생활하도록 진화했기 때문입니다. 두루미는 들판에서 곡식 같은 식물 열매를 먹고 살죠. 나뭇가지에 앉는 비슷한 새는 황새, 백로, 왜가리가 있습니다. 그 새들은 두루미와 달리 물고기나 작은 동물을 먹고 살죠."

"이 수묵화는 유명한 화가의 그림인데요?"

"그 화가가 실수한 겁니다. 그림 실력은 훌륭하지만 관찰력은 부족했던 것 같군요."

나는 더는 아무 말도 하지 않았다. 전문가가 그렇다고 하니 그러려니 했다.

그때 또 작은 소동이 일어났다. 석초록이 배가 아프다며 의사를 찾았다. 나는 그를 의무실로 데려갔고, 의사이자 약사인 한파랑이 진찰했다.

"위궤양 증상이군요."

"위궤양이요? 이상하네요. 이곳에 온 뒤로는 술을 전혀 마시지 않았는데요."

"잘못 알고 있는 겁니다. 위궤양은 술과 관련이 없습니다. 위궤양 원인의 80퍼센트는 헬리코박터 파일로리균이고, 그외 아스피린, 소염제, 스트레스, 맵고 짠 음식 등이 있습니다. 술은 위염을 일으킬 수는 있지만 심한 궤양을 만드는 경우는 드뭅니다. 오히려 흡연이 더 큰 원인입니다. 또 알코올은 헬리코박터균을 죽이는 효과가 있다는 연구도 있습니다."

"그래요? 그럼 배가 아프면 독한 술로 소독해야겠군요. 호호."

"술을 마시면 헬리코박터균이 좀 줄어들지는 몰라도, 아무리 독한 술을 마셔도 완전히 박멸되지는 않습니다. 전문 약으로 치료해야죠."

한파랑이 약을 조제하는 동안 석초록이 말을 이었다.

"며칠 전 책에서 읽었는데, 약을 남녀가 다르게 써야 하는 경우가 있다면서요?"

"맞습니다. 어느 논문을 보니 남성과 여성의 유전자 차이가 1퍼센트 정도랍니다. 아주 사소한 차이 같지만, 인간과 침팬지의 유전자 차이가 1.2퍼센트랍니다. 남녀 유전자 차이가 그만큼 크다는 뜻이죠. 따라서 약 처방도 달라야 하겠죠."

"호호. 저는 여기 벙커 입주자들이 운 좋게 선발된 오합지졸인 줄 알았는데, 알고 보니 모두 실력자들이었군요. 믿음이 가요."

석초록이 엄지척을 해 보였다.

"우리 첫인상이 오합지졸이었다니, 그게 어떤 느낌이었을지 궁금하군요?"

내가 웃으며 묻자, 언어학자이자 역사학자인 석초록이 그 느낌을 장황하게 설명했다.

"당나라 군대의 패잔병 다섯 명을 상상하시면 제가 어떤 생각을 했을지 이해하실 겁니다. 오합지졸은 사마천의 《사기》에서 비롯되었다는 설도 있고, 《후한서》에서 비롯되었다는 설도 있습니다. 한나라 군졸 다섯이 진나라 군졸 한 명만도 못하다는 의미입니다. 《사기》에 따르면, 한나라를 건국한 유방이 패전 뒤 흩어진 군사들을 모아 진나라로 쳐들어가려 하자 참모가 만류하며 한 말이라고 합니다. '오합'은 군사 다섯 명을 뜻하는 말로, 당시 한나라 군대 편제의 최소 단위가 다섯 명이었습니다. 지금으로 치면 분대 정도라 할 수 있죠. 진나라와 한나라 모두 병사 다섯 명이 가장 작은 군사 조직이었고 수장을 '오장'이라 불렀습니다. '오伍'와 '십什', '오장伍長'과 '십장什長'은 조선시대에도 있었습니다. 막노동판에서 반장이나 팀장을 뜻하는 '십장'이 바로 여기서 온 말입니다. 즉 오합지졸은 한나라 패잔병 다섯 명이 모여도 진나라 군졸 한 명만도 못하다는 뜻입니다."

그때 요란한 경보가 울렸다.

지휘실로 달려가니 모니터에 끔찍한 영상이 떠 있었다. K3 벙커 주변을 경비하는 피지컬 AI가 전송한 영상이었다.

"그게 뭐지?"

내가 무선으로 경비 로봇에게 물었다.

"불에 타다 만 여자 시체입니다. 머리뼈에 살해 흔적이 있습니다. 사망 시점은 최소 3일, 최대 일주일 전으로 추정됩니다."

로봇이 시체를 뒤져 동전 크기의 납작한 금속을 집어들었다. 그것은 멜론 머스크가 벙커 입주자들에게 보낸 초대장에 붙어 있던 금속 인장이었다.

"도대체 어떻게 된 거지?"

"범인이 입주 예정자 누군가를 고문해 K3 벙커 위치와 비밀번호를 알아낸 뒤 살해하고, 신분을 감추기 위해 불을 지른 것으로 보입니다. 이후 범인은 살해된 사람으로 신분을 위장하고 K3 벙커 안으로 들어갔을 확률이 98퍼센트입니다."

"죽은 여자가 누구인지 신분 확인이 가능하겠나?"

"불가능합니다. 신분증도 없고, 지문과 장문 등은 불에 타고 부패해 확인할 수 없습니다. 유전자 검사용 신체 조직을 채취해 벙커 안으로 들여보낼까요?"

"그래."

하지만 소용없는 일이었다. 유전자 시료를 채취해도 대조할 자료가 없으니, 신원 확인은 불가능했다.

범인은 지금 K3 벙커 안에 있었다. 어떻게든 찾아내어 밖으로 내보내거나 감금해야 했다. 그렇지 않으면 식량 부족 등 위기 상황에서 또다시 누군가를 해칠 가능성이 높았다.

게다가 만약 범인이 벙커 안에서 살아남아 극소수 생존자 중 한 명이 된다면, 미래 인류는 아벨의 후손이 아닌 카인의 후손이 될 터였다. 반드시 막아야 했다.

문제: K3 벙커에 들어온 불청객은 누구일까? 추리해보자.

정답은 QR코드를 스캔하거나 네이버에서 '나비클럽 블로그'를 검색한 후 '계간 미스터리' 카테고리에서 확인할 수 있습니다.

《악은 성실하다》

이지훈 지음 · 다산책방

한이   총기와 마약이 일상인 타국에서 혈혈단신으로 범죄를 추적하는 긴박감이 가득하다.
자료 조사차 들었다가 단숨에 읽었다.

《여우누이, 다경》

서미애 지음 · 한끼

홍선주   익숙한 이야기의 매력적인 현대식 변주.

《개구리 정원의 살인》

황정은 지음 · 책과나무

조동신   침묵의 유대가 과연 완전범죄를 성립시킬 수 있을까.

《방문자》

리 차일드 지음 · 다니엘 J. 옮김 · 오픈하우스

한이   즐겁다, 즐겁다, 즐겁다. 이런 게 진짜 도파민 아닌가?

《#명탐정의 유해성》

사쿠라바 카즈키 지음 · 권영주 옮김 · 내친구의서재

송시우   사건 해결 이후 관련자들의 삶은 나 몰라라 했던 명탐정은 유해했다. 가벼운 문장
과 대비되는 묵직한 질문.

《등장인물 연구 일지》

조나탕 베르베르 지음 · 이상해 옮김 · 열린책들

한이   재능은 유전되는가. 베르나르 베르베르의 아들이 선보이는 기발한 발상의 SF 미스
터리.

《비밀 속의 비밀》

댄 브라운 지음 · 공보경 옮김 · 문학수첩

김소망   이 장르의 압도적인 장기 집권 금메달리스트.

이영은   감사의 말이 인상적. 수많은 과학자 동료, 문학 에이전트, 편집자, 체코 대사, 비서,
개인 헬스 트레이너까지 다 가진 미국인 댄 브라운.

《헬터 스켈터》

빈센트 불리오시 지음 · 김현우 옮김 · 글항아리

한이   최고의 범죄 논픽션. 방대한 자료를 바탕으로 담당 검사가 직접 집필한 서사는 리얼
리티가 넘친다.

《4의 재판》

도진기 지음 · 황금가지

송시우   정의는 법정 안에서 구현되는 게 아니라는 사실을 말해주기 위해 짜인 법정 미스터리.

《탐정 아케치는 사건을 찾아 달린다》

이마무라 마사히로 지음 · 김은모 옮김 · 엘릭시르

박광규   작가의 등록상표 같은 특수설정이 전혀 없는 깔끔한 단편집. 작가의 데뷔작에서 일찍 퇴장했던 아케치의 활약이 반갑다.

한이   어딘가 어설프나 탐정의 정신에는 충실한 아케치의 풋풋한 활약상이 즐겁다.

《중복 보상》

민려 지음 · 엘릭시르

김소망   인간적인 한국 미스터리 소설이란 이런 걸지도. 마음으로 읽었다.

《죄, 만 년을 사랑하다》

요시다 슈이치 지음 · 이영미 옮김 · 은행나무 · 20

조동신   보석의 정체가 밝혀지는 순간의 느낌은 독자마다 다를 듯하다.

《킬 더 도그》

폴 기오 지음 · 김지현 옮김 · B612북스

한이　　　글을 쓰기 위해 대학에 가려는 작가 지망생이라면 꼭 읽어 볼 것.

《허즈번즈》

박소해 지음 · 텍스티(TXTY)

김소망　　'주인공만큼이나 이글거리는 작가의 욕망이 느껴진다'는 추천사에 밑줄을 그었다.
조동신　　그녀의 눈물은 결국 길을 만들어냈다.

《용신 연못의 작은 시체》

가지 다쓰오 지음 · 이연승 옮김 · 블루홀식스(블루홀6)

송시우　　장황하게 늘어놓은 듯한 복선이 모조리 회수되며 놀라운 반전을 선사한다. 오래간
　　　　　만에 느끼는 잘 짜인 본격의 쾌감!
한이　　　초반부의 지루함만 견딘다면 놀라운 반전에 도달할 수 있다.

《마지막 방화》

조영주 지음 · 한겨레출판사

한이　　　방화 충동에 시달리는 형사 캐릭터만으로도 읽을 가치가 있다.

《소녀에게 어울리지 않는 완전범죄》

호조 기에 지음 · 김은모 옮김 · 리드비

박광규　살인사건이라는 범죄에 핸디캡을 가진 둘(유령과 초등학생)이 도전. 밀실 살인, 천
　　　　장의 발자국 등 다양한 트릭, 거듭되는 반전이 놀라움.

한이　　이 정도로 다양한 트릭을 펼쳐놓고 말끔히 회수하는 능력이라면 다음 작품도 기대
　　　　해 볼만 하다.

《어스탐 경의 임사전언》

이영도 지음 · 황금가지

김소망　판타지 미스터리 소설이자 작가 에세이처럼 읽힌다. 각오하고 읽을 것. 이영도가 이
　　　　영도했다.

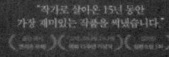

《인간 표본》

미나토 가나에 지음 · 김선영 옮김 · 북다

송시우　가나에 작가님, 어디까지 가시나요….

《러닝 맨》

스티븐 킹 지음 · 최세진 옮김 · 황금가지

한이　　스티븐 킹이 1982년에 발표한 작품이 2026년에 더 현실적이다. 아사리판 미국을
　　　　예견한 킹이야말로 예언자일지도. 《스탠드》, 《더 데드 존》까지 떠올리면 섬뜩할 정
　　　　도다.

《계간 미스터리》 정기구독

★★★ 1년 정기구독 ★★★

17,500원×4권
70,000원 → **60,000원**(14% 할인)

··

★★★ 2년 정기구독 ★★★

17,500원×8권
140,000원 → **120,000원**(14% 할인)
과월호 1권 증정

정기구독 신청하기

"세상의 모든 의미를 추리한다"

독자 리뷰

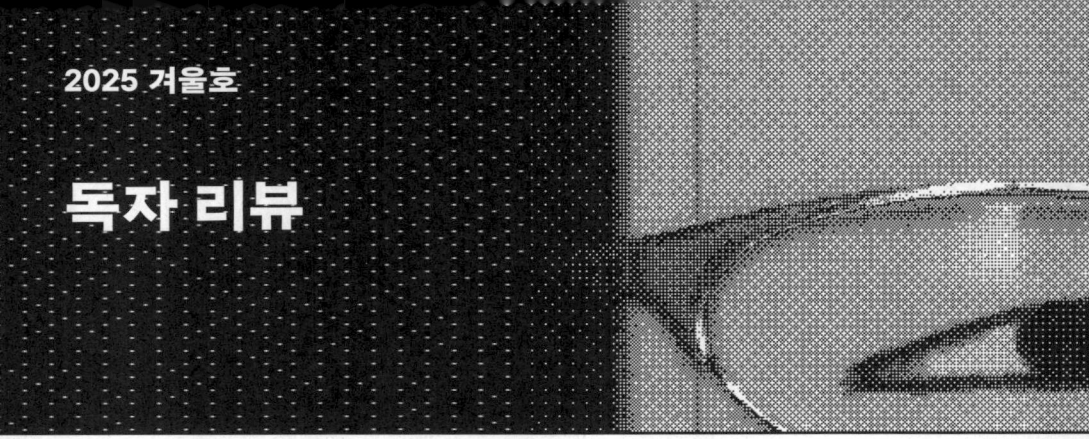

✦ **김래용**

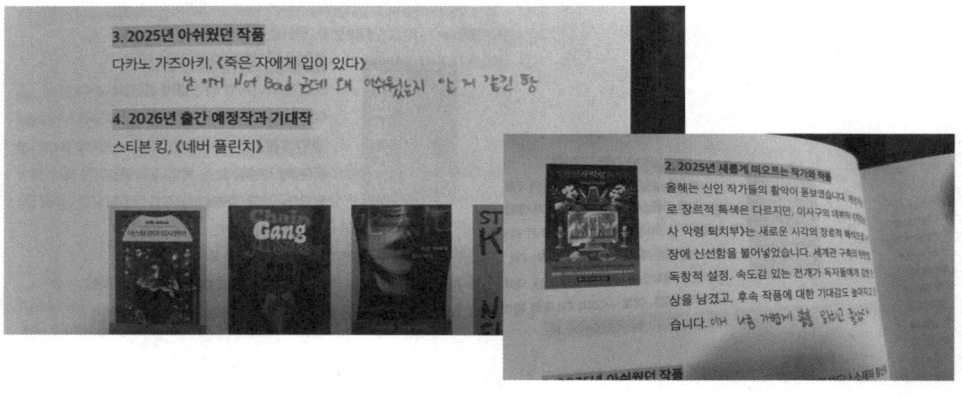

연말이니 2025년을 톺아보는 코너가 빠지면 아쉽다. 각 출판사별 2025년 추미스 작품을 돌아보는데, 내가 읽었던 책이 나오면 너무 반갑고, 재미있다고 선정되었는데 읽지 못한 책이 나오면 내년에라도 꼭 읽어봐야겠다는 다짐을 해본다. 나름대로 공감도 해보고, 쉴드도 쳐보면서 나만의 2025년 추미스 어워드 시간을 가져보았다.

아주 우연히 SNS 알고리즘을 통해 《계간 미스터리》를 알게 되었고, 1년간 《계간 미스터리》와 함께 미스터리에 빠져 지냈던 것 같다. 작년까지는 읽지도 않은 책에 왜 올해 갑자기 빠지게 되었는지, 아이돌만 잔뜩 뜨던 알고리즘에 왜 갑자기 《계간 미스터리》가 보이게 되었는지 그건 정말 미스터리한 일이지만. ㅋㅋ 미스터리에 대한 열정으로 계절마다 잡지를 출간하는 사람들이 있고, 또 그 잡지를 통해 이렇게 많은 사람들이 미스터리를 쓰고 있고, 그 미스터리를 어떤 마음으로 쓰는지 알게 된 좋은 기회였던 것 같다.

✦ uhslung

기대하고 읽었는데 실망스럽거나 너무 어려운 책을 만났다거나 이런 식으로 나랑 안 맞고, 재미없는 책을 계속 읽다 보면 책태기가 오는데 그럴 때는 《계간 미스터리》를 보게 됨. 밀리에 있기도 하고 일단 추리, 미스터리 소설 장르는 좀 낯설어도 볼만하고 길이도 짧은 편이라 부담도 없고, 그리고 표지가 예쁨.

✦ kwdaniel_book

이번 호에서 가장 좋았던 내용은 명예와 존엄에 관한 연재글. 명예와 존엄이란 비슷한 결이 아닌가 싶은데 이 글을 통해 알 수 있었다. 현대사회는 명예는 중시되지만, 존엄은 사라지고 있다는 말. 얼핏 이해되지 않겠지만 확 공감되는 내용이 나온다.
"상대방을 더 잘 '긁는' 것이다. 서로를 조롱하고 감정적 수치를 안겨주는 것만이 반대로 나에게 명예를 준다."
나의 장점을 살려 명예를 높이고 존엄을 지키는 게 아니라, 남의 단점을 부각해 추락한 남의 명예를

밟아 마치 내 명예가 높아진 것처럼 보이는 것. 서로의 인간성을 높이며 그 경쟁 안에서 존엄이 펼쳐지는 세상은 존재할 수 있을까. 잘 '긁는' 능력이 중요해지고 '긁히지 않는' 능력만이 존재하게 될까.
미스터리는 콘텐츠에서 존재하고 일상에는 상식만이 통하기를. 그런 2026년이기를.

✦ ar******

이번 겨울호에서 가장 좋았던 코너는 '미스터리 백야장'. 전국 14곳의 동네 책방에서 같은 날 열린 이 행사는 '내 인생의 가장 미스터리한 일'을 주제로 글을 모았고, 수상작으로 실린 세 편의 이야기는 모두 신선했고 깊은 여운을 남겼다. 인생은 미스터리로 가득하다는 말이 이토록 자연스럽게 와 닿은 적이 있었나 싶다. 이 기획이 일회성으로 끝나지 않기를, 다음 백야장을 또 만나고 싶다는 마음이 든다.

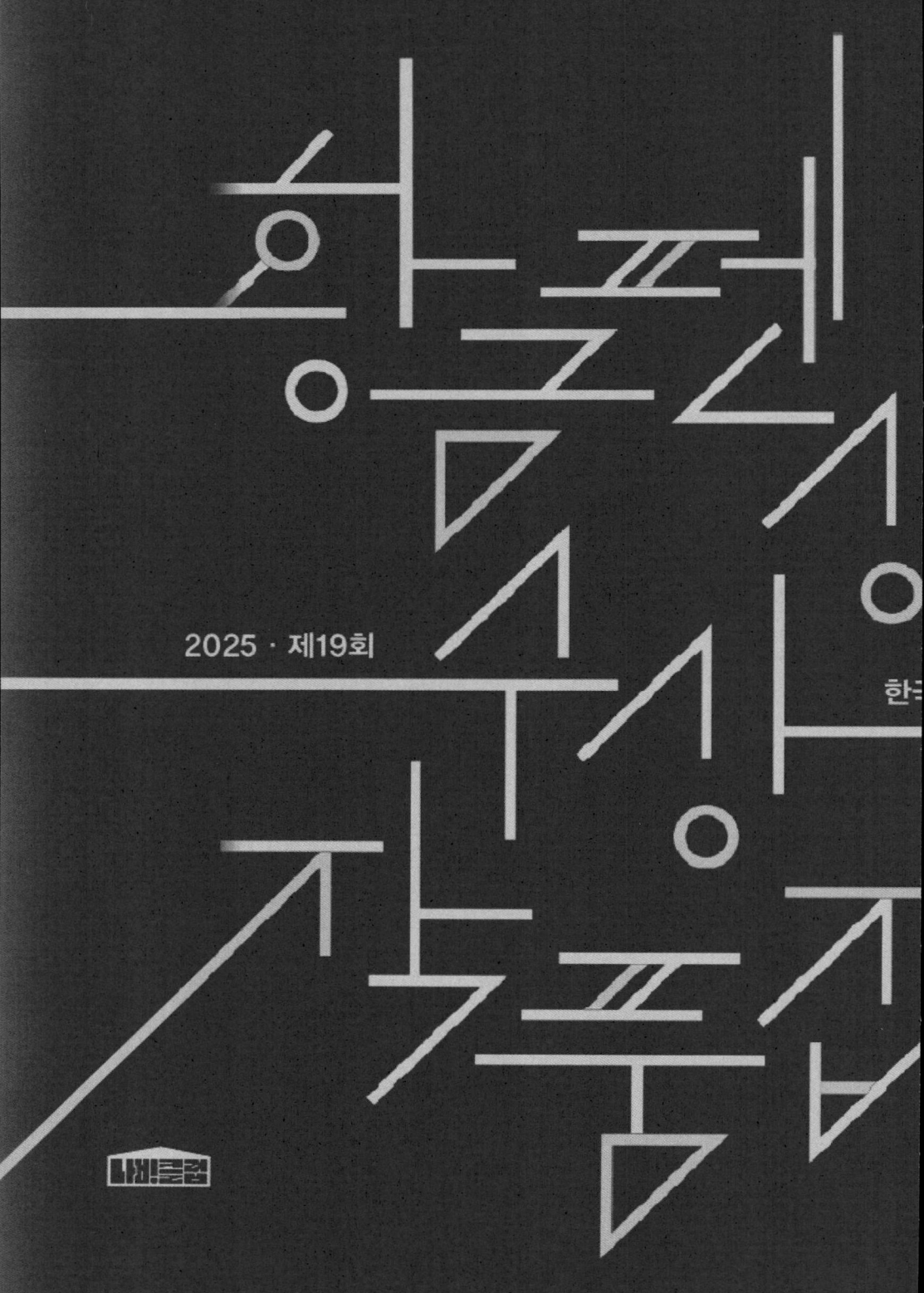

2025 · 제19회

한국추리문학상 황금펜상 수상작품집

2025년 제19회

박건우, 박향래, 조영주, 박소해, 김아직, 한새마
2025-12-12 출간

문학상

제19회 한국추리문학상 황금펜상은 박건우의 〈교수대 위의 까마귀〉가 선정되었다. 이 작품은 최근까지 한국에서 보기 힘들었던 본격 미스터리의 진수를 보여 주는 작품으로, 골수팬을 만족시킬 정도로 장르적 관습을 충실하게 따르면서도 장르에 익숙하지 않은 독자들이 읽기에도 몰입이 충분히 가능한 영리한 작품이다. 미술관을 효과적으로 활용한 살인사건 트릭, 촘촘하게 연결된 전체 사건과 해결의 방식 등이 그동안 독자들이 기다렸던 장르적 쾌감을 선사한다.

우수작으로는 박향래의 〈서핑 더 비어〉, 조영주의 〈폭염〉, 박소해의 〈부부의 정원〉, 김아직의 〈길로 길로 가다가〉, 한새마의 〈1300°C의 밀실〉이 선정되었다.

2025년 제19회 황금펜상 수상
박건우 〈교수대 위의 까마귀〉

계간 미스터리 신인상 공모

**전통의 추리문학 전문지 《계간 미스터리》에서
새로운 시대를 함께 열어갈 신인상 작품을 공모합니다.**

■ **모집 부문**

　단편 추리소설, 중편 추리소설, 추리소설 평론

■ **작품 분량(200자 원고지 기준)**

　단편 추리소설: 80매 안팎 / 중편 추리소설: 250~300매 안팎 / 추리소설 평론: 80매 안팎

　※ 분량 기준을 준수하지 않은 응모작은 심사 대상에서 제외됩니다.

　※ 평론은 우리나라 추리소설을 텍스트로 삼아야 합니다.

■ **응모 방법**

　- 이메일을 통해 수시로 접수합니다. mystery@mystery.or.kr

　- 우편 접수는 받지 않습니다.

　- 파일명은 '신인상 공모_제목_작가명'을 순서대로 기입해야 합니다.

　- 이름(필명일 경우 본명도 함께 기입), 주소, 연락 가능한 전화번호, 이메일을 원고 맨 앞장에 별도 기입
　　해야 합니다. 부실하게 기입하거나 틀린 정보를 기재했을 경우 당선 취소 등 불이익을 받을 수 있습
　　니다.

■ **유의 사항**

　- 어떤 매체에도 발표되지 않은 작품이어야 합니다.

　- 당선된 작품이라도 표절 등의 이유로 타인의 지식재산권을 침해한 사실이 밝혀지거나, 동일 작품이
　　다른 매체 등에 중복 투고되어 동시 당선된 경우 당선을 취소합니다. 이 경우 원고료를 환수 조치합
　　니다.

　- 미성년자의 출품은 가능하나 수상 시 법정대리인의 동의서, 가족관계증명서 등을 제출해야 합니다.

■ **작품 심사 및 발표**

　- 《계간 미스터리》 편집위원들이 매호 심사합니다.

　- 당선자는 개별 통보하고, 《계간 미스터리》 지면을 통해 발표합니다.

■ **고료 및 저작권**

　- 당선된 작품은 《계간 미스터리》에 게재합니다. 작가에게는 상패와 소정의 고료를 드립니다.

　- 원고료에 대한 제세공과금을 공제합니다.

　- 신인상에 당선된 작가는 기성 작가로서 대우하며, 한국추리작가협회 정회원으로서 작품 활동을 지
　　원합니다.

■ **문의** 　한국추리작가협회 02-3142-3221 / 이메일: mystery@mystery.or.kr